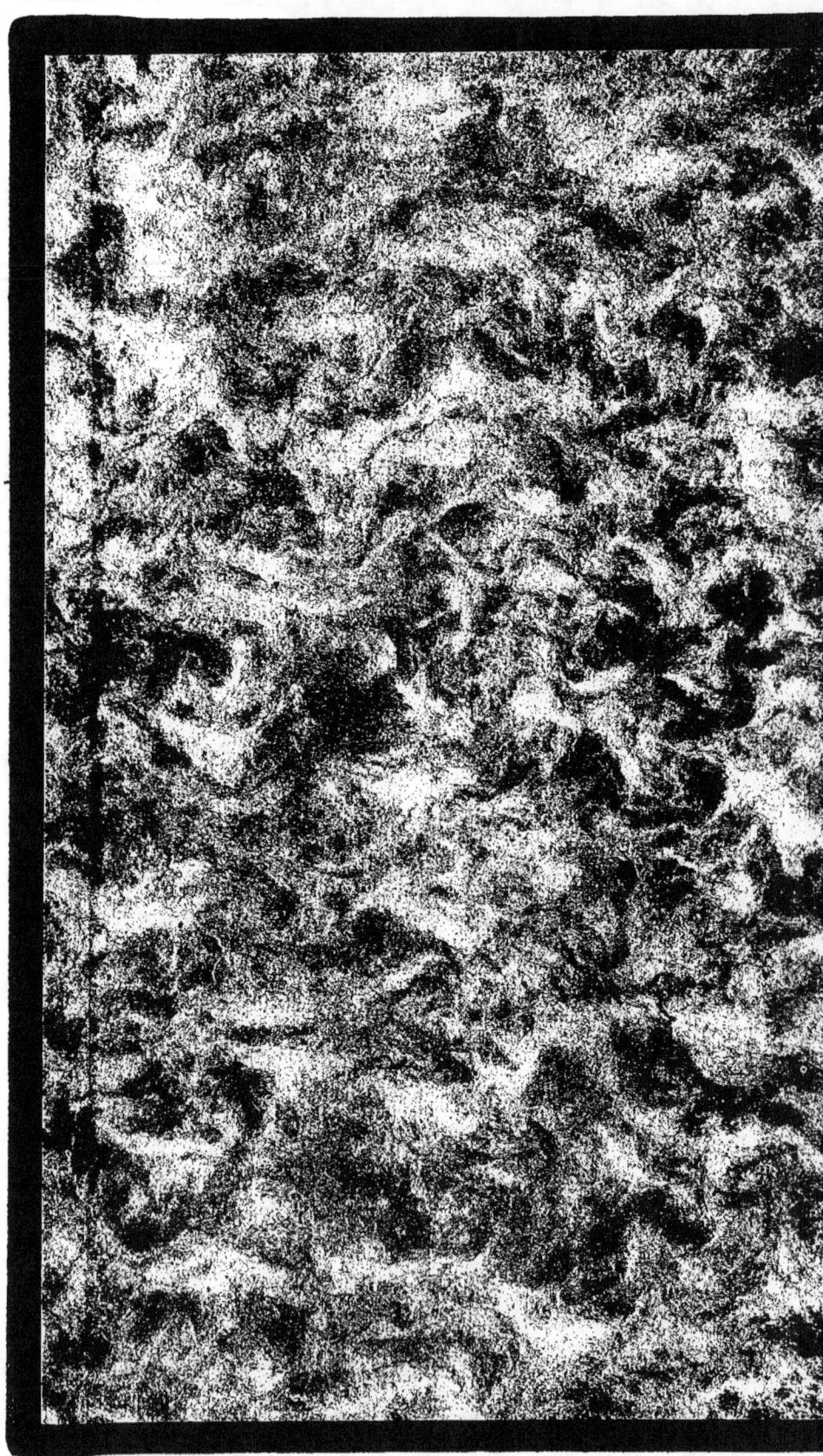

LA MER

NAUFRAGES MODERNES

PARIS. — IMP. SIMON RAÇON ET COMP., RUE D'ERFURTH, 1.

NAUFRAGE DE LA NATHALIE DANS LES GLACES DE TERRE-NEUVE

LA MER

NAUFRAGES MODERNES

PHÉNOMÈNES CÉLESTES

TEMPÊTES — INCENDIES — COMBATS — MASSACRES A BORD

TRAITS D'HÉROISME

NAVIRES ENFERMÉS DANS LES GLACES

ETC., ETC.

SCÈNES MARITIMES

RECUEILLIES ET ILLUSTRÉES

PAR

M. DE BÉRARD

PARIS

J. VERMOT ET Cie, LIBRAIRES-ÉDITEURS

55, QUAI DES AUGUSTINS, 55

LA MER

NAUFRAGE DE LA JUNON

Sur les côtes d'Aracan

La *Junon*, de 450 tonneaux, montée par 55 hommes d'équipage, ayant à bord plusieurs passagers, partit le 29 mai de Rangoun pour se rendre à Madras.

Mais le navire était mal monté, et des navigateurs prudents eussent hésité à lui confier leur vie ; il n'en fut pas ainsi : l'équipage eut bientôt à se repentir de sa témérité. Nous empruntons au second maître de la *Junon*, Jean Mackai, l'un de ceux peu nombreux qui échappèrent à la mort, le récit palpitant d'intérêt des différentes traverses qu'ils eurent à supporter :

« Nous partîmes, dit Mackai, le 29 mai, avec le commencement du flot, ayant vingt-cinq à trente pieds d'eau, sur un fond de vase tendre ; vers six heures du soir, cette profondeur diminua tout à coup à moins de vingt pieds : on ordonna aussitôt de virer de bord ; mais avant d'avoir pu mettre la barre du gouvernail sous le vent, le vaisseau toucha sur un banc de sable très-dur. On brassa tout à cul pour le dégager, mais ce fut en vain ; alors on mouilla deux ancres d'affourche pour l'empêcher de dériver davantage. Elles tinrent bon pendant quelque temps ; mais l'une ayant perdu fond et fait chasser l'autre, on laissa tomber la maîtresse ancre qui nous retint. La marée allait cesser de monter, et l'on était sûr de dégager le vaisseau avec le reflux, pourvu que l'on pût l'empêcher de chavirer à marée basse : on amena donc les mâts et les vergues de perroquet pour débarrasser le navire de leur poids. Quand la mer fut basse, il donna à la bande d'une manière effrayante ; mais il flotta au reflux ; aussitôt nous levâmes nos ancres, et, forçant de voile, nous nous trouvâmes dans des eaux plus profondes. Comme le bâtiment ne faisait plus d'eau, nous espérions que le dommage était entièrement réparé, et qu'il n'en serait plus question.

« Cet espoir ne fut pas de longue durée. Dès le 1er juin, il venta du sud-ouest grand frais ; la mer fut très-grosse ; le vaisseau fatigua beaucoup ; une voie d'eau se déclara. Le coup de vent dura huit jours ; il fallut que tout le monde, sans distinction, travaillât pour empêcher le bâtiment de couler ; les pompes, à force de jouer, se dérangeaient souvent. Pour comble de malheur, nous n'avions pas de charpentiers, et le peu d'outils que nous possédions étaient en fort mauvais état : nous en fîmes pourtant usage pour réparer les pompes ; mais le sable du lest qui engorgeait les tuyaux rendait souvent notre travail inutile ; il fallut à plusieurs reprises enlever les pompes pour les nettoyer.

« Notre situation devenant à chaque instant plus périlleuse, quelqu'un ouvrit l'avis de retourner à Rangoun, dont nous n'étions pas fort éloignés. Mais les dangers auxquels on est exposé en approchant de cette côte, qui est si basse qu'on ne l'aperçoit que lorsque l'on n'en est plus éloigné que de deux ou trois lieues, et que, à cette distance, il se trouve à peine trente pieds d'eau, ces raisons, dis-je, firent décider que l'on continuerait à faire route pour Madras, tant qu'il y aurait espoir de sauver le bâtiment.

« Cependant nos forces s'épuisaient, et l'équipage commençait à murmurer, lorsque, le 6, le vent diminua, le vaisseau fit moins d'eau ; il n'y eut besoin que de tenir une seule pompe en mouvement : nous découvrimes alors que la voie d'eau venait de l'étambord à la ligne de flottaison. Le premier jour calme, nous mîmes le canot dehors ; nous clouâmes une toile goudronnée par-dessus le trou, que nous bouchâmes avec de l'étoupe, et nous recouvrîmes le tout d'une feuille de plomb. Cet expédient eut un résultat si heureux, que, tant qu'il fit beau, nous n'eûmes besoin de pomper qu'une fois par quart, ce qui nous fit présumer que nous avions réussi à boucher la voie d'eau : on se félicita donc d'avoir ainsi échappé à un péril imminent, et l'on continua gaiement le voyage.

« Mais ces félicitations étaient prématurées ; il eût été heureux pour nous d'avoir saisi l'occasion de retourner à Rangoun pour réparer convenablement la voie d'eau, et mettre le vaisseau en état de résister à tous les dangers auxquels on devait raisonnablement s'attendre dans le golfe du Bengale, au milieu de la mousson du sud-ouest : il fallait que nous fussions fous pour supposer qu'un morceau de toile, qui n'avait qu'une durée éphémère, fût en état de résister lorsque le vaisseau fatiguerait par l'effet du mauvais temps.

« Le 12 juin, nous étions parvenus, après des peines infinies, à réparer nos pompes, lorsqu'il commença à venter grand frais du sud-ouest. Dès le premier moment que le vent s'éleva, la voie d'eau devint considérable, et le sable, ayant engorgé nos pompes dès le commencement, rendit leur secours inutile : nous en avions trois en mouvement, et nous employions en outre un seau de bois pour vider l'eau. Quelques-uns d'entre nous pompaient et travaillaient alternativement à boucher la voie d'eau.

« Quatre jours de fatigue, sans qu'il nous eût été possible de prendre le moindre repos, nous réduisirent à un état tel que le 16, nous commençâmes à désespérer de notre salut. Nous nous décidâmes, en conséquence, à mettre toutes les voiles dehors, afin d'arriver vent arrière de manière à gagner la côte de Coromandel la plus proche, nous proposant de la prolonger ensuite jusqu'à Madras, ou de faire route pour le Bengale, suivant les circonstances. On mit donc dehors les huniers et les basses voiles, en prenant tous les ris ; mais les pompes exigeaient un travail si assidu, qu'il ne fut pas possible de donner l'attention nécessaire aux voiles, de sorte qu'avant le 18, le vent les eut enlevées, à l'exception de la misaine. Nous mîmes donc en travers jusqu'au 19 à midi. Nous étions alors par les 17° 10' de latitude nord ; et d'après notre calcul à 9° à l'ouest du cap de Negrais.

« Bientôt le bâtiment s'enfonça d'une manière effrayante, et il fallut renoncer à l'espoir de le voir s'élever de nouveau. Tout le monde à bord était si alarmé, qu'il fut très-difficile de maintenir chacun à son poste. Vers midi nous orientâmes la misaine, et nous marchâmes vent arrière à sec, en même temps que nous unissions tous nos efforts pour vider, avec les pompes et les seaux, l'eau qui remplissait le bâtiment : mais ce fut en vain.

« Les matelots qui étaient en bas remontèrent à huit heures, disant que l'eau gagnait le premier pont. L'équipage se livrait au désespoir. Comme on était généralement

persuadé que le bâtiment ne se pouvait soutenir plus longtemps, la cale étant en quelque sorte remplie de sable en
lest, tout le monde demanda à grands cris que l'on mît
les canots à la mer ; malheureusement ces canots étaient
en si mauvais état qu'ils ne pouvaient être d'aucun secours.

« Afin de retarder la perte du bâtiment et la mort de
tous ceux qui le montaient, ce même jour, vers neuf
heures, on coupa le grand mât ; mais, par malheur, ce
mât tomba sur le pont, et, dans la confusion causée par
cet accident, les hommes placés au gouvernail l'abandonnèrent, et le bâtiment présenta le travers à la lame ; le
choc fut si violent, que l'eau entra de tous côtés. Ce moment fut terrible. Madame Bremner, femme du capitaine,
qui était couchée en bas, trouva moyen de sortir par l'é-
coutille : le maître et moi, l'aidâmes à monter sur les
lisses de l'arrière. Nous la placions sur les haubans du mât
d'artimon, lorsque le bâtiment qui marchait alors très-
rapidement s'arrêta tout à coup. La secousse fut si violente que nous pensâmes qu'il sombrait, et que notre dernière heure était venue ; mais dès que le pont fut sous
l'eau, il ne s'enfonça plus. Nous grimpâmes tous dans les
haubans pour échapper à la mort, et l'on montait plus
haut, à mesure que les lames, qui se succédaient, enfon-
çaient plus profondément le navire dans l'eau. Le capitaine Bremner, sa femme, quelques autres et moi, nous
gagnâmes la hune d'artimon : tout le reste de l'équipage
s'accrocha aux manœuvres de ce mât, à l'exception d'un
homme, qui, étant à l'avant du navire, gagna la hune de
misaine. Madame Bremner, qui n'avait sur elle que sa
chemise et son jupon d'étoffe d'écorce, se plaignait beaucoup du froid : comme j'étais mieux vêtu que son mari,
j'ôtai ma jaquette et je la lui donnai.

« Voyant que le bâtiment ne coulait pas à fond, comme nous l'avions craint, nous nous servîmes de nos couteaux pour défaire la vergue du mât d'artimon, de peur que le poids de tant de personnes qui s'étaient placées sur ce mât, ajouté à celui de la vergue, ne le fît tomber. Quoique le bâtiment roulât avec tant de force que nous avions beaucoup de peine à nous tenir, la fatigue endormit quelques-uns de nous ; mais moi, je n'étais pas assez tranquille pour pouvoir fermer l'œil.

« La perspective que nous eûmes sous les yeux, quand le jour reparut, était vraiment affreuse : le vent soufflait avec impétuosité ; la mer s'élevant à une hauteur prodigieuse, le pont et les parties supérieures du navire se disloquant, les manœuvres qui supportaient les mâts, et auxquels s'étaient cramponnés soixante-douze infortunés, cédant à ce poids, et menaçant à chaque instant de clore la scène. Les cris des femmes ajoutaient à l'horreur du spectacle. Quelques individus cédèrent volontairement à leur sort, tandis que d'autres, hors d'état de se tenir ferme aux manœuvres, étaient violemment enlevés par les vagues, mais la plupart étaient réservés à des épreuves encore plus terribles.

« Le vent souffla trois jours avec la même force. Chaque jour aggravait notre misère.

« Nous voyions bien que nous pouvions rester sur le vaisseau jusqu'au moment où la famine viendrait terminer nos jours, forme la plus horrible sous laquelle la mort pût s'offrir à nous. J'avoue que mon intention et celle de mes compagnons était de prolonger notre existence à l'aide d'un seul moyen qui semblait se présenter : c'était de manger le corps de celui qui mourrait avant nous. Mais on ne se communiqua pas mutuellement cette idée, et l'on ne dit rien non plus qui pût y avoir rapport.

Longtemps après, cependant, le canonnier, qui était catholique romain, me demanda si je croyais qu'il y aurait du mal à avoir recours à un expédient semblable.

« Le défaut d'espace dans la hune d'artimon la fit quitter à plusieurs hommes, dans l'intention de gagner à la nage la hune de misaine. Trois à quatre périrent dans cette tentative. A mon agitation succéda, pendant quelques instants, une espèce d'indifférence que je puis appeler calleuse ou plutôt chagrine. J'essayais de sommeiller pour passer le temps ; je souhaitais par-dessus tout de tomber dans un état d'insensibilité absolue. Les lamentations inutiles de mes compagnons d'infortune m'aigrissaient, et, au lieu de sympathiser à leurs maux, j'étais de mauvaise humeur de ce qu'elles me dérangeaient. Durant les trois premiers jours, je ne souffris pas beaucoup du manque de nourriture ; le temps était frais et couvert, mais le quatrième jour le vent s'apaisa, les nuages se dissipèrent et nous laissèrent exposés à l'ardeur dévorante d'un soleil vertical, qui me rappela au sentiment de ma cruelle situation.

« Le 25 juin, qui était le cinquième jour depuis que le vaisseau avait coulé, nous perdîmes les deux premiers de nos compagnons d'infortune : ils moururent de faim. Cette perte affecta vivement tous ceux qui leur survivaient. L'un expira tout à coup, l'autre eut une agonie de plusieurs heures ; elle commença par de violents soulèvements d'estomac, suivis de fortes convulsions. J'observai par la suite que ces symptômes étaient le présage d'une mort prochaine et douloureuse.

« La journée fut très-chaude, et la mer fort tranquille. Comme le capitaine et le premier maître avaient toujours montré une grande confiance dans les radeaux, on s'occupa à en faire un avec la vergue de misaine, celle de

beaupré et de petits espares qui étaient traînés à la remorque : le lendemain, vers midi, le radeau fut achevé,
et l'on commença à s'y embarquer. Quand le capitaine
vit que le mouvement était général, il se hâta aussitôt de
descendre de la hune avec sa femme. Quoique je n'ap-
prouvasse pas ce plan, je suivis leur exemple ; mais le
radeau n'était pas assez grand pour nous contenir tous ;
ii en résulta une dispute ; les plus forts en chassèrent les
plus faibles, et les contraignirent à retourner sur le bâtiment. A l'instant où ils allaient couper la corde qui les
retenait, je demandai au capitaine Bremner dans quelle
direction il supposait que se trouvait la terre, et s'il pensait qu'il y eût quelque probabilité d'en avoir connaissance ; comme il ne me fit pas de réponse, je m'efforçai
de lui persuader de regagner le vaisseau ; voyant que mes
discours ne faisaient aucune impression sur lui, ni sur
aucun de ceux qui étaient avec lui, je ne le quittai pas.
Nous nous mîmes à ramer avec vent arrière ; nous nous
servions de morceaux de bordage que les matelots avaient,
avec leurs couteaux, taillés en pagaie.

« Avant d'avoir fait beaucoup de route, nous reconnûmes que nous étions trop nombreux pour le radeau ; je
saisis cette occasion de renouveler mes remontrances ;
elles produisirent leur effet sur un des nôtres, qui consentit à retourner avec moi à la hune d'artimon ; le reste
de la troupe, bien content de voir que cela allégeait le
radeau, nous aida à regagner notre ancien poste. Au coucher du soleil, le radeau était hors de vue.

« Le 27, nous fûmes surpris d'apercevoir le radeau le
long du bord, et du côté opposé à celui d'où il était parti.
Les hommes qui étaient embarqués avaient ramé toute
la nuit, jusqu'à l'épuisement total de leurs forces, sans
savoir de quel côté ils se dirigeaient, de sorte qu'ils avaient

erré à l'aventure. Au point du jour, quand ils se virent si
près de nous, ils quittèrent le radeau, et nous rejoignirent sur les têtes de mâts.

« Bientôt le capitaine Bremner tomba dans le délire ;
les alarmes que son état causa à sa femme lui occasionè-
rent des convulsions. Le capitaine était un homme robuste
et bien portant, qui avait déjà passé l'âge moyen ; elle,
au contraire, était jeune et délicate. Ils n'étaient mariés
que depuis onze mois. Dans les premiers moments de
notre malheur, il semblait que la vue de madame Bremner fût pénible à son mari, comme si elle eût l'air de lui
reprocher de l'avoir entraînée dans l'abîme de maux où
elle était plongée ; mais ensuite il lui permit à peine de
quitter ses bras. Dans son délire, il s'imaginait voir une
table couverte de mets les plus exquis, et nous demandait
pourquoi nous ne lui servions pas de tel ou tel plat ; il
parlait en général de manger et de boire, souvent de sa
femme, et quelquefois d'autre chose.

« Dans la matinée du 28, un nommé Walde déclara
qu'il ne pouvait supporter plus longtemps son état, et
qu'il était disposé à aller encore sur le radeau, si je con-
sentais à l'accompagner. Je rejetai cette proposition, et
j'essayai infructueusement de le dissuader de son projet :
il me répliqua que toute espèce de mort était préférable à
son existence actuelle, et que rien ne le ferait changer de
résolution. Il persuada à deux Secoices, à deux Malais et
quatre Lascars de se joindre à lui. En quelques heures,
nous les cûmes perdus de vue. Il s'éleva une bourrasque
dans la soirée ; elle leur fut probablement fatale, tandis
qu'elle nous apporta le soulagement dont nous avions le
plus pressant besoin, puisqu'elle fut accompagnée d'une
pluie très-forte. Nous n'en pûmes retenir les gouttes
qu'en étendant nos habits ; ils étaient en général si im-

prégnés d'eau salée, qu'ils en communiquèrent d'abord
le goût à l'eau fraîche, mais la pluie tomba si abondamment qu'elle eut bientôt emporté tout le sel. Nous réser-
vâmes ensuite une partie de nos vêtements pour recueillir
l'eau fraîche, et l'autre pour tremper dans la mer quand
les circonstances l'exigeraient.

« Nous passâmes ensuite rarement quarante-huit heures
sans pluie; et, dans les intervalles, quand nous n'avions
pas la force de descendre, nous faisions, au moyen d'un
fil de caret, filer une jaquette ou un morceau de drap
jusqu'à la mer, et nous les en retirions pour les appli-
quer tout mouillés sur notre corps. Toutes les fois que
nous avions l'occasion d'avaler quelques gorgées d'eau
fraîche, elles nous rendaient la vie et la vigueur, et pendant quelque temps nous ne pensions presque plus à nos
misères. Nous avions fréquemment recours à un autre
expédient, parce que nous avions trouvé qu'il contribuait
temporairement à nous tenir la bouche fraîche : c'était de
mâcher tout ce qui nous tombait sous la main, généralement un morceau de toile à voile, et même du plomb.

« Mais tout ce que je souffrais n'égalait pas l'idée que
je m'étais formée de ce qu'il résulterait du fâcheux état
auquel nous étions réduits. J'avais lu ou entendu dire
que personne ne pouvait vivre que très-peu de temps
sans prendre de nourriture : au bout de quelques jours,
je fus étonné d'avoir existé si longtemps, et j'en conclus
que chaque jour qui suivrait devrait être le dernier; je
m'attendais qu'à mesure que les horreurs de la mort s'ap-
procheraient, nous nous dévorerions les uns les autres.
Cette perspective affreuse me faisait frissonner d'horreur,
et peut-être que la crainte de l'avenir contribuait à me
réconcilier avec le présent. Plusieurs de mes compagnons
expirèrent dans le délire ; la terreur d'éprouver un sort

semblable m'en faisait anticiper le tourment. Je suppliais
avec instance le Tout-Puissant de vouloir bien épargner
ma raison dans mes derniers moments; je souhaitais souvent que sa volonté fût de me délivrer de mes souffrances : mais quand je supposais que le moment approchait,
la nature répugnait à l'idée de la dissolution de mon être.
Je craignais de survivre à mes compagnons, et d'être
ainsi la dernière victime de la mort ; mais je ne désirais
pas être le premier à mourir.

« Un des Lascars mourut dans les trelinguages de hau-
ban, précisément au-dessous de la hune ; celui qui était
auprès de lui essaya de le jeter à la mer : mais le corps se
trouvait tellement engagé dans les manœuvres, qu'il ne
put l'en retirer, de sorte que ce cadavre y resta encore
deux jours, et finit par répandre une puanteur insupportable. Combien d'autres événements du même genre je
pourrais raconter ! mais le souvenir m'en est trop pénible.

« Dans la matinée du 1ᵉʳ juillet, le onzième jour après
notre désastre, madame Bremner trouva son époux mort
dans ses bras. Nos forces étaient si épuisées, que nous
eûmes bien de la peine à jeter son corps à la mer, après
l'avoir dépouillé d'une partie de ses habits pour en re-
vêtir sa femme. Dans la même journée il mourut deux
hommes dans la hune d'artimon, et deux autres dans celle
de misaine. Nous n'avions que bien peu de communication avec les hommes qui étaient dans cette hune, car
nous n'avions pas la force de descendre, ni même de parler assez haut pour être entendus à cette distance. Plusieurs Lascars gagnèrent l'avant du navire quand le coup
de vent cessa, et notre nombre se trouvait si réduit que
les deux hunes nous contenaient tous.

« J'ignorais à peu près ce qui arrivait à ceux de nos

gens qui n'étaient pas de mon voisinage immédiat : leurs
cris seuls m'en donnaient connaissance. Quelques-uns
luttaient contre la mort, et avaient une agonie terrible.
Ceux dont les forces étaient les plus abattues n'avaient
pas toujours une mort douce. Le fils de M. Wade, jeune
homme robuste et bien portant, mourut très-promptement
et presque sans pousser un gémissement; un autre jeune
homme du même âge, mais qui avait l'air délicat, résista
bien plus longtemps. Le père de ce dernier était sur la
hune de misaine ; quand on lui dit que son fils était à l'a-
gonie, il se hâta de descendre, et se traînant sur les pieds
et les mains le long du plat-bord au vent, il alla trouver
son fils, placé sur les haubans d'artimon. Il ne restait
plus, à cette époque, que trois à quatre bordages du
gaillard d'arrière, au-dessus des bouteilles. Ce père infortuné y conduisit son fils, qu'il appuya fortement contre
la lisse, de crainte que les vagues ne l'enlevassent. Quand
le fils éprouvait un soulèvement d'estomac, il l'enlevait
dans ses bras, et essuyait l'écume de ses lèvres ; s'il tombait une ondée, il lui faisait ouvrir la bouche pour recevoir les gouttes de pluie, ou bien lui faisait avaler celles
qu'il exprimait d'un linge mouillé. Ils restèrent dans
cette triste position pendant cinq jours. Enfin, le fils expira. Le malheureux père souleva son fils et le regarda
d'un air égaré, comme s'il n'eût pu croire à sa mort.
Quand enfin il ne fut plus permis d'en douter, il resta auprès du corps sans dire un mot. Quand la mer l'eut emporté, il s'enveloppa dans un morceau de toile, se laissa
tomber et ne se releva plus. Il eût pu vivre deux jours de
plus, d'après ce que nous fit juger le tremblement de
ses membres, toutes les fois qu'une lame venait à se briser sur son corps.

« Cette scène déchirante produisit de l'impression,

même sur ceux dont les sensations étaient en quelque
sorte mortes au monde, et pour lesquels la vue de nos
misères était devenue une chose habituelle.

« Dans la soirée du 10 juillet, et autant que nous pûmes
calculer, le vingtième jour depuis que le navire avait
coulé bas, quelqu'un dit qu'il voyait à l'horizon, à l'est
quelque chose qui ressemblait à la terre. Son annonce
fut entendue sans émotion, et personne ne fit le moindre
effort pour en constater la vérité. Cependant, si elle ne
produisit pas un effet visible, il parut qu'elle occasionna
une certaine sensation intérieure; car ayant, quelques
minutes après, levé la tête pour observer ce que notre
compagnon avait remarqué, je vis tous les yeux tournés
du côté qu'il avait indiqué. Nous continuâmes tous à regarder cet objet, mais avec assez peu d'attention jusqu'au
moment où les ombres de la nuit l'eurent graduellement
dérobé à nos yeux. Alors, chacun fit ses observations, et
l'on convint unanimement que c'était la terre. Madame
Bremner et d'autres me demandèrent si je croyais qu'il
y eût possibilité de se sauver. Je répondis que je ne pen-
sais pas que ce fût la terre; que pourtant, dans le cas
contraire, nous avions la consolation qu'elle mettrait probablement un terme à nos souffrances, parce que le
vaisseau toucherait certainement bien loin du rivage, et
serait en quelques heures brisé en pièces. Cette opinion
m'avait fait redouter la vue de la terre. Mais dans ce
moment, j'étais indifférent à tout, et incapable d'aucune sensation vive. Je me rappelle qu'en m'éveillant
le lendemain au point du jour, je ne songeai point à regarder si la terre était ou n'était pas en vue; que lorsque
l'un des hommes placé dans la hune de misaine agita
un mouchoir pour nous indiquer que c'était réellement la
terre, je sentis alors un certain désir de me lever et de

regarder; cependant, me trouvant dans une position commode, les bras pliés sur mon estomac, je ne me souciai pas de me retourner. Mes voisins ne furent pas aussi indifférents. L'un se leva et déclara que c'était la terre : ces paroles en firent lever un autre, et enfin tout le monde fut debout. Ce que l'on voyait me parut ressembler beaucoup à la terre; néanmoins, je n'en étais pas sûr; je ne mettais pas un grand intérêt à ce que cela fût vrai. Madame Bremner m'ayant demandé si je croyais que ce fût la côte de Coromandel, cette question me sembla si ridicule, que je lui répondis que, dans ce cas, nous irions tous deux nous placer dans le grand salon de Madras, sous les portraits de Cornwalis et de Meadows, pour nous y faire voir à tant par tête, comme des objets curieux.

« Dans le courant de la journée, la chose devint si évidente, qu'il n'y eut plus moyen d'en douter, et l'inquiétude fut générale. J'avais quelque espoir de me sauver, quoiqu'il fût considérablement diminué par la crainte de voir le bâtiment toucher à une grande distance du rivage. Je ne pouvais m'empêcher de réfléchir qu'après avoir survécu à des souffrances si extraordinaires au milieu de l'Océan, l'horreur de notre sort serait au comble de périr ainsi à la vue de terre. Dans la soirée, nous fûmes assez près pour apercevoir, à notre inexprimable douleur, que c'était une plage déserte sans aucune apparence d'habitants. Je m'attendais à chaque instant que le vaisseau allait toucher, et je me couchai, persuadé que c'était mon dernier jour. Je dormis néanmoins, et je fus réveillé avant le lever du soleil par le choc violent qu'éprouva le navire en touchant contre un rocher ; les secousses étaient si fortes chaque fois, que le mât en était ébranlé. J'avais prévu cet événement, et j'étais résigné à tout ce qui pourrait arriver. Au point du jour, la violence

des secousses nous empêcha de nous tenir fermes : la
mer baissa de plusieurs pieds ; ce qui resta du pont se
trouva entièrement à sec. Nous y descendîmes, mais ce
fut avec bien de la peine. Le canonnier et moi nous prê-
tâmes notre secours à madame Bremner pour y arriver ;
mais nous fûmes obligés de la laisser sur les trelinguages,
parce qu'elle était trop faible pour s'aider, et que nous
n'avions pas assez de forces pour la porter. Enfin, la mer
baissa tellement, que le vaisseau ne remua plus et que
l'entrepont fut presque entièrement à sec. Les Lascars
descendirent de la hune de misaine et se mirent à chercher des pièces d'argent parmi les ordures. Je proposai
aux deux qui me parurent les plus forts de descendre
madame Bremner du trelinguage où elle était restée ;
mais ils refusèrent de lui rendre ce service, à moins
qu'elle ne leur donnât l'argent qu'elle avait sur elle, à ce
qu'ils prétendaient. Quand le bâtiment coula bas, elle
avait heureusement mis trente roupies dans sa poche : le
soin inquiet qu'elle apportait à les conserver avait souvent
fait le sujet de nos railleries, ne nous doutant guère que
cette faible somme dût puissamment contribuer à nous
sauver la vie. Les Lascars consentirent enfin à descendre
notre malheureuse compagne sur le pont, moyennant
huit roupies, et à peine se furent-ils acquittés de leur
promesse, qu'ils insistèrent sur leur payement. Ce fut le
seul exemple d'insubordination ou de manque de compassion pour les souffrances de leurs compagnons d'infortune qu'ils donnèrent, car leur conduite fut exemplaire
et notamment remplie de délicatesse envers les femmes.

« Après nous être reposés quelque temps sur l'entre-
pont, nous observâmes que la tête du gouvernail avait été
emportée, et que par le trou qu'elle avait occupé, il y
avait un passage à la sainte-barbe. Dès que la mer eut

quitté le faux-pont, nous descendîmes dans la sainte-barbe
pour voir s'il restait quelque chose qui pût nous servir;
mais la mer avait tout emporté, à l'exception de quatre
cocos, qu'après bien des recherches nous trouvâmes par-
dessous le bordage. On pourrait très-naturellement supposer que les premiers qui mirent la main sur ces fruits
les gardèrent pour eux; je dois le dire à leur louange, ils
eurent l'humanité de déclarer qu'ils les partageraient avec
leurs compagnons, et qu'ils ne réclamaient que l'eau de
l'intérieur. Ces fruits étaient si vieux, que cette eau s'était
convertie en une huile rance et de si mauvais goût, qu'elle
ne pouvait nullement servir à étancher la soif. La partie
solide ne contenait plus de substance nutritive, et nous
nous trouvâmes assez mal d'en avoir mangé; mais la faim
nous tourmentait bien moins que la soif.

« L'après-midi, nous vîmes quelque chose qui ressemblait à des hommes se promenant sur le rivage, ce qui
accrut nos espérances. Tous ceux de nous qui pouvaient
se mouvoir allèrent sur le couronnement du vaisseau et
essayèrent d'attirer l'attention de ces inconnus, en agitant des habits et en faisant le plus de bruit possible;
mais les étrangers ne prirent pas du tout garde à nous et
passèrent leur chemin, ce qui nous parut si inconcevable,
que nous commençâmes à désespérer que ce fussent réellement des hommes. Leur vue nous excita néanmoins à
faire quelques efforts pour arriver à terre, et nous descendîmes dans la sainte-barbe, où nous avions vu des espares : nous en lançâmes une demi-douzaine à l'eau avec
des peines infinies; mais il n'y en avait pas assez pour
nous soutenir tous, et nos forces étaient si épuisées que
nous ne pûmes en remuer un plus grand nombre. Dans la
soirée, six des Lascars les plus vigoureux se cramponnè-
rent sur les espares, et la marée, qui commençait à mon-

ter, les eut bientôt poussés sur la plage, où ils abordèrent heureusement, quoiqu'il y eût un ressac très-fort.
Ils y trouvèrent un ruisseau d'eau vive dont ils burent
abondamment, et ils se couchèrent ensuite à l'ombre d'un
banc sur la plage. Nous les vîmes le lendemain matin
retourner au ruisseau pour boire, ce qui fut pour nous
une grande consolation, car nous avions craint qu'ils
n'eussent été dévorés par les tigres ; mais nous étions
trop faibles et trop peu nombreux pour remuer une seule
esparc. Il ne restait plus à bord que deux femmes, trois
vieillards, un homme d'un âge moyen alité depuis quelques jours quand le vaisseau coula bas, un jeune garçon
et moi. Ces êtres débiles avaient supporté des maux qui
avaient enlevé des hommes plus jeunes et plus vigoureux.

« Vers midi, nous aperçûmes une troupe considérable de naturels marchant le long de la plage, vers l'endroit
où nos gens étaient couchés. Ce fut alors que notre attention fut excitée au plus haut degré, pour savoir comment
ils traiteraient nos compagnons. Ils allumèrent du feu et
nous conclûmes avec justesse que c'était pour faire cuire
du riz ; bientôt après ils s'avancèrent jusqu'au bord de
l'eau, et agitèrent leurs mouchoirs comme pour nous
faire signe de venir à terre. Décrire notre émotion en ce
moment, est absolument impossible : partagés entre l'espérance et la crainte, nous n'étions plus maîtres de nous.
Nous voyions bien que ces hommes n'avaient point de
canot, et que lors même ils en auraient, le ressac les em-
pêcherait d'en faire usage ; cependant nous espérions
qu'ils inventeraient quelque moyen pour venir à nous.

« La vie qui, si récemment encore, me paraissait un
fardeau, me devint infiniment précieuse. Des bordages
flottaient près du vaisseau ; je les apercevais, mais j'ap-
préhendais de me confier à ce frêle appui ; je proposai au

canonnier et au contre-maître, homme du pays, de nous
aider, le jeune garçon et moi, à mettre une espare à la
mer ; ils y consentirent d'abord, mais ensuite ils abandonnèrent la tentative. Nous parvînmes, le jeune homme et
moi, avec des peines infinies, à jeter à la mer une de ces
espares, à laquelle nous avions attaché une corde ; nous
nous saisîmes ensuite d'une portion de bordage qui flot-
tait, et je la fixai de la même manière : nous avions donc
chacun un morceau de bois pour aider nos efforts. Cependant j'hésitai quelques instants ; enfin, encouragé par le
jeune homme, nous convînmes de partir ensemble. Quand
il fut placé sur son morceau de bordage, la résolution me
manqua ; en réfléchissant néanmoins que les hommes qui
étaient sur le rivage pourraient le quitter dans la soirée
et que j'aurais encore moins de force le lendemain, je me
sentis déterminé à poursuivre la tentative. Je pris congé
de madame Bremner qui, ainsi que je l'ai déjà dit, ne
pouvait pas du tout s'aider elle-même, et qui était si
faible, que l'on ne pouvait efficacement faire le moindre
effort pour elle : il m'était bien pénible de me séparer
d'elle, mais j'espérais que si je réussissais à arriver à terre,
je parviendrais à engager quelque homme du pays à aller
à son secours : elle me donna une roupie et accompagna
ses adieux des vœux les plus ardents pour l'heureux succès de mon entreprise. Tandis que je me recommandais
à la Providence divine, le morceau de bois se détacha et
s'éloigna : je m'arrêtai un instant, puis, recueillant toute
ma force, je me jetai à l'eau. Un instant auparavant, je
pouvais à peine mouvoir une de mes jointures ; mais à
peine fus-je dans la mer, que mes membres recouvrèrent
leur souplesse : j'eus bientôt atteint l'espare en nageant,
mais je ne pus longtemps la tenir ferme. Si c'eût été un
morceau le bois plat, il se fût tenu dans la même posi-

tion ; mais cette espare était carrée, tournait sur elle-
même à chaque mouvement de la mer et roulait par-dessus
moi, ce qui m'épuisa au point de mettre un terme à mes
espérances ; je la laissai plusieurs fois aller de désespoir ;
mais quand je me sentais aller à fond, je la saisissais de
nouveau et je la serrais de tout mon pouvoir. Je remarquai
que je ne m'approchais pas du rivage, mais que la marée
me poussait dans une direction presque parallèle à la côte.
Prévoyant que je ne pourrais résister beaucoup plus longtemps ; j'essayai tous les moyens d'empêcher l'espare de
tourner : enfin, je m'y étendis de tout mon long, je passai
une jambe et un bras par-dessus, tandis que de l'autre
jambe et de l'autre bras, je m'efforçai de la faire aller
vers le rivage. Cela me réussit assez bien pendant quelque temps ; mais tout à coup une lame épouvantable vint
se briser sur moi, m'accabla de son poids et emporta l'espare : je crus que tout était fini, et après quelques vains
efforts, je commençais à aller au fond, quand une autre
lame me jeta en travers de l'espare que la mer, en se re-
tirant, emporta en arrière avec une force considérable. La
secousse faillit m'ôter la respiration ; cependant, par instinct, je me cramponnai des pieds et des mains à l'espare,
et je tournai plusieurs fois en tous sens avec elle. Le sable
et le coquillage que la houle entraînait de dessus la plage
m'écorchèrent cruellement ; alors je pensai que c'était
signe que j'approchai du rivage quoique je ne le visse
pas, et cela ranima beaucoup mon espoir. D'autres vagues
me poussèrent avec violence contre des rochers : je les
saisis fortement des deux mains, de crainte que la lame,
en revenant, ne me repoussât au large.

« Je n'avais sur moi, en quittant le navire, qu'un gilet
de flanelle, une moitié de chemise et une culotte longue :
afin de n'être pas embarrassé par le gilet et la chemise qui

tombaient en morceaux, j'en fis un paquet que j'attachai
sur mon dos, mais les vagues l'emportèrent ; j'avais encore ma culotte longue qui se trouva embarrassée dans
les rochers quand la lame se retira, je la déchirai et j'essayai de me traîner sur les genoux et les mains, parce que je
n'aurais pu me tenir debout, étant encore à la portée de la
lame. Comme j'étais tout nu, je trouvai le vent très-froid :
je me couchai donc à l'abri d'un rocher, et en quelques
minutes je m'endormis, quoique j'eusse vu plusieurs naturels du pays s'avancer vers moi. Ils m'éveillèrent bientôt après et me parlèrent en indou, ce qui me combla de
joie, car je craignais que nous ne fussions hors du territoire de la Compagnie, sur les terres du roi d'Ava. Ces
hommes me dirent que nous n'étions qu'à six journées
de marche de Chittagong, qu'ils étaient des rayas ou
paysans de la Compagnie, et qu'ils auraient soin de moi
si je voulais aller avec eux ; je répondis aussi bien que je
le pus, que j'étais si épuisé par la fatigue et les meurtris-
sures que je ne pouvais bouger, mais que je les priais de
me donner quelques grains de riz cru.

« Quelque misérable que fût ma condition, j'étais affligé d'être vu sans vêtements. Ces hommes ne s'en furent
pas plutôt aperçus, que l'un d'eux, un Birman, habitant
d'Ava, détacha son turban de sa tête, et le noua autour de
ma ceinture, suivant la coutume du pays. Quand ils virent l'inutilité des efforts que je faisais pour me lever, il
y en eut deux qui me prirent par le bras, et me portèrent
réellement, car mes pieds touchèrent bien rarement à
terre. Nous rencontrâmes un petit ruisseau : je demandai
que l'on me permît d'y boire ; ils essayèrent de m'en dissuader : je persistai ; ils laissèrent aller mes bras ; je tombai le visage dans l'eau. Au lieu d'essayer de me relever,
je me mis à avaler de l'eau aussi vite que je le pus, et je

me serais certainement fait du mal, si l'on ne m'avait pas
empêché d'en boire davantage.

Le bain d'eau fraîche que je venais de prendre, et l'eau
que j'avais bue, me ranimèrent tellement, que je pus marcher en m'appuyant seulement sur les bras de mes conducteurs. Nous arrivâmes bientôt à l'endroit où ces gens
avaient allumé leur feu : j'y trouvai le jeune garçon, les
six Lascars, le canonnier et le serang ou contre-maître
indou. Les Lascars avaient gagné le rivage la veille,
comme je l'ai déjà dit : le canonnier et le serang, ainsi
que le jeune homme, n'avaient quitté le bâtiment que
bien peu de temps avant moi ; mais comme ils nageaient
tous bien mieux que moi, ils avaient atteint la plage
longtemps auparavant.

« Le plaisir que j'éprouvais en retrouvant mes compagnons sains et saufs, et en écoutant ce qu'ils me racontèrent de l'humanité de nos libérateurs, me transporta à
un tel point, que je crois que mon esprit en fut dérangé
un moment. Je ne pouvais concevoir comment le canonnier et le serang, que j'avais laissés à bord, avaient fait
pour arriver à terre. Les explications qu'ils me donnaient
ne servaient qu'à embrouiller davantage mes idées.

« J'attendis patiemment pendant dix minutes que l'on
mît à faire cuire du riz. Je n'en demandai pas de cru, et,
quand on m'en apporta du cuit sur une feuille d'arbre,
je ne voulus y toucher que lorsque l'on m'eut assuré
qu'il n'y en avait pas trop. J'en pris dans ma bouche, je
le mâchai un peu, mais il me fut impossible de l'avaler.
Un des naturels voyant mon embarras, me jeta de l'eau
à la figure : il en entra dans ma bouche quelques gouttes,
qui poussèrent le riz dans mon gosier, et faillirent à
m'étrangler ; mais l'effort que cela fit faire à mes muscles
me rendit la faculté d'avaler. Je fus néanmoins obligé

pendant quelque temps de prendre une gorgée d'eau avec
chaque bouchée de riz. La chaleur avait si fort gercé mes
lèvres et l'intérieur de ma bouche, que chaque mouvement de mes mâchoires les mettait en sang, et me causait des douleurs cuisantes.

« Je représentai aux naturels la position dans laquelle
j'avais laissé à bord madame Bremner et d'autres personnes, et, comme je connaissais l'influence puissante de
l'argent sur l'esprit de ces gens-là, je leur fis entendre
que, s'ils lui sauvaient la vie, elle était en état de les récompenser libéralement. Quelques-uns me promirent
d'avoir l'œil au guet pendant la nuit, parce que la marée,
qui montait alors plus haut que dans le jour, amènerait
probablement la carcasse du navire plus près de la côte.

« Je me sentis grand appétit à mon réveil, et j'impor-
tunai mes libérateurs pour qu'ils me donnassent encore
du riz ; mais ils me dirent qu'ils n'en feraient pas cuire
avant le lendemain. Je me remis donc à dormir. A minuit, l'on vint me réveiller pour m'annoncer que la dame
et sa servante étaient à terre. Je me levai aussitôt pour
aller la féliciter ; je la trouvai assise près du feu, après
avoir mangé un peu de riz. Je n'ai jamais vu l'expression
de la joie plus fortement peinte qu'elle l'était en ce moment sur le visage de madame Bremner.

« J'appris ensuite qu'elle devait sa délivrance à l'humanité du Birman. Les naturels, s'apercevant qu'elle avait
sur elle quelques roupies, avaient déjà formé des plans
pour se partager sa dépouille ; ce brave homme, ayant
entendu leur complot, guetta le moment convenable, et,
avec le secours d'un de ses gens, il sauva cette dame sans
stipuler aucune récompense.

« Dans la nuit, le bâtiment se sépara en deux. Le fond
resta sur le rocher, la partie supérieure vint en flottant si

près de la plage. que les deux hommes qui restaient encore à bord, purent arriver à terre en passant l'intervalle
de mer à gué.

« Nous passâmes la nuit couchés à terre sans aucun
abri. Il pleuvait à torrents, nous souffrîmes beaucoup du
froid. Le matin, les naturels nous donnèrent encore du
riz ; mais ils commencèrent à nous demander de l'argent
qu'ils avaient entendu dire que madame Bremner avait
sur elle, et refusèrent de continuer à fournir du riz, à
moins qu'on ne les payât. Les huit Lascars firent leur
marché avec les huit roupies qu'ils avaient reçues à bord
de madame Bremner, et comme ils étaient tous mahomé-
tants, ils firent leur repas à part, leur religion ne leur
permettant pas de manger avec des personnes d'une autre
croyance. Madame Bremner consentit à payer huit roupies
pour que l'on fournît du riz au reste de notre troupe pendant quatre jours, jusqu'à ce que nous eussions assez réparé nos forces pour aller au prochain village, que l'on
nous dit être éloigné de trente milles au nord.

« A la mer basse, les naturels allèrent fouiller dans les
débris du navire, où ils ne trouvèrent que des fusils brisés, un peu de fer, du cuivre et du plomb, et le cuivre du
doublage. Ils emportèrent le tout. J'essayai de les faire
renoncer à leur projet, en leur représentant qu'on pourrait
leur demander compte des objets qu'ils prenaient ; ils ré-
pliquèrent qu'ils y avaient droit pour nous avoir sauvé la
vie. Ils m'en voulurent depuis ce moment, et j'eus bientôt
sujet de me repentir de mon zèle pour les intérêts des
propriétaires du bâtiment. Je ne sais si ce fut pour cette
raison, ou parce que j'étais le seul Européen, mais ils me
servirent généralement le dernier, et me donnèrent une
portion moins grosse qu'aux autres.

« Les naturels tuèrent des bêtes fauves qui sont très-

abondantes dans ce pays, et les mangèrent à nos yeux
sans nous en offrir un morceau ; nous en ramassâmes les
os quand ils les eurent jetés, et nous en fîmes une soupe
que nous trouvâmes délicieuse, et qui fut sans doute un
supplément très-salutaire à notre riz.

« Madame Bremner se trouvant trop faible pour marcher, les naturels, après une longue discussion, convinrent
de la porter sur des litières de bambou, elle et sa servante,
pour douze roupies, et, pour deux roupies de plus, de
nous fournir à tous les quatre du riz jusqu'à notre arrivée
au village. Craignant de ne pas pouvoir les suivre, je les
priai de me procurer aussi une litière, les assurant que
je les récompenserai généreusement à Ramou, qui, à ce
que l'on me dit, était le comptoir le plus proche. Ils me
refusèrent positivement, à moins que je ne payasse comptant le double de ce qu'ils recevaient de madame Bremner, parce que j'étais bien plus lourd qu'elle. Je me décidai, en conséquence, à rester jusqu'à ce qu'elle eût fait
connaître ma situation aux Anglais établis à Ramou. Quoique les naturels fussent convenus de me fournir, dans
l'intervalle, du riz tous les jours, moyennant deux roupies, ils ne voulurent pas m'en donner une once ; les menaces du mécontentement de la Compagnie furent aussi
peu efficaces que mes instances.

« Le 17 juillet, nous nous mîmes en route à huit heures
du matin, madame Bremner et sa servante sur les litières
portées par quatre hommes, le jeune garçon, le canonnier, le serang et moi, à pied. Nos Lascars, qui s'étaient,
depuis le premier moment, attachés aux naturels, restèrent avec eux auprès de la carcasse du bâtiment. Nous
avions chacun un bambou pour nous aider dans notre
marche, qui était singulièrement facilitée par un vent
frais, dont le souffle nous venait dans le dos.

« Après avoir fait deux milles, nous nous arrêtâmes une heure. Je m'endormis. Mes jointures étaient si roides quand je m'éveillai, que je ne pus me lever sans être aidé et il me fut impossible de suivre le reste de la troupe, parce que j'étais fréquemment obligé de me reposer. Quoique le jeune homme pût marcher beaucoup plus vite, et eût en même temps une grande frayeur d'être attaqué par les tigres, il ne voulut pas me laisser seul. Nous restâmes considérablement en arrière.

« Nous avions totalement perdu de vue nos compagnons, lorsque j'aperçus une faible troupe de Moges, ou naturels d'Aracan, qui faisaient cuire du riz près du rivage. Ignorant leur langage, j'étais embarrassé sur les moyens de leur faire connaître ma détresse. Je m'avançai néanmoins, dans l'attente que ma chétive apparence exciterait leur compassion. Je ne me trompai pas; le chef m'accosta, et me demanda en portugais ce qui m'avait réduit dans un si triste état. Je lui répondis en peu de mots que j'avais fait naufrage, que je mourais de faim, que mes compagnons m'avaient abandonné, et que je le priais de me donner quelque chose à manger. Cet homme parut très-affecté de mon discours, et maudit les misérables qu'il avait vus passer une demi-heure auparavant, sans lui adresser une parole. Aussitôt il me donna les meilleurs mets qu'il avait, et, voyant que je dévorais les morceaux, il m'engagea à modérer mon appétit dans les premiers moments, ajoutant que j'aurais des provisions en abondance pour mon voyage. Il me dit en même temps que comme les tigres avaient peur du feu et de l'odeur de la fumée, il voulait, avant que nous nous séparassions, m'enseigner à faire du feu en frottant deux morceaux de bambou l'un contre l'autre.

« A deux milles de là, je trouvai dans une hutte le reste

de notre troupe qui mangeait du riz ; fier de ma position, je tirai du riz de mon sac pour le jeune homme et pour moi, afin de prouver aux Indous que nous n'avions pas besoin de leur secours. Dès que nous nous fûmes remis en route, nous aperçûmes plusieurs Indous et quelques-uns de nos Lascars qui nous rejoignirent. Nous apprîmes alors qu'ils avaient rencontré le Portugais, mon ami, qui leur avait reproché leur inhumanité, et leur avait dit que, quoiqu'ils me vissent dans un état misérable, j'étais un homme d'importance, et que le gouverneur de Calcutta leur ferait rendre un compte sévère de leur conduite. Cette nouvelle produisit un changement étonnant dans leur manière d'être : ils affectèrent de me traiter avec quelques égards ; je rejetai leur politesse, et je me contentai d'accepter l'offre que me fit leur guide, de porter mon pot de riz ; mais je fus bien sensible à cette nouvelle preuve de l'affection de mon bienfaiteur.

« Le lendemain à midi, nous arrivâmes sur les bords d'une rivière, que l'on ne put traverser que lorsque la marée baissa. Nous effectuâmes le passage sur un radeau de bambous que les Indous construisirent, et aux côtés duquel cinq à six se tinrent à la nage. La roideur de nos jambes s'était accrue à tel point que nous ne pouvions guère que nous traîner, et que souvent nous restions en arrière.

« Le jour suivant, nous entrâmes dans le village où demeuraient nos Indous. Comme j'étais hors d'état d'aller jusqu'à la maison du zemindar, j'entrai dans la première hutte que je trouvai ouverte ; mes forces étaient si épuisées que j'y serais resté toute la nuit. Des personnes qui m'avaient vu entrer, me suivirent et m'emmenèrent de là chez Doumo-Ali-Scheinder, qui me reçut avec la plus grande cordialité. Il ordonna de me servir toutes sortes de rafraîchissements, et nous traita tous avec une bonté apparente, mais j'eus bientôt sujet de douter de la sincérité de ses démonstrations.

« J'appris que nous n'étions qu'à environ quatre milles de distance de Ramou : cependant le zemindar, lorsque je lui proposai d'y aller, nous pressa de rester dix à douze jours de plus, disant qu'il nous enverrait à Calcutta par un canot de trente avirons. Je soupçonnai alors non-seulement qu'il avait connivé à ce qui s'était passé, mais qu'il formait le projet de piller entièrement ce qui restait de la *Junon*. La cargaison était encore intacte, et cette proie offrait une tentation trop forte pour la probité du zemindar.

« Mon impatience d'arriver à Ramou s'accroissait à chaque instant ; je me décidai à y aller par terre, après avoir essayé vainement tous les arguments possibles pour engager le zemindar à nous donner un canot pour y aller. Le 20, le zemindar me prit en particulier dans un appartement, et, après de nombreuses protestations de sa bonne volonté, me dit que, quoiqu'il n'eût aucune part au pillage de la *Junon*, le magistrat du district d'Islamabad, qui résidait à Chittagong, pourrait l'en rendre responsable. Il me proposa, en conséquence, de lui signer un certificat attestant qu'il n'avait participé en rien au pillage, et qu'à cette condition il me fournirait un canot pour aller à Ramou ou à tel endroit que je désignerais.

« Bien persuadé qu'il n'y avait pas de mal à rendre ruse pour ruse, j'affectai d'accéder avec empressement à sa proposition ; mais au lieu du certificat qu'il me demandait, je dressai un précis succinct de nos malheurs, suivi du tableau de notre position actuelle. Comme je craignais néanmoins que quelqu'un des gens du zemindar ne comprît le français, j'écrivis le certificat demandé. Muni de

ces documents, il alla à Ramou, et les donna au phoughedar, ou officier de police, qui les remit, au lieu d'un
autre papier, au lieutenant Towers, commandant un détachement en ce lieu. Il en résulta des enquêtes ulté-
rieures. Le lieutenant Towers, frappé des réponses éva-
sives du phoughedar, finit par découvrir la vérité. Il
dépêcha aussitôt un canot avec une escorte convenable,
des provisions, de l'argent et une lettre pour moi.

« Le 22 dans la soirée, voyant que le zemindar m'a-
vait fait des promesses trompeuses, je résolus de partir
seul, le lendemain, pour Ramou. Mes compagnons consentirent à se priver d'une portion de leur souper, que je
mis secrètement de côté. Je venais de me coucher lorsque
l'escorte arriva. Le 23, à midi, j'arrivai à Ramou. Le
lieutenant Towers vint sur le bord de la rivière pour nous
recevoir, et son cœur sensible fut profondément affecté
à la vue de notre apparence hideuse; il nous conduisit à
son logement, céda sa propre chambre à madame Bremner, et procura des logements au reste de la troupe. Il
fut notre domestique, notre chirurgien et même notre
cuisinier. Rien n'égalait la tendre sollicitude qu'il mon-
trait pour fournir à nos besoins et nous donner tout ce
qui pouvait nous être agréable. Cette conduite, qui fait
honneur à ses sentiments, ne s'effacera jamais de ma
mémoire.

« Le 26 juillet, nous nous embarquâmes dans deux canots, et, le 28, nous arrivâmes à Chittagong, où com-
mandait le lieutenant Price. Les bontés affectueuses qu'il
nous prodigua nous rappelèrent vivement M. Towers.

« Après m'être reposé un jour, je me présentai chez
M. Thomson, juge du district d'Islamabad. Ce magistrat
envoya une garde auprès de la *Junon*, pour mettre un
terme aux déprédations qui se commettaient sur la car-

casse de ce bâtiment. Un rapport de ce qui s'était passé fut signé par madame Bremner, M. Thomas, le canonnier et moi, puis inséré dans le registre public, et une copie certifiée fut envoyée aux propriétaires du navire à Madras.

« Mon ami, le colporteur portugais, m'avait dit que sa femme demeurait à Chittagong ; je m'informai d'elle, et j'appris, à mon grand regret, qu'elle était morte peu de jours auparavant sans laisser d'enfants.

« Sentant mes forces revenues, je partis huit jours après pour sauver ce qui restait du naufrage ; je m'embarquai le 8 août dans un canot, avec des charpentiers et tout ce qui m'était nécessaire dans mes opérations. J'entrai le 12 à Ramou ; je me reposai un jour chez le digne lieutenant Towers, et le 14 je me remis en route, porté dans un palanquin. Le 17, j'arrivai à la baie de la *Junon*, car ce fut ainsi que j'appelai cet endroit.

« On construisit deux huttes temporaires ; les pluies continuelles ne permirent pas de faire beaucoup d'ouvrage dans la première semaine : on alla ensuite assez vite, et le 6 octobre toute la charpente était empilée à terre ; je mis alors le feu à ce qui restait de la malheureuse *Junon* sur la plage. Le fer qui se trouva après cet incendie fut soigneusement rassemblé ; je laissai ce soin au canonnier, et je retournai à Chittagong. On me renvoya ensuite à la baie pour remettre la charpente et le fer au capitaine Gallay, commandant la *Restauration*, qui était arrivé à cet effet.

« Le 25 novembre, tout fut chargé sur ce bâtiment, je m'y embarquai, et j'arrivai à Calcutta le 12 décembre.

« Quant à mes compagnons d'infortune, madame Bremner, après avoir recouvré sa santé et ses forces, fit un très-bon mariage ; mon fidèle jeune homme prit la

mer en une telle aversion que je fus obligé, bien malgré
moi, de le laisser à Chittagong. Un des deux hommes laissés dans la baie mourut quelque temps après, son compagnon souffrit longtemps avant de s'embarquer sur la
Restauration. »

Le narrateur Jean Mackai revint à Calcutta où, bientôt,
il fut nommé capitaine d'un bâtiment marchand. Cette
nouvelle fortune lui fit oublier les souffrances qu'il avait
eues à subir sur la *Junon*.

NAUFRAGE DE LA NATHALIE

Dans les glaces de Terre-Neuve.

La *Nathalie* partit du port de Granville pour aller faire
la pêche de la morue à Terre-Neuve. Elle avait soixante-
quatorze hommes d'équipage, et sa navigation avait été
heureuse lorsque, le 29 mai, le navire fut environné de
glaces flottantes : l'une d'elles creva la coque de la *Nathalie*, qui fut aussitôt envahie par l'eau. Sur le point
d'être englouti, l'équipage chercha son salut dans les
canots : mais dix-sept personnes seules purent s'y réfugier, et à huit heures du soir le navire disparaissait dans
le gouffre avec tous ceux qui le montaient.

« Je coulai avec l'équipage, raconte le second capitaine
de la *Nathalie*, un des deux survivants de la catastrophe,
mais je revins bientôt sur l'eau, et je trouvai près de moi
deux morceaux de bois attachés l'un à l'autre. Sur ce frêle
asile s'était déjà réfugié un matelot nommé Potier. Je m'y
plaçai à côté de lui ; mais l'instant de notre mort ne nous
paraissait que retardé, cet abri ne pouvant nous tenir
loin du danger pendant longtemps.

« Nous aperçûmes bientôt une glace plate, nous nous
dirigeâmes vers elle, et après de longs et pénibles efforts

nous l'abordâmes. J'avais pour tout vêtement une chemise de laine, un pantalon, mes bas, et mon chapeau,
que j'avais retrouvé en revenant sur l'eau ; mon malheureux compagnon n'était pas mieux vêtu. Il n'avait rien
pour couvrir sa tête. Nous restâmes quelque temps immobiles sur la glace ; mais pour ne pas nous laisser
abattre tout entiers, nous nous mîmes à marcher
avec autant de vitesse que notre état nous le permettait ; mais nous ne pûmes parvenir à rappeler la chaleur. La brume, le verglas et la nuit vinrent mettre le
comble à nos maux. Le froid était si pénétrant que, pour
n'être pas entièrement gelés, il nous fallut marcher toute
la nuit. Déjà nous sentions vivement l'aiguillon de la
faim.

« Le matin, dans une éclaircie, nous aperçûmes quatre
hommes à une grande distance, et un autre beaucoup
plus près de nous. Cette vue nous fit grand plaisir ; mais
bientôt le temps se couvrit et nous déroba la vue de nos
compagnons.

« Vers les neuf heures du matin, le temps redevint
clair ; nous vîmes alors un bâtiment à trois mâts. Il s'approcha, diminua ses voiles, et fit la manœuvre nécessaire pour sauver les quatre malheureux naufragés. Il
nous semblait déjà que nous allions partager leur bonheur. Nous regardions notre délivrance comme certaine ;
nous agitions ma cravate et mon chapeau afin de nous
faire plus facilement remarquer. Le malheureux qui était
sur une glace, non loin de nous, faisait avec une planche
un signal du même genre ; mais, hélas ! notre espérance
fut cruellement déçue ! Au bout d'une demi-heure, le
bâtiment mit ses voiles au vent, louvoya parmi les glaces
et s'éloigna de nous, cherchant vainement à sauver d'autres victimes.

« Le bâtiment resta à notre vue toute la journée ; tous nos efforts pour nous faire apercevoir et pour rejoindre l'homme réfugié sur la glace furent également inutiles. La nuit vint, et le bâtiment disparut à nos yeux.

« Accablés de désespoir, nous passâmes deux nuits transis de froid par la pluie et le verglas, et tourmentés horriblement par la faim.

« Le 1er juin, une botte de pêcheur passa près de notre glace ; nous tâchâmes de l'attirer vers nous ; nous l'eussions dévorée en un instant ! Ne pouvant l'atteindre avec notre aviron, je fus sur le point de l'aller chercher à la nage, mais je n'osai pas m'y risquer, je me sentais trop affaibli, et je craignais de rester gelé dans l'eau. Alors, avec un couteau, j'enlevai des parcelles de notre aviron ; nous tentâmes de les manger sans pouvoir y réussir. Nous portions autour de nous des regards avides, dans l'espérance de trouver à notre portée quelque chose qui pût servir à notre nourriture. Pendant le jour la faim était le plus grand de nos maux ; pendant la nuit le froid ne nous permettait pas de prendre un moment de repos. Ce même jour, la brume se dissipa ; nous aperçumes les débris de la *Nathalie* et le même homme que nous avions cherché à rejoindre le 30 mai. Parmi les débris je distinguai à environ cent pas une cage à poules. Tout près de nous était une petite glace capable à peine de porter un homme ; je me hasardai à y passer et, avec le couteau de Potier, j'y fis une entaille pour placer notre aviron. Alors la glace me servit comme d'un canot pour aborder les débris. Je parvins à saisir la cage à poules ; elle renfermait quatre poules noyées. Je dévorai à l'instant une cuisse de l'une d'elles. Ce peu de nourriture ranima mes forces et mon courage. Mon compagnon me voyant manger vit redoubler la faim. Les bras tendus vers moi, il me criait : « De grâce, monsieur Houiste, apportez-moi à manger! » Nous fûmes bientôt réunis. Nous achevâmes de manger cette poule sans prendre le temps de la plumer. Jamais nous n'avions fait un repas si délicieux.

« Dans le cours de nos recherches nous trouvâmes une barrique de cidre débondée. Après des efforts incroyables, nous parvînmes à la monter sur notre glace. Il y était entré de l'eau de mer; mais cette eau ne s'était pas entièrement mêlée avec le cidre; quand nous eûmes fait couler à peu près la moitié du liquide que contenait la barrique, le reste nous fournit une boisson supportable. Une demi-heure après, environ à un demi-quart de lieue, nous découvrîmes une petite chaloupe; ce pouvait être pour nous un moyen de salut. Nous abandonnâmes notre barrique, peu importante pour nous, puisque les morceaux de glace nous désaltéraient; mais nos· trois poules étaient trop nécessaires pour les oublier. Afin d'avoir des clous, nous ôtions les cercles des bouts de chaque barrique que nous rencontrions. Comme je savais qu'il fallait une fausse pièce à la chaloupe, j'arrachai deux douves d'une de ces barriques.

« Nous atteignîmes enfin la chaloupe : elle était entre deux eaux. Quand nous y fûmes entrés, nous avions l'eau à la ceinture; alors le point sur lequel j'appuyais l'aviron s'élevait seul au-dessus de l'eau. Nous dirigeâmes l'embarcation vers le malheureux que nous voyions seul sur une glace, éloigné de nous d'environ une demi-lieue. Potier ne savait pas conduire un bateau. Avec un aviron placé à la poupe, il me fallait donc ramer continuellement; je voulus tâcher de rendre la chaloupe navigable, mais malgré tous nos efforts nous n'en pûmes venir à bout. Nous continuâmes cependant toujours de nous diriger vers notre compagnon d'infortune.

« Un baril de beurre passa près de nous ; Potier le saisit ;
mais le poids était trop lourd pour lui ; il prit un gros
morceau de beurre et laissa aller le baril, qui nous eût
été fort utile si nous avions pu parvenir à le conserver.
Potier sauva une casquette, et ce fut pour lui une heureuse trouvaille : jusqu'à ce moment il était resté tête
nue.

« Après une heure et demie de travaux sans relâche,
nous abordâmes enfin la glace du malheureux que nous
voulions atteindre : c'était Julien Joret, matelot de notre
équipage. Son état était déplorable : un morceau de poule
lui rendit quelques forces.

« Pendant plus d'une demi-heure nous nous trouvâmes,
Potier et moi, dans l'impuissance de nous mouvoir. Nos
cuisses et nos jambes étaient engourdies de froid et de
fatigue : nous ne les sentions plus. Nous eûmes bien de
la peine à nous mettre debout ; enfin nous réussîmes à
marcher et à rappeler en nous quelque chaleur. Nous
trouvâmes sur la glace de Joret plusieurs chemises et une
petite chaudière. Réunissant tous trois nos forces, nous
halâmes la chaloupe le long de notre abri. L'eau dimi-
nuant nous permit de voir au fond une veste et un petit
marteau de charpentier. Je déposai sur la glace ces objets
devenus si précieux pour nous, et nous travaillâmes à
tourner la chaloupe la quille en haut. Avec le beurre, la
veste, un morceau de douve de tonneau, un clou arraché
à une étanche, nous parvînmes, par les plus grands efforts, à mettre une pièce à la chaloupe, que nous retournâmes ensuite et que nous mîmes à la mer. L'eau péné-
trait bien encore un peu ; mais notre petite chaudière
nous servit à l'épuiser.

« Quand la chaloupe fut à flot, nous aperçumes la
terre à une distance éloignée. A cet aspect, nous nous

crûmes sauvés et nous continuâmes à diriger notre embarcation de ce côté.

« Nous n'en étions plus qu'à quatre lieues environ, lorsque nous nous trouvâmes enfermés au milieu des glaces. Quatre jours se passèrent dans cette affreuse situation ; nous vécûmes pendant ce temps avec la plus grande économie. — Un membre de nos volailles partagé entre nous trois nous servait de nourriture pendant une journée entière.

« Le 6 juin, vers onze heures du matin, le temps s'éclaircit un peu, et nous découvrîmes une trentaine de navires à deux lieues de nous à peu près. Que devions-nous faire pour les rejoindre ? Notre chaloupe faisait corps avec les glaces ; il nous était désormais impossible d'en tirer parti. D'un commun accord nous résolûmes de gagner les navires en suivant les glaces qui semblaient faire corps ; nous abandonnâmes à regret notre chaloupe et nous partîmes.

« Après avoir lié nos pantalons par le bas et fait, à l'aide des chemises trouvées sur la glace, des bourrelets dont nous enveloppâmes nos pieds, pour soutenir nos forces défaillantes, nous mangeâmes la moitié d'une poule, tout ce qui restait de nos vivres, et nous nous mîmes en route, munis de deux planches qui nous servaient comme d'un pont pour passer d'une glace à l'autre.

« A mesure que nous avancions, notre courage croissait avec l'espérance ; arrivés à peu près à moitié de la distance qui nous séparait des bâtiments, un vent de nord-ouest violent souffle, divise et éparpille toutes les glaces !... Notre sort est devenu plus affreux qu'auparavant, nous ne pouvons ni avancer vers les bâtiments, ni rejoindre notre chaloupe ! Nous étions navrés de douleur.

« Depuis huit jours nous n'avions eu, pour soutenir notre

misérable vie, que quatre poules noyées ; il ne nous restait plus rien ! Privés de toutes ressources, dévorés par la
faim, demi morts de froid, le désespoir s'empara de nous...
Vaincus de faiblesse et de fatigues, nous éprouvions un
besoin de dormir insurmontable, mais l'humidité et le
froid nous réveillaient à chaque instant. Pour empêcher
nos pieds de se geler, nous les tenions dans une agitation
continuelle. Le même jour, sur le soir, la brise faiblit et
les vents du large ramenèrent la brume et la pluie ; nous
passâmes une nuit affreuse ! Le lendemain, Potier et Joret
avaient les pieds gelés. Les quatre jours qui suivirent
furent aussi épouvantables !

« Le 10 juin, nous n'étions plus sur le passage des navires, plus d'espoir d'être sauvés par eux ! La terre n'était
pas éloignée, il me sembla que les glaces étaient continues
jusqu'à la côte ; je parvins à ranimer le courage de mes
compagnons ; nous nous aidâmes donc de nos planches pour
nous rapprocher de la terre qui nous semblait éloignée de
dix lieues. Nous cheminions lentement vers le rivage,
nous trouvions souvent devant nous des solutions de
continuité dans les glaces qui nous forçaient à faire d'assez longs détours ; à chaque instant un de nous tombait,
et les efforts réunis des deux autres suffisaient à peine
pour le relever. Nous marchions depuis deux jours, et les
blessures de nos pieds, aigries par l'eau de mer, nous
causaient des douleurs atroces. Nous étions au 12 juin, et
nous crûmes que ce jour serait le dernier de notre vie.
A une demi-lieue de terre, les glaces nous manquèrent,
et l'espoir s'évanouit tout à fait de nos cœurs ; cependant
l'instinct de la conservation nous détermina à tenter de
nouveaux efforts ; nous continuâmes à marcher et nous
n'étions plus qu'à un quart de lieue de la terre ;
mais nous avions devant nous une mer sans glace ! Un

glaçon détaché de la masse était devant nous, nous sau_
tons dessus, et, à l'aide de nos planches, nous le dirigeons
vers le rivage. Ce glaçon se divise en deux parties; un
de mes compagnons manque de tomber à la mer, nous
parvenons à le rattraper, et nous montons sur un autre
bloc. Enfin le 13 juin, à cinq heures du soir, nous atteignîmes la terre.

« Accablés de fatigue, nous tombons sur l'herbe et nous
nous livrons au sommeil. Mais le réveil fut terrible! Joret
était aveugle : il ne pouvait pas, plus que Potier, faire un
seul mouvement. Je rampai sur les genoux et sur les
coudes vers la plage où je trouvai des moules dont je remplis mon chapeau. Quoique je ne me fusse traîné qu'à une
vingtaine de pas, j'eus bien de la peine à retourner. Nous
dévorâmes ces moules avec avidité.

Le 15 et le 16, il nous fut impossible de nous procurer
des moules. Battus par la pluie, nous n'eûmes pour nourriture que quelques brins d'herbe que nous ne pûmes
digérer. Joret ne pouvait se traîner jusqu'à une source
voisine, je fus obligé de lui apporter de l'eau dans mon
chapeau.

« Le lendemain, 17, fut un jour de bonheur. Le temps
devint beau. Pour la première fois nous ressentîmes une
chaleur bienfaisante, et Joret recouvra la vue. Ce fut lui
qui aperçut le premier, vers les quatre heures du soir,
sur la baie, une goëlette anglaise qui longeait la côte. Je
parvins à me mettre debout, et mes camarades joignirent
leurs cris aux miens. Nos cris égalaient à peine ceux
d'un enfant. Les Anglais ne pouvaient nous entendre,
ils nous aperçurent; nous les vîmes s'embarquer sur une
chaloupe et venir à nous. A mesure que nos sauveurs
s'approchaient, ils ramaient avec plus de force. Aussitôt
qu'ils eurent abordé, trois d'entre eux s'élancent de la

chaloupe et nous prennent dans leurs bras pour nous embarquer. Ils pleuraient comme des enfants. Nous étions
aussi dans un état à faire pitié. Couverts de plaies, à
demi nus, décharnés, les yeux caves et presque éteints,
à peine conservions-nous un reste de figure humaine.
L'attendrissement était général. La femme du capitaine
nous marqua surtout une touchante sensibilité, et on
nous prodigua les soins les plus tendres. Une charité ac-
tive et délicate prévoyait nos besoins. L'équipage anglais
nous remit convalescents au brick français la *Bonne-Mère*,
de Granville, qui, quelque temps après, nous rendit à nos
familles. Joret et Potier, qui avaient eu les pieds gelés,
se rétablirent à grand'peine; quant à moi, dit M. Houiste
en terminant, je retrouvai ma femme dont les soins et la
tendresse me firent oublier les grands malheurs dont j'a
vais eu à souffrir. »

NAVIRE ENFERMÉ DANS LES GLACES

Dans une belle soirée du mois d'août, le capitaine Barding, commandant un baleinier du Groenland, se trouva
pris de calme par environ 77° de latitude nord, au milieu
d'une espèce de bassin, dont une chaîne de montagnes de
glace formait l'enceinte ; à un mille de distance de son
navire on apercevait une longue série de pics d'une hauteur prodigieuse et couverts de neige. Tout l'espace que
l'œil pouvait parcourir paraissait rempli d'énormes masses
qui indiquaient assez que l'Océan était entièrement fermé
dans cette partie, et que cet état de choses subsistait depuis une période de temps considérable.

Le capitaine trouva sa position plus embarrassante que
dangereuse. Il n'avait aucune crainte d'être jeté contre
une de ces montagnes ; leur immobilité et le calme le
rassuraient, il se borna donc à une surveillance commandée par sa situation.

Vers minuit, le vent s'éleva avec force, il était accompagné d'une neige épaisse ; bientôt un bruit semblable à
celui du tonnerre et des craquements épouvantables portèrent la consternation dans l'âme des marins du baleinier. Ce signal indiquait que la glace était en mouvement.

Le navire recevait des chocs violents; il devenait impossible de chercher une issue pour échapper aux glaces; une brume épaisse obscurcissait l'atmosphère ; il était aussi imprudent de rester en place que de donner au navire une direction incertaine. Le danger du naufrage était partout, et cet état d'incertitude rendit effrayante la position du malheureux baleinier. La nuit s'écoula au milieu d'une perplexité difficile à décrire. Dans la matinée, l'orage se calma, et le capitaine vit avec satisfaction que son navire n'avait éprouvé aucune avarie majeure. Il remarqua avec surprise que ces montagnes de glace qui, la veille, semblaient étroitement unies et formaient une barrière impénétrable, avaient été séparées par le vent et présentaient l'aspect d'un vaste archipel. Sur un point, la mer offrait un canal qui se prolongeait au loin au milieu des glaces.

Vers midi, on aperçut, à environ deux milles de l'entrée de ce canal, un navire errant parmi ces masses glacées. Le soleil brillait avec éclat sur ces monts cristallisés, et une jolie brise de vent du nord se faisait sentir. D'abord quelques glaces flottantes, interposées entre le baleinier et le navire aperçu, empêchèrent le capitaine Barding de découvrir autre chose que l'extrémité des mâts; mais il ne tarda pas à distinguer le corps même du navire, et il fut étonné de la manière étrange avec laquelle ses voiles étaient orientées, ainsi que de l'aspect misérable que présentaient ses vergues et son gréement. Ce navire continua de fuir de quelques encâblures devant le vent; mais bientôt, touchant sur la base des montagnes de glace, il demeura immobile.′

Cet incident excita à un tel point la curiosité du capitaine Barding, qu'il fit mettre immédiatement son canot à la mer, s'y embarqua avec quelques matelots, et se dirigea de toute la force des avirons vers ce bâtiment qui faisait une si singulière navigation. Il vit, en s'approchant, que la coque était comme rongée par le temps ou les chocs qu'elle avait éprouvés sur les parties anguleuses des glaces. Il ne se trouvait personne sur le pont qui était couvert de neige à une hauteur prodigieuse.

Il héla plusieurs fois l'équipage ; mais personne ne répondit. Il allait y monter, lorsqu'un sabord de la chambre, qui était ouvert, attira son attention ; regardant à travers, il aperçut un homme assis sur une chaise devant une petite table sur laquelle on voyait une espèce de registre, une écritoire et des plumes. La faible clarté qui régnait dans ce lieu l'empêcha de distinguer d'autres objets. Le capitaine et les matelots qui l'accompagnaient n'hésitèrent pas à monter sur le pont ; lorsqu'ils y furent, ils s'empressèrent de dégager de la neige qui la couvrait, l'ouverture de la chambre dans laquelle ils pénétrèrent avec un empressement mêlé cependant d'une secrète terreur.

Le premier point vers lequel ils se dirigèrent fut l'appartement dans lequel le capitaine avait aperçu l'homme assis. En y entrant, un frémissement involontaire s'empara d'eux. La personne qui s'y trouvait resta immobile, et ne répondit point au salut des étrangers qui venaient la visiter. On fit quelques pas vers elle, alors on s'aperçut qu'elle était sans vie ; une moisissure verdâtre couvrait ses joues, son front, et voilait ses yeux. C'était un jeune homme d'environ vingt-cinq ans. Il tenait une plume, et un journal nautique était ouvert devant lui. La dernière phrase écrite était ainsi conçue :

« Novembre..... *Il y a aujourd'hui soixante-dix jours que nous sommes enfermés au milieu des glaces..... Le feu s'est éteint hier, et notre capitaine a essayé en vain de le rallumer..... Sa femme est morte ce matin..... plus d'espoir..... »*

Le capitaine Barding et ses matelots s'empressèrent de quitter ce lieu sans proférer une seule parole. En entrant dans la principale chambre, le premier objet qui attira leur attention fut le corps d'une femme appuyée sur un lit; ses traits avaient conservé la fraîcheur de la vie, ses membres seuls indiquaient, par leur contraction, les efforts qu'elle avait faits en luttant contre une mort affreuse. A côté d'elle, sur le plancher, était assis un jeune homme tenant dans la main droite un briquet, et dans la gauche une pierre à feu ; il y avait près de lui une boîte contenant du linge brûlé.

Sur l'avant du navire le capitaine et ses compagnons virent plusieurs matelots étendus inanimés dans leurs cabanes. Le corps d'un chien gisait dans un coin au bas de l'escalier.

On ne trouva nulle part des provisions, ni de matières combustibles.

Le capitaine Barding fut empêché, par les préjugés superstitieux de ses matelots, de visiter le navire avec autant de soin qu'il aurait désiré de le faire. Il prit cependant le journal nautique, et retourna à son bord profondément ému du triste spectacle qu'il avait eu sous les yeux, et convaincu par cet exemple terrible des dangers qui attendent les navigateurs dans les explorations des mers polaires et dans les latitudes nord.

NAUFR GE DU NAVIRE LA JEUNE-EMMA

Sur les côtes d'Angleterre

Sous le commandement du capitaine de Châtillon, avec quinze hommes
d'équipage et quatre passagers,
rédigé sur le rapport de M. Letiou, second capitaine du navire.

Nous partîmes de Fort-Royal (Martinique) le 17 octobre, ayant un pilote à bord et plusieurs barques d'aide
pour nous sortir du cul-de-sac ; nous appareillâmes sous
toutes voiles avec des vents variables de l'est au sud-est,
le temps clair et belle brise. A neuf heures du matin les
embarcations nous quittèrent, et à neuf heures et demie
le pilote se rembarqua, après nous avoir mis hors des
dangers.

Le capitaine fit route pour passer sous le vent de l'Ile ;
la brise continua jusque devant Saint-Pierre. A deux
heures après midi calme plat, le temps nébuleux et une
pluie orageuse. Le vent étant revenu de la partie du sud-
est, nous orientâmes pour passer dans le canal, ensuite
au vent de la Dominique.

Vers huit heures du soir, nous étions à moitié canal ; il
ventait grand frais et la mer était extrêmement grosse ; le

NAUFRAGE DE LA JEUNE EMMA, SUR LES CÔTES D'ANGLETERRE.

capitaine s'apercevant que le navire fatiguait beaucoup
fit serrer les perroquets, rentrer le grand foc à mi-bâton
et prendre un ris dans chaque hunier.

On sonda à la pompe, et l'on trouva vingt-six pouces
d'eau ; à l'instant le capitaine ordonna de gréer les deux
pompes, et l'équipage et les passagers les servirent jusqu'à deux heures du matin, que nous débouquâmes au
vent de la Dominique avec de petits vents sud-est, variables à l'est ; beau temps, jolie brise et belle mer. Là
seulement nous parvînmes à franchir les pompes.

Les passagers et l'équipage manifestèrent au capitaine
le désir de relâcher ; mais il leur fit observer qu'il fallait
attendre le jour pour se décider. A six heures du matin,
nous nous trouvâmes au vent de Marie-Galante ; le bâtiment était beaucoup plus tranquille et ne faisant plus
que sept à huit pouces d'eau à l'heure, le capitaine demanda à l'équipage et aux passagers à continuer sa route :
il leur dit que le navire était neuf, et qu'il prévoyait
pouvoir faire son voyage avec une entière sécurité. Tout
le monde y consentit.

Le douzième jour de notre départ, nous étions en latitude des Bermudes, que nous passâmes dans l'est, ayant
eu toujours petit temps et constamment la même hauteur
d'eau à la pompe. Les vents passèrent au nord nord-ouest
et y restèrent pendant cinq jours, ce qui nous obligea de
mettre à la cape, ne pouvant plus faire de route ; survint
un calme plat qui dura deux jours.

Les vents étant revenus du nord-est au sud-est et à
l'est, avec beau temps et belle brise, nous fîmes bonne
navigation pendant huit jours ; mais les vents du nord-
ouest nous forcèrent encore de mettre à la cape pendant
quarante-huit heures à peu près en plusieurs fois. Aussitôt après les vents tombèrent à l'ouest-sud-ouest, varia-

bles au sud-ouest, grand vent, la mer terrible. Le navire
fatiguait tellement que nous avions six pouces d'eau sous
le vent dans la chambre, ce qui nous faisait croire que le
bâtiment avait une voie d'eau dans son arrière ; cependant
l'équipage et les passagers n'avaient pas quitté une seule
fois les pompes. Ce travail extrêmement pénible dura
jusqu'au moment de notre naufrage.

Pendant les derniers jours qui ont précédé notre catastrophe, la mer était tellement grosse et le vent si fort que
nous n'avions pour voilure que la misaine, le petit foc et
les deux huniers au bas ris, presque toujours le petit hunier serré, et malgré cela nous filions encore de huit à
neuf nœuds et demi à l'heure.

Du 17 au 21 novembre des brouillards épais nous empêchèrent de faire aucune observation astronomique.

Le 21 novembre, à deux heures après midi, le capitaine
et le second étant à consulter leurs points, on aperçut la
terre qui nous restait à l'est un quart sud-est du compas,
distance de deux lieues. Le capitaine fit gouverner dessus
pour la bien reconnaître, car nous ne l'avions vue que
pendant une demi-heure dans une éclaircie.

Notre point nous mettait à midi dans l'estime de 49° 55'
de latitude nord et 6° 30' de longitude ouest. La terre
aperçue était l'île de Lundy que nous prîmes pour Ouessant.

Les marins qui ont vu l'une et l'autre île pourront
peut-être nous juger sévèrement ; mais avec le temps
brumeux qu'il faisait et de la manière dont nous la découvrîmes, elles ont entre elles une très-grande ressem-
blance ; de plus nous ne pouvions la comparer à aucune
autre île de la Manche.

Après avoir consulté les relèvements et le point, en prenant définitivement l'île Lundy pour Ouessant, elle nous

donnait une différence en latitude de 2° nord. Malgré cela le capitaine laissa arriver au nord-est du compas, pour faire route et se mettre à mi-canal de la Manche, afin d'éviter tous dangers pendant la nuit.

A six heures du soir le second fut se jeter tout habillé sur son lit, ainsi que les hommes qui devaient prendre le quart à huit heures.

Vers sept heures et demie, on cria : *En haut tout le monde !* A peine arrivés sur le pont, nous aperçûmes les brisants tribord et babord qui submergeaient déjà tout ce qui s'y trouvait.

En ce moment périlleux le capitaine ordonna de carguer la misaine et voulut encore manœuvrer; mais malgré la promptitude que l'équipage mit à exécuter cette manœuvre, qui ne nous fut d'aucune utilité, l'aire qui portait le navire le mit encore plus dans les brisants, où il donna successivement trois coups de talon épouvantables qui nous firent à tous jeter un cri de désespoir : *Nous sommes perdus !*

Les passagers, réveillés par ce terrible choc, montèrent sur le pont en demandant la cause de cette violente secousse. Hélas ! ils ne tardèrent pas à s'apercevoir que nous étions échoués au milieu d'une mer affreuse et d'une nuit obscure.

Je n'essayerai pas de peindre la scène effroyable que j'avais sous les yeux; elle serait trop au-dessous de la vérité. Quel tableau que celui de dix-neuf personnes en proie aux angoisses de la mort la plus horrible, sans espoir de salut, suspendues à un frêle appui, sur un élément en furie dont les abîmes ouverts, laissaient entrevoir le trépas sous les formes les plus épouvantables !

Ce qui ajoutait à l'effroi général et nous glaçait de terreur, c'étaient les cris d'une jeune personne de quatorze ans, mademoiselle Coquelin, cherchant son père et l'appelant avec des cris déchirants que le danger arrachait à sa tendresse filiale.

A cette scène de tumulte et d'horreur, succéda un moment de silence. Je fis observer au capitaine qu'il n'y avait plus de manœuvres à faire, que si l'on voulait se sauver, il fallait, sans plus tarder, mettre les embarcations à la mer, de crainte que le navire ne chavirât.

J'ordonnai au charpentier Francisca, d'aller chercher sa hache pour couper les saisines de la chaloupe, et je montai moi-même pour frapper les caliornes; mais à peine avais-je fini ce travail, que le navire présentant le travers à la lame fut chaviré, et tout le monde précipité dans les flots!!!

Des cris de *sauvez-moi!* se firent entendre de toutes parts, parce que chacun en tombant s'était accroché aux manœuvres et était resté suspendu dans l'eau.

Dans ma chute je me trouvai pris entre la chaloupe et le mât de misaine; je faillis périr dans cette cruelle position, et je ne dus mon salut qu'à un mouvement que fit le navire, lequel fit fléchir la chaloupe et me dégagea. Je parvins à remonter sur le flanc du bâtiment, où je trouvai le maître d'équipage *Laugereau* et le matelot *Hébert*.

Lorsque nous eûmes repris nos sens, nous nous occupâmes de sauver toutes les personnes qui se trouvaient en péril ; nous leur envoyions une amarre avec un nœud d'aguiée qu'ils se passaient au-dessous des bras, et par ce moyen nous les hissâmes tous sur le flanc du navire, mais malheureusement il y en eut plusieurs qui, n'ayant que le temps de se la passer au cou, en furent presque étranglés.

Le capitaine de Châtillon fut le premier sauvé, ensuite la jeune passagère, et le capitaine d'infanterie *Coquelin,* son père ; les autres furent hissés successivement par le même moyen. Il ne restait que le novice *Lebouis*, qui, s'étant trouvé engagé sous la mâture, ne reparut pas sur l'eau, et le mousse *Lajoie*, qui était resté suspendu aux haubans du grand mât, et priant instamment que l'on vînt à son secours. Le lieutenant et moi, nous nous hasardâmes, malgré la mer qui déferlait avec violence par-dessus le mât, à aller le secourir, et nous parvînmes, après avoir couru les plus grands dangers, à le ramener au milieu de nos compagnons d'infortune.

Les craquements du navire, le mugissement des flots, es lamentations et les cris des passagers au milieu de 'obscurité, tout portait dans notre âme une frayeur mortelle.

Que devenir, sans embarcation, sans vivres ni vêtements, à deux lieues et demie de terre, au milieu des flots, sur la coque d'un bâtiment qui pouvait à chaque instant être brisée?

Il fallait cependant prendre un parti : nous étions tous anéantis et livrés aux plus sombres réflexions, sans proférer un seul mot, ne pensant plus qu'à la mort qui nous paraissait inévitable.

Je ranimai le courage abattu de nos malheureux compagnons en leur offrant un moyen de salut : je les priai de venir m'aider à dégager la chaloupe qui était chavirée sous le grand mât.

Vers huit heures du soir, une petite éclaircie nous l'avait fait apercevoir dans cette position difficile, mais nous ne pûmes commencer notre travail qu'à neuf heures, lorsque la mer fut basse et la nuit moins obscure.

Avant de nous mettre à l'œuvre, nous secourûmes nos infortunés camarades qui mouraient de froid. Je distribuai mes vêtements entre mademoiselle *Coquelin* et mon

pauvre capitaine *de Châtillon*, qui était presque nu ;
ensuite, accompagné de *Langereau* et d'*Hébert*, nous
cherchâmes à la nage quelques débris de la voilure pour
mettre à couvert ceux qui ne pouvaient pas travailler, ne
sachant pas nager.

Nous nous dirigeâmes ensuite vers la chlaoupe, que,
malgré nos efforts nous ne pûmes parvenir à relever ; la
mer était encore si agitée qu'à chaque instant elle nous
enlevait et menaçait de nous écraser sur la mâture. Enfin
voyant l'impossibilité de la dégager, nous allions abandonner ce pénible travail, lorsque tout à coup vient un
coup de mer qui releva le navire, dégagea l'embarcation
de dessous le mât et l'emporta au large!

Le reste de l'équipage et les passagers qui nous regardaient avec anxiété faire un travail d'où dépendait notre
salut commun, poussèrent des cris de désespoir, au moment où elle nous échappa.

On chercha le canot de porte-manteau dans lequel nous
espérions nous sauver; car dans un péril imminent
l'homme fonde sur le plus petit appui l'espoir de sa conservation : mais on le trouva écrasé sous la hune de misaine.

Privés de ces derniers secours, le découragement s'é-
tait emparé de tous les esprits, lorsque je donnai l'idée de
faire un radeau, et je fus le premier à me mettre à l'ouvrage ; mais où trouver les matériaux nécessaires à la
construction ? La mâture tenait bon, et le navire n'était
pas encore brisé ; il fallait ramper le long des mâts pour
aller dégréer les perroquets qui étaient élevés au-dessus
du niveau de la mer d'environ huit pieds. Nous réussîmes cependant à couper avec nos couteaux les manœuvres qui les retenaient, et nous employâmes tous nos
efforts pour les faire rallier le long de la coque du navire;

dans ce trajet, une lame vint malheureusement les engager sous la mâture, d'où nous ne pûmes jamais les
retirer à cause de la violence de la mer. En revenant sur
la coque, nous trouvâmes deux avirons, deux vergues de
bonnettes, un mât de perroquet d'hiver et les mâts de
bôme, que l'on hissa sur le flanc du navire pour installer
le radeau.

La mer baissait encore, nous aperçûmes une vergue en
drôme sur laquelle était attachée une barrique qui nous
aurait été d'une très-grande utilité pour soutenir le radeau ; mais nous n'avions pas de hache pour couper les
saisines, et personne ne voulut se hasarder à aller en
chercher une.

Nous essayâmes à avoir la bôme ; mais n'ayant rien
pour briser les ferrures, il fallut encore l'abandonner.
Nous ne manquions ni de courage ni de sang-froid dans
un moment si critique ; mais nous voyions l'impossibilité
de consolider notre faible radeau qui était déjà confec-
tionné, mais incapable de supporter le tiers des naufragés.
Nous nous jetâmes encore à la nage pour aller dégréer la
corne, ce qui fut fait en peu de temps. Ce succès nous
encouragea, et nous essayâmes d'aller couper avec nos
couteaux les saisines de la drôme, pour avoir la barrique
qui était au pied du grand mât.

Nous aiguisâmes nos couteaux, et à force de travail et
de persévérance, nous parvînmes à couper sous l'eau les
saisines de la vergue en drôme, et en un instant la barrique et la drôme furent hissées sur le flanc du navire.

Nous remontâmes tous les trois pour nous assurer si le
radeau était solidement trésillonné.

Tandis que tout le monde était occupé à amarrer fortement la barrique sur le radeau, on aperçut une embarcation à une petite distance au large ; on la héla pour

qu'elle vînt nous secourir ; mais je fis observer que c'était probablement la chaloupe qui avait été redressée par quelque coup de mer ; en effet, cette embarcation ne tarda pas à disparaître, et ce léger espoir nous fut encore enlevé.

Il était environ dix heures et demie quand nous eûmes terminé le radeau ; la mer était plus calme et commençait à remonter ; il y avait encore cependant dix à douze pieds de hauteur de dessus le navire au niveau de la mer. La nuit était moins obscure, et l'on voyait la terre à peu de distance, ce qui ranimait nos forces et nous faisait espérer de pouvoir gagner le rivage sur notre frêle radeau.

Lorsque tout fut préparé pour le lancer, nous le laissâmes glisser le long du navire, tandis qu'on le soutenait par l'une de ses extrémités ; mais sa pesanteur l'emporta sur les efforts que nous faisions pour le diriger convenablement, et il resta piqué sur le côté dans le sable. Par bonheur la mer montait, et la force de la barrique le fit redresser ; nous le vîmes flotter avec de grands transports de joie. Le maître d'équipage y descendit pour le faire dériver sur l'avant du navire, où on l'amarra sur deux bosses au piton de l'écoute de misaine et au patin de devant.

Les hommes qui avaient travaillé avec le plus de persévérance et qui se trouvaient les plus dispos, me demandèrent à partir, car, disaient-ils, il vaut mieux se sauver à six que de périr tous ensemble. L'homme est égoïste dans le péril ; son instinct le porte souvent à oublier entièrement son semblable pour ne songer qu'à sa propre conservation ! Je m'opposai à l'exécution d'un tel projet, ne voulant pas abandonner ainsi mes compagnons d'infortune. Je devais d'ailleurs à mon malheureux capitaine un acte de déférence : c'était de prendre ses ordres, puisque le radeau était prêt à partir.

J'allai le trouver; il était couché près des haubans
de misaine. Je fis en sorte de n'être pas entendu des
personnes qui étaient étendues presque sans mouvement à ses côtés, et lui donnai connaissance de la résolution prise par les hommes qui avaient travaillé à la construction du radeau; je ne lui cachai point que ce radeau
ne pouvait supporter plus de huit personnes, qu'il serait
imprudent de s'exposer en le chargeant d'un plus grand
nombre, qu'il valait mieux tenter de se sauver à sept
hommes, et qu'on viendrait ensuite porter secours à ceux
qui resteraient sur la coque du navire.

Le capitaine me répondit qu'il ne voulait pas abandonner ni les passagers ni le reste de l'équipage; qu'il y
avait beaucoup d'exemples de naufragés recueillis sur les
débris de leur navire, mais très-peu d'hommes sauvés sur
des radeaux. — Je lui fis observer que la mer monterait
encore de vingt pieds au moins, et que nous serions tous
submergés. Il me répondit qu'il fallait attendre, qu'il avait
espoir que la mer ne monterait pas si haut; qu'au point
du jour nous serions probablement aperçus de la côte, et
qu'on viendrait à notre secours; enfin il ajouta qu'il ne
fallait se servir du radeau qu'au dernier moment; il retourna s'asseoir au pied des haubans de misaine, où nous
l'entourâmes en attendant le point du jour.

Plus la mer montait, plus elle brisait avec force contre
le malheureux navire. Les parois qui nous paraient encore
la lame et sur lesquelles elle se brisait furent bientôt enlevées, et nous n'eûmes plus rien pour nous défendre
contre la mer qui déferlait déjà par-dessus le bâtiment.

Dans cette extrémité l'imminence du danger arrachait
à presque tous les acteurs de cette triste scène des larmes
et des cris de désespoir. Le charpentier *Francisca*, fati-
gué d'entendre ces plaintes, s'écria : *Eh bien! que vou-*

lez-vous y faire? dans cinq minutes nous sommes perdus,
il est inutile de pleurer !....

Le maître d'équipage ne pouvant soutenir un spectacle
si déchirant alla se retirer à la bosse du radeau qui était
attachée au piton de l'écoute de misaine. Craignant qu'il
ne partît seul sur le radeau je parvins à le rejoindre,
malgré le danger qu'il y avait à chercher à arriver jusqu'à
lui.

Le capitaine voyant comme nous étions abîmés par la
mer nous engagea à revenir près de lui, parce que sa
situation était plus tenable ; les lames se succédaient
avec tant de rapidité au lieu où nous nous trouvions que
nous étions déjà à moitié noyés, lorsque je décidai le
maître d'équipage à me suivre.

Après avoir longtemps lutté, les forces nous manquèrent ; une lame enleva M. *Coquelin* et le rejeta à demi
mort sur le radeau ; trois autres personnes furent success-i-
vement emportées et ne reparurent plus. Je fus moi-même
sur le point de larguer le bout de l'amarre sur laquelle
je me tenais ; elle me fila de trois pieds dans les mains ;
heureusement le matelot Cavelier me rattrapa, et je passai
mon bras dans la chaîne de haubans. Tout à coup le mât
de misaine cassa et les chaînes de haubans larguèrent.

La mer couvrait déjà une partie de l'avant du navire ;
nous n'avions plus de mât de misaine pour briser la lame
qui déferlait en grand par-dessus nous ; en un moment je
fus enlevé avec quatre hommes ; l'un d'eux s'accrocha à
mon épaule avec tant d'impétuosité qu'il arracha un morceau de ma chemise ; je revins sur l'eau et parvins à gagner le radeau à la nage : là je trouvai six hommes qui
m'avaient déjà devancé.

Dans l'espace d'un quart d'heure nous vîmes tous nos
infortunés camarades se noyer, sans qu'il nous fût pos-

sible de leur porter le moindre secours. Il ne restait plus
sur la coque du navire que le lieutenant *Feray* et le matelot *Hébert;* ce dernier se hasarda à chercher un refuge
dans la hune d'artimon en se glissant le long de la mâture. Le lieutenant nous suppliait d'accoster le radeau le
long du navire ; mais malgré tous nos efforts et notre
bonne volonté nous ne pûmes parvenir même à larguer
une de nos bosses ; ce ne fut qu'un coup de ressac qui les
rompit toutes les deux.

Alors, voyant le radeau dériver, il perdit tout espoir
de nous rejoindre ; il tâcha de regagner la mâture, mais
ses forces, déjà épuisées, l'abandonnèrent au moment où
il arrivait à la hune ; il tomba et disparut pour jamais
dans les flots !

Il était environ minuit lorsque nous fûmes séparés du
navire ; nous détournâmes les yeux de ce spectacle de
douleurs et nous ne songeâmes qu'à nous sauver. Exposés
au milieu des flots sur un radeau de deux pieds et demi
de large, sans vivres, sans avirons, nous avions de l'eau
jusqu'au-dessous des bras, parce que nous étions obligés
d'être assis pour donner de la solidité au radeau.

Je me mis dos à dos avec M. *Coquelin* afin de le soutenir, car il était mourant ; les autres naufragés prirent la
même position dans la crainte d'être enlevés par la mer.

Nous flottions ainsi au gré des vagues, sans pouvoir
parer la lame, lorsqu'à environ une demi lieue du navire la Providence nous fit rencontrer une planche des
parois que le matelot *Bredevillois* parvint à sauver. Il se
tint debout, appuyé sur la barrique, et s'en servit à nager
pour tenir l'arrière du radeau à la lame. A chaque instant
on se demandait si nous approchions de terre. Celui qui
était debout répondait : *Je crois que nous dépallons,*
c'est-à-dire que les courants nous entraînaient au large.

M. *Coquelin* ne cessait de gémir et de crier : *Sauvez-moi, Bredevillois !* Ce malheureux, depuis deux heures que nous étions sur le radeau, luttait contre la mort dans les agitations d'une agonie effrayante. Nous ne cessions de l'encourager, en lui promettant de ne pas l'abandonner ; mais il n'avait ni la vigueur de la jeunesse pour résister à tant de maux, ni cette force morale qui la supplée dans les occasions périlleuses.

Le plus affreux délire succéda aux efforts continuels qu'il faisait en luttant contre la mort ; ses membres se roidirent : toutes les convulsions qu'il éprouvait me frappaient encore plus que le danger dont j'étais menacé ; j'en ressentais les secousses avec une perplexité qui m'étouffait. Il retrouva cependant encore quelque force pour s'écrier avec un son de voix horrible : *Sauvez-moi ! sauvez ma fille ! ma pauvre enfant !* Ces mots furent les derniers qu'il prononça ; épuisé par une si violente contraction, il poussa deux ou trois gémissements et rendit le dernier soupir.

Il resta encore une heure environ sur moi ; je ne voulais pas le pousser hors le radeau ; un sentiment religieux semblait me le défendre ; nous étions tous consternés et plongés dans le plus morne recueillement, attendant un sort pareil.

Nous approchions de l'accore d'un banc, et la mer étant plus houleuse, notre radeau chavira ; c'est en ce moment que M. *Coquelin* disparut et que je fus débarrassé de mon pénible fardeau.

Nous remontâmes sur notre radeau ; mais à peine étions-nous réinstallés qu'il chavira de nouveau ; enfin, dans l'espace d'une heure, cet accident nous arriva douze à quinze fois. La dernière, heureusement nous étions près du rivage, car je n'eus pas la force de remonter entière-

ment, je restai courbé le haut du corps sur le radeau et la
partie inférieure suspendue dans l'eau. Dans cette cruelle
position je sentais mes forces m'abandonner, je ne pouvais plus parler pour prier mes camarades de m'aider à
remonter sur cette frêle embarcation. J'étais sur le point
de lâcher prise, lorsque j'entendis crier : *terre !* Ce mot
ranima mon courage, une dernière lame vint et nous jeta
au plein. Il n'y avait plus qu'un pied d'eau sur la plage ;
mais mes membres étaient tellement engourdis par le
froid que je ne sentais pas la terre ; je ne pouvais faire
aucun mouvement, et j'allais infailliblement périr sans le
secours de deux pêcheurs anglais qui vinrent me prendre
par-dessous les bras et me conduisirent chez le ministre
protestant du village le plus voisin. Les matelots *Bredevillois* et *Cuvelier* rendirent le même office au maître d'é-
quipage, qui n'avait pas plus que moi la force de marcher, parce que nous avions travaillé beaucoup plus
qu'eux au moment du naufrage pour installer notre radeau. Le mousse Delamare, qui était à l'extrémité, fut
assez heureux, ne sachant pas nager, pour ne jamais
larguer la poignée toutes les fois que le radeau chavira.

Il était environ sept heures du matin lorsque nous
fûmes recueillis sur le rivage, mourant de froid et de
faim, après en avoir passé près de huit sur deux ou trois
morceaux de planches assemblées à la hâte. On nous conduisit chez le pasteur du village de Ferry-Line, digne ministre de l'Évangile, qui nous prodigua tous les soins que
réclamait notre misérable position. Sa famille rivalisait de
zèle et d'activité pour prévenir tous nos besoins ; on nous
donna du linge et des vêtements chauds, pendant qu'on
faisait sécher les nôtres ; nous ne pouvions témoigner
que par signes notre reconnaissance à cette estimable famille pour tous les bons soins qu'elle prenait de nous. Il

nous était également impossible de demander ce qui pouvait nous être nécessaire d'après nos habitudes, car aucun de nous ne parlait anglais. L'humanité seule guidait les filles du respectable ministre ; elles devinaient ce que nous désirions et s'empressaient d'y pourvoir. De si généreux secours, des attentions si délicates nous rappelèrent à la vie.

En arrivant chez le pasteur je m'étais évanoui ; on me coucha dans un lit très-chaud ; je restai longtemps dans cet état, et je ne revins à moi que lorsque la chaleur pénétra mes membres engourdis. Je ne me souvenais pas de notre naufrage ; toutes les circonstances qui l'avaient occasionné et suivi étaient sorties de ma pensée. Ce ne fut que peu à peu et avec quelques efforts de mémoire que je parvins à rassembler plusieurs particularités qui m'aidèrent par la suite à en tracer un récit fidèle.

Le matelot *Hébert*, qui avait été assez heureux pour se tenir toute la nuit dans la hune du mât d'artimon, fut sauvé par des pêcheurs anglais vers neuf heures du matin ; ils l'amenèrent dans la maison du pasteur, et les mêmes soins lui furent prodigués. Notre surprise fut égale au plaisir que nous éprouvâmes en revoyant un compagnon d'infortune que nous croyions noyé comme tous ceux qui n'avaient pu trouver place sur le radeau.

Nous passâmes la journée dans cette maison hospitalière ; vers le soir nous fûmes conduits dans une auberge par les soins du consul français, M. *Neville*, qui, à la nouvelle de notre naufrage, était accouru de la ville voisine pour nous offrir ses services.

Quoique le pasteur cherchât à me retenir chez lui, je ne voulus point être plus importun que mes compatriotes et je m'acheminai lentement avec eux vers l'auberge ; arrivés près de la porte, un Anglais, nommé *John Ray*, m'adressa la parole en français et me fit les plus vives instances pour que j'allasse chez lui. Après quelques hésitations j'acceptai son offre généreuse, et, son invitation comprenant aussi mes camarades, nous nous rendîmes à sa maison. En arrivant, nous trouvâmes le même empressement et les mêmes prévenances que chez le pasteur de Ferry-Line ; mesdemoiselles Ray nous prodiguèrent tous les soins qu'exigeait notre triste situation. Il est impossible de dire tous les égards et toutes les attentions dont nous fûmes entourés au milieu de cette famille qui exerce l'hospitalité avec un zèle digne des plus grands éloges.

Le lendemain, on vint me chercher pour reconnaître les corps inanimés des malheureux qui avaient été jetés par la mer à l'embouchure d'une petite rivière située à deux lieues du banc sur lequel nous nous étions perdus (Cap-Livau, baie de Burry).

M. Ray s'empressa de me procurer un cheval, car je pouvais à peine marcher.

Arrivé au bord de la mer, j'eus le douloureux spectacle de huit cadavres étendus sur la plage et plus ou moins défigurés par les violentes secousses que les vagues leur avaient fait éprouver. J'eus à constater la mort du capitaine *de Châtillon*, de M. *Coquelin*, de sa fille et de cinq hommes de l'équipage; je pleurai sur ces infortunés et mon cœur se serra. On fut obligé de m'arracher à cette scène de désolation.

Les naufragés furent conduits au temple de Paimbray ; on les ensevelit et on les mit dans des cercueils.

Le jour suivant, dans la matinée, le ministre du culte protestant les inhuma avec toute la pompe qu'il put donner à cette cérémonie funèbre. Touchées du triste sort de la fille du capitaine *Coquelin*, les jeunes personnes de la ville, vêtues de blanc, s'empressèrent de lui rendre les derniers honneurs. Après avoir couvert sa dépouille mortelle de la robe virginale, elles l'accompagnèrent jusqu'au lieu de l'inhumation ; elle fut placée dans la même tombe que son père. La plupart des habitants formèrent le convoi ; ils assistèrent à ces funérailles avec le plus grand recueillement et les marques de la plus profonde douleur.

Je fis placer des signes de reconnaissance sur la tombe du capitaine *de Châtillon* et de M. *Coquelin*, afin que leurs familles, informées de leur triste fin, pussent payer un dernier tribut à ces infortunés enlevés par une si terrible catastrophe à leurs parents, à leurs amis et à leur patrie.

Je restai six jours chez M. Ray, pour me rétablir entièrement des fatigues morales et physiques que j'avais éprouvées. Au moment du départ, cet homme généreux m'offrit sa bourse ; mais le consul avait déjà pourvu à mes besoins. Je ne savais comment exprimer ma reconnaissance à la respectable famille de mon hôte ; à peine entendait-elle un peu de français. Les muettes démonstrations de la plus vive gratitude me tinrent lieu d'éloquence, et je lus dans les yeux de mes bienfaiteurs que j'avais été compris.

M. Neville, consul de France, et tous les habitants de la ville qui nous avaient accueillis ont rivalisé de zèle et de générosité pour nous faire oublier, par les soins les plus touchants, le malheur que nous avions éprouvé. Honneur à ces hommes bienfaisants qui savent venir au secours de l'infortune sans regarder si ceux qu'ils traitent en frères sont étrangers ou compatriotes, catholiques ou protestants !

Nous partîmes pour Lanelly, où nous restâmes quelques jours ; ensuite le consul nous expédia pour Southampton. Nous nous embarquâmes dans ce port sur la goëlette française *Minerva*, qui nous transporta au Havre. L'aspect de notre belle patrie nous causa une joie qui fut troublée cependant par le souvenir des malheureux compagnons que nous avions laissés sur une terre étrangère.

NOMS DES PERSONNES QUI ONT PÉRI DANS LE NAUFRAGE

De Chatlillon, capitaine du navire.
Feray, lieutenant.
Francisca, charpentier.
Reuda, matelot.
Terrier, id.
Jouet, id.
Lebouis, id.

Cacilon, muletier.
Lemettay, id.
Coquelin, capitaine d'infanterie.
Sa fille, âgée de quatorze ans.
Leguos, gendarme.
Cythère, militaire congédié.

NAUFRAGE ET ABANDON DU NAVIRE LYDIA

CAPITAINE SYLVIE

Allant de Cork à New-York, avec dix hommes d'équipage et vingt-six
passagers.

Depuis la découverte du nouveau monde, dit M. Maccarthy, chirurgien à bord de la *Lydia*, aucun navire n'appareilla pour traverser l'Atlantique sous des auspices
aussi défavorables que la *Lydia*. Ce brick était en mauvais
état lorsqu'il partit de Cork. Il n'avait pas le tiers des provisions prescrites par les actes du parlement pour de tels
voyages. Il était commandé et monté par des hommes
dont la conduite et l'inexpérience ont eu le résultat qu'on
devait en attendre. Témoin des faits que je rapporte, con-
tinue M. Maccarthy, je raconterai avec fidélité ce que j'ai
vu, et la sagacité de mes lecteurs saura faire à chacun la
part de blâme ou d'éloge qu'il aura méritée.

Nous fîmes voile de Cork (Irlande) pour New-York, le
jeudi 13 septembre, en même temps que le *Trio*, avec
un beau vent d'est qui continua jusqu'au 17. Vers le soir de
ce jour, il sauta au nord-nord-ouest et se maintint à cette
aire jusqu'au 30. Nous passâmes devant Fayal, une des

Açores, ayant quelques intervalles de beau temps ; mais
les coups de vent de l'équinoxe commencèrent à nous
tourmenter avec violence et nous tinrent dans l'anxiété
jusqu'au 10 octobre ; car nous ne pouvions ignorer que
nous étions sur un très mauvais navire, qui avait subi
une visite de condamnation et n'avait reçu qu'un léger
radoub pour le long trajet qu'il avait à faire.

Le 13 octobre, nous sondâmes sur le grand banc de
Terre-Neuve, et trouvâmes cinquante-cinq brasses d'eau.
Notre navigation fut heureuse jusqu'au 16 ; mais sur le
soir de ce même jour, nous fûmes sérieusement alarmés
par un terrible ouragan. Nous n'avions qu'un seul jeu de
voiles, et le navire commençait à faire de l'eau. Il fallait déjà songer à diminuer les rations. On mit à la cape ;
le voilier et plusieurs hommes de l'équipage étaient occupés à mettre les voiles en état ; quand elles furent réparées on les envergua. Nous étions alors par 40° 55'
latitude nord et 59° 20' longitude, méridien de Greenwich. Le vent soufflait avec impétuosité au nord-nord-
ouest, et la mer était affreuse.

Le 24, notre grand foc fut mis en pièces, et le jour
suivant notre petit et notre grand hunier eurent le même
sort. Ici notre situation empira ; nous étions presque sans
vivres, et l'eau gagnait les pompes.

A deux heures du soir, nos forces abattues furent mo-
mentanément ranimées par une des vigies qui cria : *Navire en vue !*

Tout le monde se trouva sur le pont, nous hissâmes
notre pavillon, et bientôt nous vîmes arriver sur nous le
navire anglais l'*Hamilla* de Glasgow. Le capitaine promit
de nous donner tout ce dont il pourrait disposer en notre
faveur. Je me rendis à bord avec les capitaines Sylvie et
Leslie. Après avoir fait au commandant de l'*Hamilla* une

peinture fidèle de notre triste situation, nous en obtînmes un baril de bœuf et quelques chandelles dont nous manquions depuis douze nuits.

L'*Hamilla* avait appareillé depuis cinq jours de Saint-Jean, New-Brunswik, pour se rendre à Kingstown, île de la Jamaïque. Notre mission étant remplie, nous quittâmes le généreux Anglais en lui rendant mille actions de grâces et lui souhaitant un voyage plus heureux que le nôtre.

La mer étant très-grosse, ceux qui étaient restés à bord de la *Lydia* craignaient pour notre sûreté lorsqu'ils nous virent quitter l'*Hamilla*. Les vagues semblaient nous repousser de notre navire, et ce ne fut qu'avec beaucoup de peines et de dangers que nous parvînmes à accoster.

Le succès de notre ambassade causa une joie très-vive à nos compagnons d'infortune et leur fit oublier un instant qu'il y avait beaucoup d'eau dans la cale. Après avoir satisfait un appétit dévorant, nous commençâmes à pomper avec ardeur, et en quarante minutes le navire fut parfaitement à sec.

Le jour suivant, 25 octobre, on passa la revue des voiles, qui étaient en bien mauvais état, et l'on se mit en devoir de les réparer. Ce travail continua jusqu'au 28. Dans l'après-midi, nous fûmes agréablement surpris par un des passagers qui nous annonça un navire en vue.

Déterminés à faire une visite à tous les bâtiments que nous devions rencontrer, nous prîmes nos mesures pour aborder celui qu'on venait d'apercevoir. Notre pavillon déchiré fut hissé, et il nous fut répondu par un autre pavillon de belle apparence qui nous fit penser qu'il ne pouvait appartenir qu'à un grand navire. Nous conclûmes que c'était une frégate américaine; mais nous ne tardâmes pas à être détrompés, car arrivant immédiatement

sur nous, il nous fut aisé de reconnaître un navire marchand du port de six cents tonneaux environ. Il portait le
nom de *Shannon-Doach*, allant de Bremen à Georges-
Town.

Après les préliminaires et pourparlers d'usage en pareille occasion, le capitaine nous dit qu'il ferait tout ce
qui serait en son pouvoir pour notre conservation. Nous
mîmes le canot à la mer ; le capitaine Sylvie et moi nous
montâmes à bord du *Shannon-Doach*. Nous fûmes reçus
d'une manière très-polie de la part du capitaine *Rose*,
qui, après avoir entendu le récit des dangers que nous
avions courus, nous offrit ses services, son équipage, son
navire et ses canots. Connaissant l'état de la *Lydia*, il
descendit jusqu'à la prière pour nous engager à nous
rendre tous à son bord, nous offrant les meilleurs logements dont il pourrait disposer.

Après nous être assurés que nous nous trouvions à 68°
ouest par le chronomètre, et 57° 20' de latitude par observation, et que par ce point nous n'étions qu'à trois
journées de New-York, le capitaine Sylvie refusa cette
offre généreuse et ne voulut pas abandonner la *Lydia*
quand il se trouvait si près du port de destination.

Le capitaine Rose ne pouvant nous déterminer à suivre
son conseil, nous fit donner trois bonnes voiles, trois barils de biscuit, de la bière, et une lampe, article dont
nous avions un besoin pressant pour éclairer l'habitacle.
Il nous dit qu'il regrettait beaucoup de nous voir rejeter
son invitation, et que si la nuit n'eût pas été si avancée,
il aurait pu nous donner plusieurs choses qui nous eussent
été utiles. Nous fîmes nos adieux à ce brave capitaine, et
retournâmes à bord de la *Lydia*, où nous fûmes reçus
avec de grandes acclamations.

Les provisions que nous devions à la bonté du capitaine

Rose ayant été mises en sûreté, on continua le travail des pompes. Lorsqu'elles furent affranchies, on commença le quart, et après un bon repas, chacun se retira satisfait.

Le jour suivant, nous enverguâmes toutes les voiles que nous avions apportées et celles qu'on avait réparées : travail inutile, car nous ne pouvions en faire usage. Il soufflait un vent de nord-ouest qui continua jusqu'au 30. Toutes nos manœuvres étaient en mauvais état; au lieu de faire bonne route, nous dérivions à chaque instant du port de destination.

Le 31, le vent souffla plus violemment de la même partie, et la voie d'eau s'augmenta; quelques-uns des passagers s'abandonnèrent au désespoir. Pendant que nous méditions sur le sort qui nous était réservé, un craquement épouvantable ébranla tout le navire; l'officier de quart crut que le grand mât était renversé. Malgré la pluie qui tombait par torrents et les lames qui se croisaient sur le pont, tout ce qu'il y avait d'hommes s'empressa de monter. On trouva le grand mât, le mât de hune, le mât de perroquet et toutes les vergues renversées et suspendues par les manœuvres, qui étaient dans un état déplorable. Le fracas du tonnerre et les éclairs qui se succédaient avec une rapidité effrayante rendaient cette scène affreuse.

Notre premier soin fut de couper les manœuvres qui retenaient les mâts, ce qui s'effectua très-promptement; tout fut dégagé en très-peu de temps. Le matin je montai sur le pont; je n'y trouvai pas une seule personne qui s'occupât du navire. Le gouvernail était lié; partout des débris de mâts, de voiles, de manœuvres; la chaloupe était démarée; une lame avait emporté la cuisine, et le navire se trouvait à la merci d'une mer affreuse qui le couvrait à chaque instant.

J'appelai l'équipage ; un seul matelot me répondit qu'il était accablé de fatigue, qu'il ne pouvait travailler, et que deux de ses camarades étaient hors de service. Je descendis dans la chambre d'avant, et je racontai aux passagers ce que j'avais vu et la déplorable situation où nous nous trouvions. Je les priais de monter sur le pont, et de joindre leurs efforts aux miens pour le salut commun ; ils y consentirent.

Notre premier soin fut de couper la grande vergue et quelques parties qui restaient du mât et se trouvaient suspendues le long du navire. Les uns déblayèrent le pont de tout ce qu'il y avait d'inutile, les autres se mirent à pomper, le navire ayant trois pieds d'eau dans la cale ; mais ils furent bientôt obligés de cesser : le lest ayant pénétré dans l'archi-pompe, ce travail devenait inutile. Ce contre-temps me força de faire une démarche qui m'était pénible ; j'allai dans la chambre, pensant que le capitaine et les officiers auraient recouvré leur raison : je voulus les inviter à nous faire aider à hisser les pompes pour les réparer. Le second et le lieutenant y consentirent volontiers. Lorsqu'elles furent hissées sur le pont, le charpentier se mit à l'œuvre et travailla sans relâche à mettre les pistons en état. Pendant cette opération je descendis dans la cale, et là je fus encore affligé par le spectacle de la plus ignoble orgie ; j'allais immédiatement avertir le capitaine du navire et le capitaine Leslie, un des passagers, qui, quoique malade, vint réprimander les deux hommes que j'avais trouvés à la pipe se pompant alternativement du vin dans la bouche. Ces justes reproches furent mal accueillis ; ils menacèrent l'orateur d'attenter à ses jours, s'il s'avisait de leur en adresser d'autres.

Les pompes furent mises en état, et nous vidâmes en peu de temps le navire. J'allai ensuite passer l'inspection des hommes qui se trouvaient incapables de travailler.

Un des voiliers s'était démis la cheville du pied droit, l'autre avait eu deux doigts cassés par la chute d'une vergue. Je me trouvai heureux de n'avoir pas plus de malades à compter ; car étant devenu matelot par la force des choses, j'aurais été fâché de revenir à ma profession de chirurgien, et de voir le navire transformé en hôpital.

A trois heures du soir, nous nous réunîmes sur le gaillard d'arrière, pour procéder à l'examen des provisions qui nous restaient ; cette opération nous donna la certitude que nous n'avions de vivres que pour un seul repas. Nous étions, par supputation, éloigné de terre d'environ 600 milles. Il fallait prendre un parti, notre existence en dépendait.

Il fut donc résolu : 1° que nous gouvernerions pour Charleston, Caroline méridionale, les vents étant favorables ; 2° que nous tuerions un chien qui se trouvait à bord, pour nourrir les hommes qui travaillaient aux pompes.

Nous hissâmes alors notre petit hunier à la bôme et nous appareillâmes. Après avoir pompé et mis le navire à sec, nous commençâmes le quart pour la nuit.

Le lendemain, 3 novembre, le vent tourna au nord-ouest et souffla avec tant d'impétuosité que nous perdîmes le peu de voiles qui nous restait. Notre dernier repas était achevé, et la faim commençait déjà à se faire sentir. Nous en étions aux réflexions sur le triste sort qui nous était réservé, lorsqu'on découvrit un navire qui venait derrière nous ; de suite on hissa pavillon à la tête du petit mât de hune. La joie reparut sur tous les visages, et quelques-uns des passagers les plus timides commencèrent à faire leurs paquets. D'autres, obéissant à un sentiment reli-

gieux remercièrent Dieu du secours qu'il daignât nous
envoyer. Hélas! nos espérances furent cruellement trom-
pées!

Le bâtiment sur lequel nous comptions était le *Corinthian*, de Baltimore ; il arriva sur notre arrière. Après le
salut d'usage, le capitaine nous demanda ce dont nous
avions besoin ; le capitaine *Leslie*, à défaut du capitaine de
la *Lydia*, hors d'état de faire la conversation, lui répondit
que nous étions dans la plus grande détresse, exténués et
mourants de faim. Il était facile de voir sur nos figures
que le capitaine Leslie disait la vérité. Il le pria ensuite de
nous sauver du péril imminent où nous nous trouvions.
Le capitaine du *Corinthian* dit qu'une partie de son eau
avait été enlevée de dessus le pont par un coup de mer,
qu'il avait encore à faire une très-longue route, puisqu'il
allait à Lima, et qu'il lui était impossible de nous prendre
à son bord. Nous lui offrîmes les dix barriques d'eau que
nous avions ; mais il n'eut pas l'air d'y faire attention.
Nous lui demandâmes, puisqu'il ne pouvait se charger de
nous, de disposer au moins en notre faveur de quelques
provisions, et de nous donner des voiles ; mais pour me
servir des paroles de Goldsmith : *Ce dur Corinthian ferma
sa porte sur l'étranger sans asile.*

Il ne fut point ému du récit de nos souffrances, et nos
peines ne purent le toucher. Indignés de ce refus, nous
voulûmes du moins ne pas lui laisser ignorer que nous
publierions sa conduite inhumaine chez toutes les nations
civilisées ; il ne tint pas compte de cette menace ; regardant notre perte comme inévitable, par le mauvais état
de notre navire, il sourit de notre impuissance.

Pour en finir avec *le capitaine du Corinthian, de Baltimore allant à Lima* (je me réjouis d'écrire cette phrase),
son navire appareilla, et fut hors de vue avant que nous

fussions revenus de la stupéfaction où nous avait plongés ce cruel contre-temps.

Je m'efforçai de ranimer le courage abattu de mes compagnons d'infortune, par l'espoir de la prochaine rencontre d'un navire, et nous nous mîmes à pomper, trouvant que l'eau nous gagnait beaucoup malgré le jeu continuel des pompes. La faim commençait à se faire sentir d'une manière insupportable, et déjà nous jetions un œil de convoitise sur notre pauvre chien, triste et dernière ressource; nous n'avions pas mangé depuis quatre jours et c'était faire une œuvre bien méritoire que de différer encore le sacrifice de cet intéressant animal. Cependant on remit au lendemain à lui ôter la vie.

Quelques passagers crièrent : *un navire!* Tournant nos regards vers le point indiqué, nous découvrîmes un brick sous pavillon français. Malgré la déception que nous avions éprouvée avec le *Corinthian*, la vue de ce bâtiment, qui arrivait sur nous, nous causa une vive satisfaction : c'était le *Panurge*, de Rouen, commandé par M. *Vaquerie*.

Ce brick nous héla, et à l'aspect déplorable de la *Lydia*, le capitaine s'empressa de nous demander quels étaient nos besoins les plus pressants. Je lui répondis que nous étions affamés et que le navire coulait; je le priai instamment de nous offrir asile. Il nous dit qu'il était entièrement chargé de coton, qu'il allait de Charleston au Havre, et qu'il n'avait pas de place à nous offrir; il nous invita cependant à aller à son bord, ajoutant qu'il nous aiderait de tous ses moyens. On mit le canot à la mer; le capitaine Sylvie, le capitaine Leslie et moi, nous nous rendîmes à son invitation.

Nous lui peignîmes notre triste situation sous les couleurs les plus vraies! il en parut touché. Il nous répéta qu'il lui était absolument impossible de se charger de nous. Il consentit volontiers à se priver, en notre faveur, d'objets qui lui étaient utiles, et il nous fit donner deux sacs et un baril de pain, une bôme neuve, une grande voile et un petit hunier; il nous fit faire en outre un bon dîner, après quoi nous lui souhaitâmes un bon voyage, et nous prîmes la route de la *Lydia*. Pendant que nous nous embarquions, une vague fit toucher notre canot contre les haubans du *Panurge*, et cassa la jambe à M. Huat, lieutenant de notre navire.

Nous regagnâmes la *Lydia* avec beaucoup de difficulté, portant, il est vrai, du pain à nos compagnons, mais en même temps la nouvelle de l'impossibilité d'être reçus à bord du brick français.

Notre canot en sûreté, on procéda à la répartition du biscuit, et la ration fut maigre; il s'agissait moins de manger que de s'empêcher de mourir de faim. On se mit ensuite à pomper avec une ardeur nouvelle; mais le navire ne fut jamais parfaitement sec.

Le 6 novembre, nous fîmes venir à la chambre les hommes de l'équipage, qui tous étaient malades. Voyant qu'il nous était impossible, dans l'état où nous étions, de nous rendre aux Bermudes, vers lesquelles nous faisions route, nous résolûmes de nous diriger vers les Açores. Nous mîmes donc ce projet à exécution, notre capitaine étant *un peu gai*, comme à l'ordinaire. Mais comment enverguer les voiles que nous avait données le *Panurge*, nous n'avions pas un seul matelot disponible. Cette difficulté fut cependant aplanie; mon frère Alexandre et moi, nous avions fait quelques voyages sur mer, et cet apprentissage ne nous fut pas inutile dans la circonstance. Nous allâmes volontiers à l'extrémité des vergues, tandis que quelques passagers restèrent dans les hunes; nous achevâmes ce travail après lequel on mit un homme au gouvernail, pour gouverner devant le vent, et nous voguâmes jusqu'au 13 novembre, avec l'espoir d'aborder sur quelque terre. Nous découvrîmes un brick, et, selon notre coutume, nous hissâmes notre pavillon à la tête du mât, sens dessus dessous, en signe de détresse; il nous fut répondu par un pavillon américain.

En peu de temps l'*Ospry*, de Salem, fut le long de nous et voyant l'état pitoyable où nous nous trouvions, il nous dit de mettre notre grand canot à la mer, ce qui fut fait à l'instant, et nous nous rendîmes à bord au nombre de six hommes. Nous fûmes parfaitement accueillis et traités par l'armateur et le capitaine; ils nous dirent que depuis très-longtemps ils étaient à la mer, qu'ils avaient une longue traversée de Gibraltar à Boston, et que nous étions maintenant par 59° longitude, par le chronomètre, et par 38° 10′ latitude nord, par observation; qu'ils ne pouvaient nous prendre, car ils étaient rationnés, mais qu'à tout risque, ils nous donneraient quelque chose. En effet, ils nous firent délivrer trente livres de pain, un demi-baril de biscuit et quelques mesures de pommes de terre; quant aux voiles et cordages, ils n'en avaient pas. Après avoir dîné avec le capitaine, et l'avoir prié de parler de nous lorsqu'il arriverait à Boston, nous lui fîmes nos adieux.

Nous travaillâmes continuellement aux pompes, et gardâmes le navire devant le vent et la mer jusqu'à la nuit du 19. Vers minuit, un ouragan affreux creva sur nous; les vents, déchaînés avec furie, semblaient avoir conspiré la perte de notre malheureux bâtiment.

Au milieu de la confusion qui s'ensuivit, nous vîmes un autre navire tout près de nous; vainement nous tirâmes quelques coups de canon en détresse; l'orage continua avec une violence qui ne fit qu'augmenter. Les vagues montaient jusqu'aux nues; l'obscurité n'était interrompue que par les éclairs accompagnés des terribles roulements du tonnerre qui portaient l'épouvante dans les esprits les plus aguerris. On se détermina à couper le mât qui restait, et tandis que le charpentier était à la recherche de ses outils, nous l'entendîmes se renverser avec un bruit qui imprima une violente secousse au navire.

Le matin du 20 novembre, le vent tomba tout à coup, et nous perdîmes tout espoir; le naufrage devenait inévitable; nos provisions étaient entièrement épuisées. Cependant la Providence nous aida encore à supporter nos misères, et nous envoya, bien à propos, un *goulu de mer* qui vint le long de notre navire; à l'instant deux harpons furent mis en état, et nous les lui lançâmes tous deux à travers le dos. En moins d'une demi-heure il fut cuit et mangé.

Ce faible secours ne nous soutint pas longtemps. La faim commençait à produire ses effets ordinaires. Déjà quelques passagers, entre autres le capitaine *Leslie* et M. *Maccarthy* père, avaient montré de forts symptômes de folie. Je fus obligé de leur faire garder la chambre, et de mettre trois personnes auprès d'eux pour en avoir soin.

Le 24 novembre, nous appareillâmes une voile de perroquet sur le bâton de foc, et nous gréâmes une misaine qui nous aida beaucoup, le vent soufflant du nord-ouest.

Notre état ne faisait qu'empirer. Nous n'avions pas le moindre débris de provision, et les malheureux passagers invoquaient la mort; le bruit monotone des pompes et le sifflement du vent dans les cordages se mêlaient aux cris des enfants qui demandaient à manger à leurs mères.

Le 25, le vent emporta notre misaine; le seul morceau de toile qui nous restât était un vieux foc que nous hissâmes sur le tronc du grand mât.

Le lendemain, il s'éleva une tempête affreuse; on fit

descendre tout le monde dans la chambre, et on décida
que nous n'avions d'autres moyens, pour prolonger de
quelques heures notre chétive existence, que de tuer le
chien.

En conséquence, le second du navire fut chargé de cette
triste exécution; il attacha le bon animal au cabestan,
lui banda les yeux, et lui mit trois balles dans la tête. Personne n'eut le courage d'assister à ce cruel spectacle, et
quand on entendit la détonation, plusieurs voix, au milieu d'un murmure général, s'écrièrent: *Le pauvre Titler*
n'est plus !

Quand le boucher eut fait son office, un quart de l'animal fut destiné à faire la soupe du premier jour. Le lendemain, le reste du chien fut divisé en trente-six portions,
et chacun emporta celle qui lui revenait pour en disposer
comme il l'entendrait, parce que la façon dont il avait été
accommodé la veille avait rendu malades plusieurs personnes dont l'estomac était faible et délicat. La peau et
les entrailles de *Titler* furent dérobées sans doute par
quelques matelots qui les mangèrent clandestinement.

Enfin, le terme de nos maux approchait; vers le
soir du 28 novembre, le Maître de toutes choses nous
envoya le brick français le *Jean-Baptiste*, de Caen, ce qui
ranima les esprits les plus abattus; mais avant qu'il nous
joignît, nous eûmes recours à un stratagème permis sans
doute en pareille circonstance.

Ce fut de faire rester l'équipage sur le pont, et descendre les passagers dans l'entre-pont, de fermer ensuite les
écoutilles, pour ne pas faire soupçonner le nombre de
personnes qui se trouvaient à bord.

La première chose que nous répondit le capitaine *Aubert*, après l'exposé de notre situation, fut qu'il nous
prendrait tous à son bord; il nous envoya son canot,

dans lequel j'entrai avec le capitaine *Leslie* ; il faisait un temps affreux, et la mer était si grosse, que ce ne fut qu'avec des difficultés inouies que nous gagnâmes le *Jean-Baptiste*, quoique nous fussions hêlés par une ligne de sonde de ce navire.

Le capitaine *Aubert* renvoya immédiatement le canot à la *Lydia* pour ramener les passagers et l'équipage ; mais quelle fut sa consternation quand il le vit revenir chargé de femmes et d'enfants ! Il se plaignit d'avoir été trompé par nous, nous dit qu'il allait de Charleston au Havre, qu'il ne pouvait croire qu'il y eût trente-six personnes à bord de la *Lydia*, et que tout ce qu'il ferait pour ceux qui restaient sur ce dernier navire, serait de leur envoyer des provisions et des voiles.

Cette nouvelle fut portée aux retardataires ; il s'ensuivit une scène déchirante d'un navire à l'autre. Une mère appelait son enfant, un frère appelait un frère, et la mort en ce moment semblait plus douce que la vue du navire français apparaissant sans avoir consenti à opérer de si touchantes réunions.

Ému par ce spectacle, et consultant plus l'humanité que la prudence, puisqu'il n'avait de provision que pour son propre équipage, le généreux capitaine consentit à recevoir tous ceux qui restaient sur la *Lydia*, et qui arrivèrent sains et saufs à bord du *Jean-Baptiste*. Chaque matelot, imitant un si bel exemple, s'empressa d'offrir à ces malheureux exténués sa bouteille d'eau-de-vie ou de rhum, avec cette cordialité qui caractérise les marins français.

Ce déménagement fut terminé en douze heures ; nous fîmes nos derniers adieux à la *Lydia* ; son aspect avait quelque chose de funéraire. On avait allumé des feux sur le pont, la nuit étant très-obscure, pour éviter les embarras et les accidents que la confusion cause souvent en de telles circonstances.

Nous passâmes vingt jours à bord du *Jean-Baptiste*. Pendant ce laps de temps, nous fûmes traités par le capitaine *Aubert* avec tous les égards dus au malheur. Les rations, comme on doit le penser, étaient très-minces ; mais le capitaine français et son équipage ne se plaignirent jamais de leur exiguïté, et c'était pour nous un sujet de chagrin bien vif de penser que nous mettions pour ainsi dire à la diète de si braves gens. Leur résignation ajoutait encore à nos regrets !

Après avoir passé le grand banc de Terre-Neuve, où le capitaine nous prit, nous arrivâmes au Havre le mardi 18 décembre. Les habitants de la ville nous accueillirent avec la plus franche hospitalité. Ils s'occupèrent de pourvoir à nos besoins, et souscrivirent pour la somme de 2,236 francs, qui aida les naufragés à prendre passage pour New-York sur un autre navire. Le gouvernement britannique vint aussi à leur secours, et leur fit donner des vivres, des vêtements et une somme de 1,200 francs.

Le conseil et les négociants anglais ont offert au capitaine *Aubert*, dans une réunion solennelle, une boîte d'or, avec une inscription qui rappelle l'action généreuse qu'il a faite en arrachant tant de personnes à une mort certaine, au péril même de sa vie.

Le consul américain, qui mérite aussi des éloges pour le zèle qu'il a déployé en faveur des passagers de la *Lydia*, a remis, de la part de son gouvernement, une médaille d'or au capitaine *Aubert*, une médaille un peu moins grande à son second, et de très-belles médailles d'argent à chacun des matelots du *Jean-Baptiste*.

Il était une autre récompense dont s'était rendu digne

ce brave marin, et le roi de France l'a accordée à celui qui avait si bien mérité de l'humanité. Le capitaine *Aubert* a reçu la croix de la Légion d'honneur. Espérons qu'un si bel exemple de dévouement, si noblement récompensé, trouvera des imitateurs.

NAUFRAGE DU NAVIRE LE BEAUFORT-CASTLE

Le *Beaufort-Castle* partit de Bone (côte d'Afrique) sur la fin de septembre 1828 avec trente hommes d'équipage et une riche cargaison de gomme, de bois et d'or. Dans les premiers jours d'octobre il fut assailli par un violent coup de vent qui le désempara de toute sa voilure et d'une partie de sa mâture. Ce bâtiment fatigua à un tel point dans cet ouragan qu'une voie d'eau se déclara, et un coup de mer qui tomba en grand à bord le fit couler entre deux eaux. L'équipage, déjà exténué de fatigue, se réfugia dans les hunes pour éviter une mort certaine.

Il est difficile de se faire une idée de la position cruelle de ces malheureux marins.

Exposés dans les hunes de leur navire, sans provisions et sans vêtements, menacés à chaque instant d'être enlevés par les lames qui venaient se briser sur les mâts, tout ce qu'il est possible d'imaginer d'angoisses se réunit pour accabler, au milieu d'une mer furieuse, ces infortunés luttant continuellement contre les vagues qui les arrachaient les uns après les autres des bras de leurs camarades. Vingt-deux marins périrent dans ce terrible nau-

NAUFRAGE DU BEAUFORT-CASTLE.

frage; les huit autres, s'étant amarrés, résistèrent à toutes les secousses : ils attendaient dans la plus grande anxiété la rencontre de quelque navire.

Le 3 octobre, le brick français le *Cotonnier*, de Rouen, Capitaine Patin, allant de cette dernière ville à Charleston, se trouvant à peu près dans ces parages, essuya le même coup de vent. Dans la matinée, il naviguait sous toutes voiles avec beau temps. Vers midi, le vent commença à fraîchir, le capitaine fit serrer les perroquets. L'après-midi il augmenta sensiblement : on prit tous les ris dans les huniers ; à peine étaient-ils bordés et hissés que l'on fut contraint de serrer toutes les voiles, excepté le grand hunier et le petit foc. Le navire fuyait vent arrière.

Le vent prenant plus d'intensité, et ne voulant pas larguer le grand hunier de peur de le perdre, on résolut de le carguer, mais il n'y eut que les ralingues qui se rendirent à la vergue. La mer était tellement grosse qu'elle passait par-dessus le navire. Trois hommes étaient à la barre ; mais le navire faisait de grandes embardées, et il vint un coup de mer qui submergea le beaupré qui venait de se rompre. Le contre-coup cassa le mât de misaine à quatre pieds au-dessus du pont ; le grand mât tomba en vrac sur le pont, rompu à deux pieds au-dessus du jottreau ; en moins de dix minutes le navire fut ras comme un ponton.

La mâture, la voilure et le gréement étaient à la traîne le long du bord, frappant fortement contre le navire. Malgré tous les efforts que l'équipage fit pour sauver ces objets, il fut impossible de les remettre à bord ; la mer était si grosse et le roulis si fort que les lames les arrachaient de leurs mains.

Craignant que le navire ne fût défoncé par les coups réitérés qu'il recevait dans sa coque, le capitaine demanda l'avis de l'équipage, et il fut délibéré d'une voix unanime de larguer tout.

En conséquence, on se mit en devoir de couper les manœuvres qui retenaient encore la mâture à bord. Il était temps, car le navire commençait à faire de l'eau. La barre du gouvernail cassa et l'on mit, avec beaucoup de peine, celle de rechange ; une heure après celle-ci fut brisée. On fut obligé de bien saisir ensemble des barres d'abattage pour qu'elles ne bougeassent pas et d'en faire une barre de gouvernail. En ce moment le vent était si fort qu'il enleva le canot amarré sur le pont avec ses saisines.

Il ne restait plus à bord que les voiles de rechange, le bôme et le pic qui étaient saisis sur le couronnement, et la grande vergue qui, en tombant, s'était cassée.

Le navire resta trois jours dans cet état, fuyant seulement sous un petit foc qui avait été installé en guise de pouillouse.

Le 12 octobre, la mer était moins grosse et le vent s'étant calmé, on fit des lignes, et avec le pic et la vergue de hune de rechange, un mât que l'on mit en place ; deux mâts de cataquois et deux vergues de baumettes servirent à faire une vergue, un hunier y fut placé et forma une espèce de misaine.

Dans le courant de la journée, voyant passer le long du bord beaucoup de bois à brûler et des fonds de barriques, le capitaine *Patin* fit veiller pour voir si l'on n'apercevrait pas de navires ou des naufragés à secourir ; car tout ce qu'il voyait lui faisait croire à la perte de quelque bâtiment.

A cinq heures du soir, on aperçut un mât de beaupré debout ; mais ne voyant pas le navire, on présuma qu'il était submergé. Cependant le capitaine *Patin* mit le cap dessus ; la nuit approchait et le *Cotonnier* filait encore trois milles à l'heure sous sa voile de fortune. L'obscurité fit perdre de vue le navire naufragé ; alors le capitaine mit quatre hommes en vigie, et il gouverna de manière à se trouver dans ses eaux, c'est-à-dire à le rencontrer.

Vers sept heures du soir, l'équipage étant à souper, les hommes en vigie crurent entendre plusieurs voix dans l'obscurité. On ne voyait cependant pas de navire vers le point d'où partaient ces cris ; tout le monde prêta l'oreille, et l'on entendit très-clairement les voix de plusieurs personnes qui demandaient du secours. Un instant après, le choc des vagues qui semblaient se briser contre quelque objet fixe, attira l'attention de tout l'équipage : les malheureux naufragés qui apercevaient le brick, redoublaient leurs cris pour ne pas laisser échapper cette heureuse rencontre.

Enfin le *Cotonnier* courant toujours vers le point où se brisait la mer, l'équipage entendit très-distinctement appeler au secours, et l'on découvrit, malgré l'obscurité, les mâts d'un navire entre deux eaux et des hommes cramponnés dans les huniers.

De grands obstacles semblaient s'opposer à ce qu'on sauvât ces malheureux ; la mer était très-grosse, et ils manquaient d'embarcations pour venir à bord du brick, qui n'avait rien d'installé pour mettre sa chaloupe à la mer, puisqu'il était entièrement démâté ; mais le désir d'arracher des hommes à une mort certaine l'emporta sur le danger qu'il y avait à courir.

Tout fut préparé en un instant par l'équipage, qui redoubla de zèle et d'activité dans cette circonstance difficile. La chaloupe fut approchée le long du bord, les pavois furent enlevés, et dans un coup de roulis on la lança à la mer. Le contre-coup la fit revenir frapper en grand le long du navire où elle fracassa son étrave ; si elle se fût heurtée une seconde fois, il aurait été impossible de sauver les marins du *Beaufort-Castle*, qui tendaient leurs bras vers leurs libérateurs.

Un homme descendit dans l'embarcation pour la vider, car elle faisait déjà beaucoup d'eau, et quatre autres bordèrent les avirons pour aller chercher les naufragés.

En approchant, ils virent des malheureux qui n'avaient plus la force de se faire entendre autrement que par signes ; ces huit marins étaient restés cramponnés dans les hunes au moment de la submersion du *Beaufort-Castle*. On les transporta à demi morts à bord du *Cotonnier*, et le capitaine *Patin* s'empressa de leur prodiguer tous les soins que réclamait leur état de faiblesse.

Le 16 octobre, le capitaine *Patin* rencontra le brick anglais le *Bolivar*, et pria le capitaine de prendre ces passagers à son bord, puisqu'il allait en Europe. Le capitaine anglais y consentit. Ils partirent après avoir exprimé à M. *Patin* et à son équipage leur reconnaissance pour un exemple si généreux de dévouement et d'humanité.

Le *Cotonnier* se dirigea vers sa destination ; arrivé devant Charleston, il éprouva encore une bourrasque qui le poussa jusque dans la latitude de Savannah. Après ce coup de vent, il mit le cap sur Charleston, où il arriva le 19 novembre tout démâté.

Le ministre de la marine s'est empressé de porter cette action honorable à la connaissance de Sa Majesté, qui, par une ordonnance en date du 24 mai, a nommé M. *Patin* chevalier de la Légion d'honneur.

INCENDIE DU REAT.

NAUFRAGE ET INCENDIE DU NAVIRE LE KENT

De la Compagnie des Indes

Le *Kent*, vaisseau de la Compagnie des Indes, capitaine Henri Cobb, beau bâtiment neuf de 1350 tonneaux, destiné pour le Bengale et la Chine, mit à la voile des Dunes, le 19 février, ayant à bord vingt officiers, trois cent quarante-quatre soldats, quarante-trois femmes et soixante-six enfants, faisant partie du 51ᵉ régiment, outre vingt passagers et un équipage de cent quarante-huit hommes, officiers compris.

Entourés de toutes les circonstances qui devaient leur faire espérer un voyage prospère, et de tous les soins qui pouvaient contribuer à leur santé et à leur bien-être, mes braves camarades paraissaient heureux, et leur cœur battait de reconnaissance pour cette patrie qu'ils servaient avec zèle, et dont ils allaient joyeusement défendre les intérêts.

Poussé par un vent frais du nord-est, notre navire descendait majestueusement la Manche, et dépassait avec beaucoup de rapidité plus d'un point de la côte cher à nos souvenirs.

Dans la soirée du 23, nous perdîmes de vue les rivages de l'heureuse Angleterre, et nous entrâmes dans l'Atlantique, ne nous attendant point à revoir la terre avant d'arriver dans les parages de l'Inde.

Malgré les légers intervalles de mauvais temps, nous continuâmes à faire route jusque dans la nuit du lundi 28, que nous nous trouvâmes subitement arrêtés par un coup de vent du sud-ouest, dont la violence augmenta progressivement pendant toute la matinée suivante. Nous étions alors par 47°30′ de latitude et 10° de longitude ouest de Greenwich.

Ceux qui, tout en ayant navigué, n'ont jamais été exposés par un vent d'ouest aux vagues gigantesques de la baie de Biscaye, accuseraient sans doute d'exagération la description la plus simple et la plus fidèle de ces montagnes d'eau qui roulent l'une sur l'autre. Mais je crois impossible à un marin débutant dans la carrière, quelque insouciant qu'il puisse être, de contempler les efforts redoublés de la tempête, et de sentir trembler sous ses pieds la frêle machine qui le sépare de l'abîme, sans élever involontairement ses pensées en haut, en faisant le secret aveu de sa faiblesse.

L'activité des officiers et de l'équipage du *Kent* paraissait s'accroître avec le danger. Nos grandes voiles furent promptement carguées, ou mises au bas riz ; le 1ᵉʳ mars, à 10 heures du matin, après avoir amené nos vergues de perroquet, nous étions à la cape sous le grand hunier seul, avec trois riz pris, nos fausses fenêtres de poupe fermées, et tous les soldats de quart amarrés à un cordage de sûreté que l'on avait tendu sur le pont.

Le roulis qui était fort augmenté par quelques centaines de tonneaux de boulets et de bombes qui formaient une partie de la cargaison, devint si violent vers midi, qu'à chaque secousse les chaînes des haubans plongeaient de plusieurs pieds dans la mer.

Ce fut vers cette époque qu'un des officiers, dans la louable intention de s'assurer si tout était en bon ordre à fond de cale, y descendit avec deux matelots, muni d'une lampe de sûreté; et, comme cette lampe brûlait mal, il eut la précaution de ne pas la raviver lui-même, de crainte de feu, mais de l'envoyer sur la plate forme des cables, pour en faire arranger la mèche. S'étant aperçu ensuite qu'une des barriques d'eau-de-vie était hors de sa place, il donna ordre aux matelots d'aller chercher des coins pour la caler; mais, pendant leur absence, le vaisseau ayant éprouvé une violente secousse, l'officier de quart laissa malheureusement échapper sa lampe, et, dans son empressement à la ramasser, il lâcha prise de la barrique qu'il tenait en respect. La barrique s'effondra, et l'eau-de-vie entrant en contact avec la mèche de la lampe, tout fut bientôt enflammé.

Je ne sais quelles mesures on prit immédiatement. L'officier de quart, M. Spence, m'apprit la nouvelle alarmante que le feu était dans la cale au vin. Je courus à l'écoutille d'où la fumée commençait à s'échapper, et je trouvai le capitaine Cobb et d'autres officiers donnant des ordres qui paraissaient promptement exécutés par l'équipage et par la troupe, chacun s'efforçant d'éteindre le feu, au moyen de pompes, de seaux d'eau, de voiles mouillées, de hamacs, etc.

Désirant causer aussi peu d'alarme que possible aux femmes que nous avions à bord, je frappais doucement à la porte du lieutenant-colonel Fearon; mais soit que ma physionomie trahît mes sentiments, soit que le bruit et la confusion qui allaient croissant sur le pont, eussent fait craindre à ces dames que la tempête ne devînt plus sé-

rieuse, j'eus beaucoup de peine à les calmer en leur assurant que l'orage ne nous menaçait d'aucun danger.

Tant que le feu resta dans la cale où il avait éclaté, et
qui était entourée de tous côtés par des barriques d'eau,
nous pouvions nous livrer à l'espoir qu'on s'en rendrait
maître. Mais, lorsqu'à la légère flamme bleue de l'eau-
de-vie, nous vîmes succéder d'énormes tourbillons d'une
fumée noire et épaisse, qui, s'échappant avec rapidité des
quatre écoutilles, venaient rouler en torrents d'un bout à
l'autre du vaisseau, il fut désormais impossible de rien dis-
simuler, et nous perdîmes presque toute espérance de sauver le bâtiment. « La flamme a gagné les câbles, » s'écrièrent plusieurs voix, et bientôt, en effet, une odeur forte
de goudron qui se répandit sur le pont confirma la vérité de cette exclamation.

Dans ce terrible moment, le capitaine Cobb, dont l'habileté et la décision de caractère semblaient s'accroître
avec l'imminence du danger, eut recours à la seule alternative qui lui restât. Il donna ordre de pratiquer des voies
d'eau dans le premier et le second pont, de déblayer les
écoutilles et d'ouvrir les sabords de la batterie basse,
afin de laisser entrer la mer de toutes parts.

Ces instructions furent promptement suivies ; mais déjà
quelques soldats, une femme et plusieurs enfants avaient
péri, après d'inutiles efforts pour gagner le pont supérieur. En descendant de la batterie basse avec le colonel
Fearon, le capitaine Braye et un ou deux autres officiers
du 31e, pour aider à ouvrir les sabords, nous rencontrâmes
un des contre-maîtres, qui, totalement épuisé, et près de
perdre connaissance, nous dit qu'il venait de heurter du
pied contre les cadavres de quelques personnes suffoquées
par la fumée dont il avait failli lui-même être victime.
En effet, cette fumée était si épaisse et si âcre, que nous

eûmes grand'peine à rester dans l'entrepont assez de temps pour exécuter les ordres du capitaine Cobb. Mais nous n'en fûmes pas plutôt venus à bout, que la mer se précipita dans le navire avec une force irrésistible, brisant les cloisons et jetant çà et là les caisses les plus lourdes.

Dans toute autre circonstance imaginable, un pareil spectacle nous aurait pénétrés d'horreur; mais, menacés alors d'une explosion prochaine, nous nous flattions de trouver notre salut dans cette ressource violente, et, plongés dans l'eau jusqu'aux genoux, nous cherchions à ranimer mutuellement nos espérances.

L'immense quantité d'eau qui entra dans la cale parvint, en effet, à arrêter pour quelque temps la fureur des flammes; mais le danger de sombrer augmentait à mesure que celui de sauter en l'air semblait diminuer. La mort nous environnait sous les deux formes les plus redoutables, et ne nous laissait que l'alternative. Préférant donc la plus éloignée des deux catastrophes également certaines, nous nous efforçâmes de refermer les sabords, de boucher les écoutilles et d'exclure l'air extérieur pour prolonger au moins notre existence, s'il était possible.

Alors commença une scène d'horreur qui passe toute description. Le pont supérieur était couvert de six à sept cents créatures humaines dont plusieurs que le mal de mer avait retenues dans leur lit, s'étaient vues forcées de s'enfuir sans vêtements, et couraient çà et là, cherchant un père, un mari, des enfants. Les uns attendaient leur sort avec une résignation silencieuse ou une insensibilité stupide; d'autres se livraient à toute la frénésie du désespoir. Plusieurs imploraient à genoux, avec cris et avec larmes, la miséricorde du Tout-Puissant, dont le bras, disaient-ils, s'était enfin levé pour les punir. Les catholiques faisaient à la hâte le signe de la croix ou accomplissaient d'autres actes extérieurs de dévotion exigés dans leur croyance, tandis que quelques-uns des soldats et des marins les plus vieux et les plus fermes de cœur allaient d'un air sombre se placer directement au-dessus du magasin à poudre afin, disaient-ils, que l'explosion, qu'on attendait d'un instant à l'autre, terminât plus promptement leurs souffrances.

Plusieurs des femmes et des enfants de soldats qui étaient venus chercher un refuge dans les chambres des ponts supérieurs, priaient et lisaient l'Écriture sainte avec les femmes des officiers et des passagers, dont quelques-unes, douées d'un calme sublime, offraient aux autres des consolations spirituelles. Deux jeunes personnes en particulier se concilièrent l'admiration de tous ceux qui furent témoins des preuves qu'elles donnèrent de la force naturelle de leur âme et de la douce pureté de leur foi chrétienne. Lorsqu'on vint leur annoncer que tout espoir était perdu, et qu'une mort inévitable s'avançait à grands pas, une d'elles se mit à genoux, les mains jointes, et dit avec calme : « Venez, mon Sauveur, je vous attends ! »

Entre autres objets qui me frappèrent en cet instant, je fus particulièrement affecté du spectacle de quelques pauvres enfants qui, entièrement ignorants du danger qui les menaçait, continuaient à jouer dans leurs lits comme de coutume, et adressaient à ceux qui les entouraient les questions les plus naïves et les plus hors de saison.

Un écrivain a remarqué que, dans la chaleur de la bataille, il est non-seulement possible, mais facile de ne point songer à la mort et de cesser de penser, tandis que dans les longues heures d'un naufrage qui se prépare, lorsque l'esprit n'est occupé que du souvenir d'efforts inutiles et des avant-coureurs d'une destruction inévitable, il n'est ni aisé ni même possible d'oublier l'avenir qui vous attend.

Ayant eu occasion de monter à la hune d'artimon, j'y rencontrai un jeune homme qui m'avait été recommandé par un de mes amis. Sur le haut de ce mât, tandis que nous étions balancés avec violence par le roulis, je crus de mon devoir de lui adresser tranquillement cette question : « Que devons-nous faire pour être sauvés? » Et ce jeune homme a dit depuis que, bien qu'il se crût parfaitement certain d'une mort immédiate, la pensée de l'éternité n'avait pas même traversé son esprit avant notre conversation.

Tandis que nous étions ainsi dans un état d'inertie physique, mais de douloureuses agitations morales; tandis que les vagues se précipitaient avec fureur contre les flancs de notre malheureux navire, comme si l'Océan eût été jaloux de ce qu'un élément rival lui disputait sa proie, un de ces nombreux coups de mer qui brisaient et jetaient çà et là tout ce que renfermait le bâtiment, arracha tout à coup l'habitacle à ses amarres, et mit en pièces l'appareil de la boussole. Alors un des jeunes contre-maîtres, après un instant de morne silence, s'écria avec l'émotion si naturelle à un marin en pareille circonstance : « Quoi! il est donc vrai que le *Kent* n'a plus de boussole! » Et il laissa les spectateurs tirer eux-mêmes la conclusion d'un tel présage. On vit un jeune officier de la meilleure espérance prendre d'un air pensif une boucle de cheveux dans son écritoire et la placer sur son cœur. Un autre, s'étant procuré du papier, écrivit à son père quelques lignes qu'il renferma soigneusement dans une bouteille, espérant que peut-être elles parviendraient à leur adresse. Son but, disait-il, était d'épargner à son père de longues années d'anxiété et de tourments inutiles, et de profiter d'un moment où sa sincérité ne pouvait être révoquée en doute, pour rendre humblement témoignage à la fidélité de ce Dieu en qui il avait mis toute sa confiance, et qui faisait maintenant régner la paix dans son cœur, en présence du terrible spectacle d'une mort immédiate.

Dans le moment même où l'officier dont je parle allait jeter sa bouteille à la mer, il vint à l'esprit de M. Thomson, l'un des seconds, de faire monter un homme au petit mât de hune, souhaitant, plus qu'il ne l'espérait, que l'on pût découvrir quelque vaisseau secourable sur la surface de l'Océan.

Le matelot, arrivé à son poste, parcourut des yeux tout l'horizon. Ce fut pour nous un moment d'angoisse inexprimable ; puis tout à coup agitant son chapeau, il s'écria : « Une voile sous le vent ! » Cette heureuse nouvelle fut reçue avec un profond sentiment de reconnaissance, et l'on y répondit par trois cris de joie. Nous hissâmes à l'instant nos pavillons de détresse, nous tirâmes le canon de minute en minute, et nous nous efforçâmes d'arriver sur le bâtiment qui était en vue, sous la misaine et les trois huniers.

Ce bâtiment, comme nous l'apprîmes plus tard, se trouva être la *Cambria*, capitaine Cook, petit brick de deux cents tonneaux, destiné pour la Vera-Cruz, et ayant à bord vingt à trente mineurs des Cornouailles et d'autres employés de la compagnie anglo-mexicaine.

Pendant dix à quinze minutes, nous fûmes en doute si le brick apercevrait nos signaux, et si, les apercevant, il pouvait, ou voulait nous porter secours. Il paraît que la violence du vent ne permettait pas d'entendre le bruit de nos canons, mais les tourbillons de fumée qui s'élevaient de notre bâtiment indiquaient assez la nature du danger

que nous courions ; et, après quelques instants de dou-
oureuse incertitude, nous vîmes le brick hisser pavillon
anglais et mettre toutes voiles dehors pour venir à notre
assistance.

Quoiqu'il eût été tout à la fois impossible et inconvenant
de réprimer les espérances que fit naître parmi nous la rencontre imprévue de la *Cambria*, j'avoue qu'en réfléchissant
aux progrès qu'avait déjà faits l'incendie, à la violence
de la mer, à l'extrême petitesse du brick, et à la foule de
créatures humaines que nous avions à bord, je me flattais
à peine que l'on pût en sauver un petit nombre ; mais je
n'entrevoyais pas pour moi-même la moindre chance de
conserver la vie.

Pendant que le capitaine Cabb, le colonel Fearon et le
major Mac-Gregor tenaient conseil sur les mesures à prendre pour mettre les embarcations à la mer, un des lieutenants du 31ᵉ vint demander au major dans quel ordre
les officiers devaient quitter le vaisseau, à quoi le major
répondit : « Dans l'ordre que l'on observe aux funérailles,
cela va sans dire. » Cet ordre fut à l'instant confirmé
par le colonel Fearon, qui ajouta : « Sans doute, les
cadets les premiers ; mais faites passer au fil de l'épée
tout homme qui ferait mine d'entrer dans les chaloupes
avant que l'on ait sauvé les femmes et les enfants. » Pour
empêcher l'encombrement que l'on avait lieu de craindre,
d'après les signes d'impatience qui se manifestaient chez
les soldats et les marins, quelques-uns des officiers se
mirent en faction, l'épée à la main, auprès de chaque
embarcation ; mais la bonne contenance des commandants
et la grande subordination dont les soldats firent preuve,
à peu d'exceptions près, rendirent plus tard cette précaution inutile. Le capitaine Cabb, ayant pris sagement ses
mesures pour placer dans le grand canot toutes les fem-

mes d'officiers et de passagers, et autant de femmes de
soldats qu'il en pourrait contenir, elles s'enveloppèrent à
la hâte des premiers vêtements qu'elles trouvèrent sous
leurs mains, et, vers deux heures ou deux heures et demie,
une procession lugubre s'avança des chambres d'arrière
vers le sabord au-dessous duquel le canot était suspendu.

On n'entendait pas un cri, on prononçait à peine une
parole ; les plus petits enfants même cessaient de pleurer
comme s'ils avaient eu le sentiment de l'angoisse qui dé-
chirait le cœur de leurs parents dans ces adieux solennels.
Le silence ne fut interrompu qu'une fois ou deux par les
femmes qui demandaient en grâce la permission de rester
auprès de leurs maris. Mais lorsqu'on les assura que chaque instant de retard pouvait coûter la vie à un homme,
elles s'arrachèrent aux plus tendres embrassements ; et
avec cette force d'âme qui, dans les grandes épreuves, est
le caractère et l'ornement de leur sexe, elles se placèrent,
sans murmurer, dans le canot que l'on descendit aussitôt
à la mer. Les lames étaient si furieuses, que nous espérions
à peine que l'embarcation pût y résister un seul instant.
Deux fois on entendit les marins, postés dans les porte-
haubans, s'écrier que le canot faisait eau ; mais celui qui a
fait marcher saint Pierre sur la surface des eaux, et qui
daignait alors écouter nos prières ferventes, quoique silen-
cieuses, avait résolu de les sauver.

Ne voulant négliger aucune précaution pour rendre la
descente du canot moins dangereuse, le capitaine Cabb
avait apposté un homme armé d'une hache pour couper à
l'instant les palans qui le tenaient suspendu par les deux
extrémités, s'il y avait la moindre peine à les décrocher.
Toutefois la difficulté d'une semblable opération, qui ne
peut être bien appréciée que par les hommes du métier,
faillit devenir fatale à tous ceux que portait le canot.

Après avoir essayé une ou deux fois, sans succès, de déposer doucement cette frêle embarcation sur la surface de la mer, l'ordre fut donné de défaire les crochets. En effet, le palan de poupe fut dégagé à l'instant; mais les cordages de la proue s'étant embrouillés, l'homme qui était placé à l'avant ne put point exécuter l'ordre.

En vain eut-on recours à la hache, le danger devint plus critique qu'on ne peut dire; car le canot, suivant nécessairement tous les mouvements du vaisseau, sortait peu à peu de la mer. Un instant plus tard, il se trouvait suspendu verticalement par la proue, et tous les malheureux passagers qu'elle contenait étaient lancés dans l'abîme, lorsque par bonheur une vague, venant à soulever l'arrière, permit aux matelots de dégager le palan de la proue. Alors on poussa adroitement au large, et pendant quelque temps nous vîmes le canot lutter contre les vagues, tantôt s'élevant comme un point noir sur leur sommet, tantôt s'engouffrant dans les redoutables vallées que les lames laissaient entre elles.

La *Cambria* avait eu la prudence de mettre en panne à une certaine distance du *Kent*, de peur de devenir victime de l'explosion, ou d'être exposé au feu de nos canons chargés à boulet qui partaient à mesure qu'ils étaient atteints par les flammes. Le canot avait donc un assez grand espace à parcourir; le succès de cette première tentative étant la mesure de nos espérances à venir, on peut croire avec quelle anxiété nous suivions des yeux cette précieuse embarcation, précieuse surtout pour les pères et les maris, qui tremblaient de voir engloutir tout ce qu'ils avaient de plus cher au monde.

Pour tenir le canot mieux en équilibre au milieu de la mer en furie et pour donner aux matelots la facilité de forcer les rames, les femmes et les enfants furent entassés pêle-mêle sous les bancs, et se virent par là exposés à être noyés par l'écume, qui, à chaque coup de mer, inondait le canot tellement, qu'avant d'arriver au brick, les pauvres femmes étaient assises dans l'eau jusqu'à la poitrine, et avaient grand'peine à préserver leurs enfants.

Toutefois, au bout de vingt minutes ou d'une demi-heure, le canot avait accosté l'arche de refuge ; et la première créature humaine qui trouva un asile à bord de la *Cambria*, fut le fils du major Mac-Gregor, enfant de quelques semaines, qui fut pris d'entre les bras de sa mère, et élevé jusqu'au brick par M. Thompson, quatrième lieutenant du *Kent*, à qui le commandement du canot avait été confié.

J'ai des raisons pour être certain qu'en recevant l'assurance que leurs femmes et leurs enfants venaient d'échapper au danger le plus pressant, les officiers et les soldats mariés éprouvèrent une émotion si vive, un sentiment si profond de joie, qu'ils perdaient entièrement de vue leur propre situation, et que pendant quelque temps ils devinrent insensibles aux coups redoublés de la tempête, et au feu dévorant qui menaçait à chaque instant de faire explosion sous leurs pieds.

Nos embarcations, après leur premier voyage, ayant essayé vainement d'accoster le *Kent* bord à bord, il fallut prendre le parti de descendre les femmes et les enfants du haut de la poupe, au moyen d'un cordage auquel on les attachait deux à deux ; mais, en raison de la violence du tangage et de l'extrême difficulté de saisir le moment précis où le canot se trouvait au-dessous de la corde, on ne put éviter que plusieurs de ces malheureuses créatures ne fussent plongées dans la mer à diverses reprises. S'il est consolant pour l'humanité de savoir qu'aucune femme ne périt dans cette tentative, la perte d'un grand nombre d'enfants était aussi cruelle à voir qu'impossible à empêcher. En effet, les moyens violents qui réduisaient les mères à un état d'épuisement et d'insensibilité éteignaient la dernière étincelle de vie chez les pauvres petites créatures qui étaient attachées à la même corde.

Deux ou trois soldats, pour soulager leurs femmes, sautèrent à la mer avec leurs enfants, et périrent en s'efforçant de les sauver. Une jeune femme ayant absolument refusé de quitter son père, que le devoir retenait à son poste, faillit devenir la victime de son dévouement filial; elle ne fut recueillie dans un canot qu'après avoir plongé cinq ou six fois. Un homme réduit à l'affreuse alternative de perdre sa femme ou ses enfants, se prononça promptement pour ses devoirs envers sa femme : elle fut sauvée, mais, hélas ! ses quatre enfants périrent. Un soldat, qui n'avait ni femme ni enfants, mais qui témoignait le plus grand intérêt pour les enfants de ses camarades, en fit attacher trois autour de son corps et plongea ainsi dans la mer : il échoua dans ses efforts pour gagner le canot, et on le hissa de nouveau à bord; mais déjà deux pauvres enfants avaient cessé de vivre. Un homme tomba dans l'écoutille, et fut à l'instant dévoré par les flammes; un autre eut l'épine du dos si complétement brisée, qu'il fut plié en deux par la violence du coup. Le danger n'était pas moindre à l'arrivée qu'au départ. Un homme qui glissa entre la chaloupe et le brick, eut la tête écrasée en mille morceaux, et quelques autres périrent en essayant de grimper à bord.

Les précautions à prendre pour les femmes et les enfants consumaient un temps précieux, dont une partie aurait pu être consacrée à sauver le reste de l'équipage. On donna ordre d'admettre dans les bateaux quelques soldats en sus des femmes; mais cette permission devait devenir fatale à plusieurs d'entre eux qui, dans leur empressement trop avide d'en profiter, sautèrent à la mer et furent engloutis.

Un pauvre soldat, entre autres, fort brave homme, avait déjà atteint le canot et levait la main pour saisir le plat-bord, lorsque, par un tangage subit, sa tête heurta contre le bossoir, et il disparut à l'instant. Il y a dans l'histoire de ce pauvre homme une particularité qui mérite d'être remarquée. Sa femme, qu'il aimait tendrement, n'ayant pas été du nombre de celles qui avaient eu la permission de suivre le régiment, résolut d'éluder la défense, et gagna Gravesand avec le détachement de son mari ; là elle trouva moyen d'échapper à la vigilance des sentinelles et de se rendre à bord, où elle resta cachée pendant plusieurs jours. A Deal elle fut découverte et renvoyée à terre ; mais elle parvint une seconde fois, avec une persévérance dont les femmes sont seules capables, à se glisser dans l'entrepont, où elle se tint blottie jusqu'au jour de notre désastre.

Sur ces entrefaites, un matelot qui s'était placé, ainsi que plusieurs autres, droit au-dessus du magasin à poudre, et qui attendait l'explosion avec beaucoup de sang-froid, s'écria tout à coup d'un ton d'humeur, et comme impatienté de ce que son attente paraissait trompée : « Eh bien ! puisqu'il ne veut pas sauter, je vais voir si je ne peux pas me sauver d'affaire tout seul ! » Aussitôt il s'élança dans la mer et gagna à la nage un des canots, où il fut recueilli sans accident.

Je dois faire remarquer que, des six embarcations que nous possédions dans l'origine, trois avaient été brisées ou submergées dans le courant de la journée ; il y a lieu de soupçonner qu'une ou deux de ces chaloupes et les

ommes qui les montaient durent leur perte aux dépouilles
ont ils s'étaient chargés, car on les avait vus piller les
ɯambres du pont supérieur.

Le jour tirait à sa fin, et les flammes allaient toujours
ʼoissant. Le colonel Fearon et le capitaine Cobb se mon-
ʼaient de plus en plus empressés à sauver le reste des
ʼaves gens qui leur étaient confiés. Pour leur offrir un
ɯoyen plus facile de quitter le vaisseau, on fit suspendre
ʼl'extrémité du gui de brigantine un cordage, le long du-
uel les hommes devaient se laisser glisser dans les
anots. Mais, en faisant cette manœuvre, on courait
ʼrand risque d'être balancé en l'air pendant quelque
ɯmps, et d'être ensuite ou plongé dans l'eau à plusieurs
ʼeprises, ou brisé contre le plat-bord des canots; car la
ʼiolence des lames et le tangage du bâtiment ôtaient aux
ɯbarcations la possibilité de se tenir en place. Aussi
ʼlusieurs de ceux qui n'étaient pas du métier, préféraient-
ʼls sauter à la mer par les fenêtres de poupe, et tenter
ʼentreprise plus chanceuse de gagner les canots à la nage.
ʼn construisit des radeaux avec des planches, des cages à
ʼoulets et tous les matériaux qu'on put employer, pour
ʼue l'on eût un dernier refuge si les flammes nous obli-
ʼeaient à abandonner tout à fait le bâtiment; et en
ɯême temps chaque homme eut ordre de se mettre une
ʼorde autour du corps, afin de pouvoir s'amarrer au ra-
ʼeau, si l'on était contraint d'y avoir recours. Au milieu
ʼe tous ces préparatifs, je fus frappé, je dirai presque
ʼliverti, de la délicatesse naïve d'une recrue irlandaise qui,
ʼherchant un bout de cordage dans l'une des chambres,
ɯe cria qu'il n'en trouvait pas d'autres que celui qui ser-
ʼait à attacher le hamac d'un officier, et qu'il n'osait pas
ʼe l'approprier sans ma permission.

Les officiers commencèrent alors à quitter le bâtiment,

7

et leur départ fut marqué par la discipline la plus rigide, comme par la plus grande intrépidité. Personne ne fit parade de cette vaine bravoure qui, en pareille circonstance, est plutôt un indice de timidité secrète que de véritable force d'âme. Nul ne trahit, par son impatience à gagner les canots, des sentiments indignes d'un soldat; tous, au contraire, se comportèrent en hommes qui, sans contempler la mort avec une insouciance profane, conservent en présence du danger la pleine disposition de leurs facultés.

Mais le plus bel exemple de calme et de courage fut celui que donna leur chef, dont l'habileté et l'inébranlable présence d'esprit ne se démentirent pas un seul instant, quoique sous le double poids de la responsabilité compliquée d'un commandement militaire et des angoisses d'un père et d'un époux. Jamais le colonel Fearon ne parut oublier l'autorité dont sa souveraine l'avait investi, et je puis dire aussi que ses officiers ne perdirent jamais de vue leurs devoirs militaires et les relations où ils étaient placés les uns envers les autres.

Au milieu de leurs souffrances, les pauvres soldats donnèrent une preuve de subordination et de bon cœur que je ne dois pas non plus passer sous silence. Vers le soir, tandis qu'épuisés par l'angoisse, la fatigue et l'inanition, ils commençaient à éprouver le tourment d'une soif intolérable, l'un d'entre eux découvrit par hasard une caisse d'oranges, et tous ses camarades, avec un mélange de respect et d'affection auquel on ne pouvait guère s'attendre en pareille circonstance, refusèrent de profiter de ce rafraîchissement avant d'en avoir offert à leurs officiers.

Le temps ne me permet pas de retracer ici les diverses pensées qui occupèrent mon esprit pendant cette journée, ni les observations que je pus faire sur ce qui se pas-

nt dans l'âme de mes compagnons d'infortune, mais je
'ois devoir rapporter un fait moral dont je conserve un
)uvenir très-distinct.

Je me serais attendu, *a priori*, à trouver, parmi le
rand nombre de personnes qui étaient à bord, des nuan-
es très-diverses de force d'âme, formant, pour ainsi dire,
ne échelle décroissante depuis l'héroïsme jusqu'au der-
ier degré de la pusillanimité et de l'égarement. Au con-
aire, la condition mentale de mes compagnons de souf-
'ance était séparée en deux couleurs fortement tranchées
ar une seule ligne qui, comme je le vis plus tard, n'était
as impossible à franchir. D'un côté, on voyait rangés
us ceux dont l'âme était élevée bien au-dessus de sa
ortée habituelle par la force de la situation, et, de l'au-
e, se faisait remarquer le groupe incomparablement
loins nombreux de ceux chez qui le danger avait para-
sé toute faculté d'agir et de penser, ou qu'il avait plon-
és dans le délire.

Et ce ne fut pas sans intérêt que j'observai le curieux
change de force et de faiblesse, qui, pendant le cours de
a journée, eut lieu, du moins en apparence, entre ces
eux classes opposées.

Quelques hommes, que leur agitation et leur timidité
vaient, le matin même, rendus l'objet de la pitié ou du
lépris, s'élevèrent plus tard, par quelque grand effort
itérieur, jusqu'au courage le plus remarquable; tandis
ue d'autres, dont on avait admiré d'abord la fermeté et
: calme, succombant tout à coup, sans nouveau sujet de
ésespoir, semblaient abandonner lâchement leur esprit
omme leur corps à l'approche du danger.

Il ne serait peut-être pas difficile de rendre compte de
es anomalies différentes, mais je me borne à racon-
er mes observations, en y ajoutant une circonstance

qui produisit sur moi-même une très-vive impression.

Quelques soldats ayant fait par hasard la remarque que le soleil se couchait, je tournai les yeux sur l'occident et je n'oublierai jamais la sensation profonde que me causa la vue de cet astre à son déclin. Je m'étais bien pénétré de la conviction que, cette nuit même, l'Océan serait mon tombeau, et mon esprit était parvenu, je crois, à se représenter vivement, et les dernières souffrances de la vie et les conséquences de la mort. Mais tandis que je continuais à suivre des yeux les rayons qui s'éclipsaient à l'horizon, la pensée que je voyais réellement le soleil pour la dernière fois s'empara peu à peu de mon âme et se confondit avec des réflexions de la plus redoutable importance. Ce n'était point, j'en suis persuadé, le souvenir d'une vie trop inutile, ni la crainte directe de la mort ou du jugement, qui me préoccupaient dans cet instant; c'était une vue immense, une vue sans bornes de l'éternité elle-même, abstraction faite de toute idée de misère ou de félicité; c'était une éternité sans peine, sans plaisir, sans sommeil.

Nous étions environnés depuis quelque temps des ombres de la nuit lorsque je descendis dans la grande chambre pour y chercher une couverture, afin de me garantir du froid qui devenait intense. Cette salle, qui, très-peu d'heures auparavant, avait été le théâtre d'une conversation amicale et d'une douce gaieté, était presque déserte : on n'y voyait que quelques misérables, dont les uns étaient étendus sur le plancher dans un état d'ivresse brutale, tandis que les autres rôdaient comme des bêtes de proie en quête de pillage. Les sophas, les commodes, les meubles les plus élégants étaient brisés en mille morceaux épars; des oies et des poulets échappés de leurs cages couraient çà et là, et un cochon, qui avait trouvé moyen de sortir de son étable sur le gaillard d'avant, était seul en possession du tapis de Turquie dont une des chambres était décorée.

Charmé de quitter ce spectacle dégoûtant qui devenait plus triste encore par la fumée qui commençait à se faire jour à travers le plancher, je retournai sur la dunette où je trouvai, parmi le petit nombre d'officiers qui restaient à bord, le capitaine Cobb, le colonel Fearon, et les lieutenants Ruxton, Booth et Evans, qui dirigeaient avec un zèle infatigable le départ de nos malheureux camarades, dont le nombre commençait à diminuer rapidement.

Comme il s'écoulait près de trois quarts d'heure entre le départ des chaloupes et leur retour, et que pendant cet intervalle les hommes qui restaient à bord étaient nécessairement réduits à l'inaction, j'eus de fréquentes occasions de connaître les sentiments de plusieurs des malheureux soldats qui m'entouraient. J'en voyais qui, après être restés quelque temps absorbés dans de mornes réflexions, semblèrent tout à coup comme réveillés d'un rêve terrible par une réalité plus effrayante encore, et se répandaient en lamentations pour retomber bientôt après dans le silence du désespoir.

En général, les hommes doués d'une véritable force d'âme ne montrèrent ni impatience de quitter le vaisseau, ni désir de rester en arrière. Les vieux soldats paraissaient avoir trop de respect pour leurs officiers, et trop de soin pour leur propre réputation, pour se hâter de partir les premiers ; mais en même temps ils étaient trop sages et trop résolus pour hésiter jusqu'au dernier moment.

Toutefois, vers la fin de cette scène tragique, on remarqua que les malheureux qui restaient encore à bord, loin de manifester l'impatience de partir, témoignaient au contraire une répugnance invincible à adopter le moyen périlleux, mais unique, qui leur était offert pour se sauver. Le capitaine Cobb se vit donc obligé de renouveler, avec prière et avec menaces l'ordre de ne pas perdre un seul instant; et un des officiers du 31ᵉ qui avait exprimé l'intention de rester jusqu'à la fin, fut également contraint de déclarer que, passé tel délai, qu'il fixa à haute voix, il quitterait le bâtiment, et abandonnerait à leur malheureux sort ceux dont l'irrésolution compromettait la vie des autres aussi bien que la leur.

Dix heures du soir approchaient, et quelques individus continuaient à perdre dans l'hésitation les moments les plus précieux, tandis que d'autres faisaient la demande inadmissible qu'on les descendît dans les bateaux comme les femmes. Avertis par les matelots à bord des canots que notre bâtiment, qui s'était déjà enfoncé de neuf à dix pieds au-dessous de la ligne de flottaison, venait encore de baisser de deux pieds pendant le dernier voyage; calculant que les deux embarcations qui étaient alors sous la poupe, jointes à celles qu'à la lueur des flammes on voyait revenir du brick, suffisaient pour contenir tous ceux qui étaient en état d'être transportés, les trois derniers officiers du 31ᵉ songèrent sérieusement à faire leur retraite.

Comme je ne saurais mieux donner l'idée de la situation des autres qu'en décrivant la mienne, je ne fais point scrupule de raconter en détail la manière dont j'échappai : mon histoire sera celle de plusieurs centaines d'individus qui m'avaient précédé.

Le gui de brigantine d'un vaisseau de la grandeur du *Kent*, qui dépasse la poupe de quinze à dix-sept pieds en ligne horizontale, se trouve, dans sa position naturelle, à dix-huit ou vingt pieds au-dessus de la mer ; mais alors, vu la hauteur des vagues et la violence du tangage, il était souvent élevé à la hauteur de trente à quarante pieds.

Atteindre la corde suspendue à l'extrémité du gui était donc une manœuvre qui exigeait à la fois une main adroite et des nerfs assurés. L'embarras de se traîner le long de ce mât horizontal, et l'extrême difficulté de saisir la corde et de se laisser glisser, avaient déjà coûté la vie à bien des personnes qui n'avaient pu se résoudre à tenter ce moyen de salut. Mais ce n'était là que la moindre partie de ce que nous avions à redouter ; car le bateau, qui était quelquefois immédiatement au-dessous du gui, se trouvait l'instant d'après, entraîné à quinze ou vingt brasses de là par la force des vagues. La meilleure chance qu'eût alors le malheureux qui voyait toutes ses précautions déçues, était de rester pendant quelque temps suspendu au-dessus de la mer ; mais ordinairement il était plongé à plusieurs pieds sous l'eau, ou heurté avec violence contre les bordages du bateau qui venait à son secours, et trop souvent même il était obligé de lâcher prise. Cependant comme il ne paraissait pas qu'il y eût alternative, je n'hésitai pas à me mettre à cheval sur ce bâton glissant, malgré mon inexpérience et ma maladresse en pareille situation. Je remerciai Dieu de ce que ce moyen de délivrance, quelque dangereux qu'il parût, m'était encore offert, je le remerciai surtout de m'avoir permis de remplir honnêtement mon devoir envers mon souverain et mes compagnons d'armes ; et, après avoir confié mon âme, le grand objet de ma sollicitude, à la garde de Celui qui l'a créée et rachetée, je me mis à avancer de mon mieux.

Un jeune officier qui me précédait, et moi-même approchions de l'extrémité du gui, lorsqu'un grain violent et mêlé de pluie vint nous assaillir et nous contraignit à nous tenir cramponnés de toutes nos forces à ce bâton sur

lequel nous étions en équilibre. Nous crûmes alors qu'il
faudrait renoncer à tout espoir d'atteindre la corde ; mais
il en arriva autrement que nous ne craignions. Après
quelques minutes d'immobilité, mon compagnon parvint
à se saisir de la corde et à descendre dans le canot, où il
fut recueilli, après avoir toutefois été plongé une ou deux
fois dans l'eau par-dessus la tête.

Je me préparai à le suivre ; mais, au lieu de me laisser
glisser, comme plusieurs l'avaient fait imprudemment,
dans le moment où le bateau était au-dessous d'eux, et
d'arriver par conséquent au bas de la corde lorsque la
vague l'avait déjà entraîné plus loin, je calculai qu'il fallait
descendre dans le moment même où le bateau s'éloignait,
parce qu'il était probable que, pendant le temps que je
mettrais à arriver au bas, le retour de la vague le ramè-
nerait à sa place au-dessous de la corde. Grâce à cette
précaution, je fus, je crois, le seul officier ou soldat qui
atteignit le bateau sans avoir été plongé à la mer ou avoir
reçu de graves contusions.

Mon ami, le colonel Fearon, avait été moins heureux,
car, après avoir été balancé en l'air pendant quelque
temps, puis heurté à plusieurs reprises contre le plat-
bord du canot, et entraîné même jusque sous la quille, il se
sentit si épuisé qu'il allait lâcher prise et disparaître, lorsqu'un des hommes du canot le saisit par les cheveux et
le tira à bord presque sans connaissance.

Le capitaine Cobb était irrévocablement décidé, pour
peu que cela fût possible, à être le dernier à quitter son
bord : aussi, dans sa généreuse sollicitude pour la vie de
tous ceux qui étaient confiés à ses soins, refusa-t-il de gagner les embarcations avant d'avoir fait de nouveaux
efforts pour triompher de l'irrésolution d'un petit nombre
d'hommes que la frayeur avait privés de la parole et du

mouvement. Mais ayant échoué dans toutes ses suppli-
cations, et entendant les canons, dont les palans étaient
coupés par la flamme, tomber l'un après l'autre dans la
cale et y faire explosion, ce brave officier, après s'être
noblement occupé du salut des autres avec une persévérance, un courage et une habileté dont il y a bien peu
d'exemples, crut enfin devoir songer à sa propre sûreté.
Il saisit la balancine d'artimon, et, se laissant glisser le
long de ce cordage par-dessus la tête des malheureux qui
restaient immobiles sans oser faire un pas en avant ou en
arrière, il atteignit l'extrémité du gui, d'où il se laissa
tomber dans la mer, et gagna le canot à la nage.

Toutefois, dans ce moment même et longtemps encore
après, on ne se lassa pas d'offrir à ces pauvres gens un
dernier moyen de se sauver. Malgré l'inutilité des sup-
plications qu'on n'avait cessé de leur adresser, un des
bateaux resta en station au-dessous de la poupe, jusqu'au
moment où les flammes, qui s'échappaient avec violence
des fenêtres de la chambre du conseil, rendirent impossible de se maintenir dans cette position. Et néanmoins
lorsque ce bateau revint à la *Cambria*, ramenant le seul
soldat qu'il eût été possible de déterminer à en profiter,
le capitaine Cook, avec une fermeté jalouse, ne voulut pas
lui permettre d'accoster son bord, avant d'avoir appris
qu'il était commandé par M. Thomson, jeune officier dont
le courage et le zèle lui garantissaient que rien n'avait été
négligé de ce qui était humainement praticable.

Mais cette même Providence bienfaisante qui nous avait
sauvés d'une manière si inattendue, daigna encore, par
une manifestation bien plus frappante de sa puissance et
de sa bonté, préserver de la mort ces hommes qui semblaient voués à une perte inévitable.

Il paraît (car le récit de ces braves gens est trop confus

pour qu'on sache précisément ce qui leur est arrivé) que, peu de temps après le départ du dernier canot, les flammes les forcèrent à se réfugier sur les porte-haubans, où ils restèrent jusqu'au moment où les mâts s'écroulèrent par-dessus le bord. Ensuite ils se tinrent accrochés aux mâts pendant quelques heures, dans un état dont l'horreur passe toute description. Enfin ils furent découverts et tirés de l'eau d'une manière presque miraculeuse, par la *Caroline*, vaisseau allant d'Égypte à Liverpool, dont le commandant, le capitaine Bibbay, homme plein d'humanité, aperçut l'explosion à une très-grande distance, et fit à l'instant force de voiles dans la direction du vaisseau incendié.

Quittant pour un moment le vaisseau embrasé, je voudrais rendre compte de ce qui se passait à bord du brick; mais je ne saurais donner l'idée des sentiments de crainte et d'espérance qui se succédaient, comme des flots agités, dans le cœur des malheureuses femmes, pendant les longues heures d'attente et de tourment où elles restaient incertaines du sort de leurs maris. Il me serait encore plus impossible de vous peindre la joie craintive ou la douleur délirante à laquelle s'abandonnaient ces pauvres créatures, quand on venait leur dire que leurs enfants étaient sans père et elles sans époux, ou quand, au contraire, les êtres chéris qu'elles croyaient perdus pour jamais, venaient tout à coup se précipiter dans leurs bras.

Mais bientôt tous les sentiments restèrent comme suspendus, tant l'attention fut absorbée par la catastrophe de cette longue tragédie. Après l'arrivée du dernier bateau, les flammes, qui avaient gagné le pont supérieur et la dunette, montèrent avec la rapidité de l'éclair jusqu'au haut de la mâture. Tout le bâtiment ne forma plus alors qu'une seule masse de feu dont le ciel semblait embrasé,

et qui se réfléchissait sur tous les objets à bord de la
Cambria. Les pavillons de détresse que nous avions hissés
le matin continuèrent à flotter au milieu des flammes
jusqu'au moment où les mâts auxquels ils étaient attachés
s'écroulèrent comme des clochers majestueux.

Enfin, à environ une heure et demie du matin, l'élément dévorant ayant gagné le magasin à poudre, l'explosion longtemps redoutée eut lieu, et les débris enflam-
més de notre bâtiment, naguère l'un des plus beaux de
l'Angleterre, furent lancés dans les airs comme autant
de fusées. L'obscurité qui succéda à cet éclat funèbre nous
laissa dans une sorte de stupeur, et tous les souvenirs de
cette lugubre journée semblaient flotter dans notre esprit
comme le rêve d'un malade tourmenté par la fièvre.

Cependant le brick, qui graduellement avait fait de la
voile, fila bientôt neuf à dix nœuds à l'heure, et mit le cap
sur l'Angleterre. Ici je voudrais offrir mon humble tribut
d'admiration et de reconnaissance au brave et généreux
marin qui, sous la main de la Providence, a été le principal instrument de notre délivrance; je me bornerai à
dire que ses héroïques efforts ont obtenu des témoignages
plus dignes de lui. Toutefois on ne doit pas oublier que
les intentions généreuses du capitaine Cook auraient été
insuffisantes pour sauver la vie à tant de monde, si elles
n'avaient été constamment secondées par son équipage et
par les passagers à bord de son brick.

Tandis que les matelots de la *Cambria*, qui n'étaient
qu'au nombre de huit, étaient occupés à manœuvrer le
bâtiment, les mineurs de Cornouailles et les fondeurs du
Yorkshire, à l'approche des différents bateaux, s'établirent
sur les porte-haubans, dans la position la plus périlleuse,
et là ils déployèrent la prodigieuse force musculaire dont
le ciel les a doués, en saisissant avec adresse, à chaque

retour de la vague, quelqu'une des victimes du naufrage,
et en la traînant jusque sur le pont. Leur bonté n'en resta
pas là ; eux et leurs chefs ouvrirent avec joie leur ample
magasin de vêtements et de vivres, et les distribuèrent
d'une main libérale à ceux qui souffraient du froid et de
la faim. Ils cédèrent leurs lits aux femmes et aux enfants,
et, en un mot, pendant tout le cours de notre traversée
ils ne parurent avoir d'autre plaisir que de subvenir à tous
nos besoins.

Pendant la première nuit nous n'éprouvâmes pas toutes
les alarmes que devaient nous inspirer les souffrances et
les dangers auxquels nous étions encore exposés, entassés
comme nous l'étions pendant une tempête, au nombre de
plus de six cents, sur un petit navire de deux cents tonneaux, et à plusieurs centaines de milles de tout port ac-
cessible. Notre petite chambre, qui n'était disposée que
pour huit ou dix personnes, fut obligée d'en recevoir
près de quatre-vingts, dont plusieurs manquaient de place
pour s'asseoir : quelques femmes même n'en avaient
pas assez pour se coucher. Comme la violence du vent
ne diminuait pas, et qu'une des lisses du brick avait
été enfoncée la veille, les lames passaient à chaque instant par-dessus le pont, et nous fûmes obligés de fermer
les écoutilles. On ne les entr'ouvrait que dans l'intervalle
d'une vague à l'autre pour empêcher qu'on ne fût suffo-
qué dans l'entrepont, où les hommes étaient entassés à
un tel point, que la vapeur de leur haleine fit craindre un
instant que le vaisseau ne fût en feu, tandis que l'impu-
reté de l'air y était si forte, que la flamme d'une bougie
s'y éteignait à l'instant.

La condition de ceux dont la foule encombrait le pont
n'était pas moins malheureuse ; car ils étaient obligés de
rester nuit et jour dans l'eau jusqu'à la cheville du pied,

à moitié nus et transis de froid et d'humidité. Quelques
femmes et quelques-uns des enfants les plus âgés tombèrent en convulsions, tandis que les pauvres enfants à
la mamelle demandaient par leurs cris déchirants le lait
que le sein de leurs mères ne pouvait plus leur offrir.

Un retard de quelques jours en mer aurait infailliblement amené parmi nous la famine, des maladies pestilen-
tielles, et une complication des maux les plus horribles.
Notre seul espoir était donc que la même bonté miséri-
cordieuse qui était intervenue si merveilleusement en
notre faveur ne permettrait pas que le vent tombât ou
changeât de direction avant que nous eussions atteint un
port de refuge. Notre attente ne fut point déçue. Le vent
continua et augmenta même de violence, et notre habile
capitaine, mettant toutes voiles dehors, au risque de
rompre ses mâts, pressa si noblement la marche de son
navire, que dès l'après-midi du jeudi 5 nous entendîmes
partir du haut de la hune le cri joyeux de *Terre à l'avant !*

Dans la soirée nous eûmes connaissance des Sorlingues;
et, longeant rapidement la côte des Cornouailles, nous
jetâmes l'ancre à minuit et demi dans le port de Falmouth.

Les femmes, toujours destinées à former notre avant-
garde, débarquèrent les premières, et furent accueillies
par une foule immense qui était attirée sur la plage,
moins par la curiosité que par un désir ardent de soulager
leurs souffrances.

Venaient ensuite les marins et les soldats, transis de
froid et d'humidité, et à moitié nus ; leurs yeux hagards et
la bigarrure de leur accoutrement formaient l'assemblage
à la fois le plus triste et le plus grotesque qu'il soit possible de concevoir.

Les habitants de Falmouth se montrèrent si empressés

à nous secourir, qu'avant même que nous eussions quitté le point de débarquement, on vint nous offrir des souliers, des chapeaux et d'autres objets de première nécessité. Dans le cours de la journée, plusieurs des officiers et des soldats, et presque toutes les femmes furent répartis dans des maisons particulières, et y jouirent de l'hospitalité la plus libérale. Mais ces mouvements de compassion et de bienfaisance ne se bornèrent pas à l'impression du premier moment. Les habitants se réunirent en assemblée : on nomma un comité, et des souscriptions en argent et en effets d'habillement furent recueillies pour une valeur considérable. Les femmes et les enfants, dont les besoins étaient les plus urgents à soulager, furent pourvus de vêtements chauds. Les pauvres veuves et les orphelins reçurent des habits de deuil. On forma des dépôts de chemises, de souliers, de bas, etc., pour l'usage des officiers et des passagers ; les blessés et les malades conduits à l'hôpital n'y furent pas seulement l'objet de tous les soins qui pouvaient adoucir leurs souffrances physiques ; mais on les invita à participer librement aux consolations et aux instructions religieuses le plus judicieusement adaptées à leur état.

Toutes ces œuvres de charité furent dirigées par les dames de Falmouth, avec l'assistance non interrompue d'une secte chrétienne qui est aussi remarquable par le zèle persévérant avec lequel on la voit se présenter, en première ligne, dès qu'il s'agit d'un acte de bienfaisance, que par sa modestie et la simplicité parfaite de tout l'ensemble de sa conduite.

Le dimanche après notre arrivée, le colonel Fearon, à la tête de son régiment, accompagné du capitaine Cobb, de ses officiers et des passagers qui étaient à bord du *Kent*, alla se prosterner aux pieds du trône de miséricorde, pour rendre des actions de grâce publiques au Tout-Puissant. Cette scène produisit une impression profonde.

Au bout de quelques jours, les passagers et la plupart les marins furent dispersés en diverses directions, et ceux les matelots du *Kent* qui n'avaient pas perdu, par leur manque d'honnêteté et de subordination, toute espèce de titre à l'indulgence du capitaine Cobb, reçurent, de sa générosité connue, la somme suffisante pour regagner leurs foyers.

Le 31ᵉ régiment, après avoir contracté envers les excellents habitants de Falmouth et des villes voisines une dette de reconnaissance dont aucun de nous ne peut espérer de s'acquitter, s'embarqua le 13 pour Chatam, où il jouit maintenant, grâce à la bonté de S. A. R. le général en chef de l'armée, du repos dont il a besoin avant de se remettre en route pour sa destination ultérieure.

NAUFRAGE DE LA GOELETTE L'AVENTURE

De l'île de France, aux îles Crozet.

Ce fut le 28 mai que, guidé par une malheureuse étoile, je fis voile du Port-Louis (île de France) sur la goëlette l'*Aventure*, allant aux îles Crozet. Le désir de connaître ces îles et l'espoir de bénéfices assez considérables m'avaient engagé à faire ce voyage, dont le but était de débarquer sur une des îles des barriques pour être remplies d'huile d'éléphants marins, et des vivres pour la partie de l'équipage qui devait rester à terre, afin de faire cette huile après le départ du navire.

L'armateur, M. Black, avait confié la direction de la pêche à un M. Fotheringham, et, comme sujet anglais, ce dernier avait expédié la goëlette.

L'équipage était composé de seize hommes, Français, Anglais, Espagnols, Portugais et Hollandais, mélange qu'il est difficile d'éviter dans les colonies, où les marins sont rares et se payent extrêmement cher. Neuf hommes devaient rester dans l'île avec le maître de pêche; le reste était destiné à revenir à Maurice sous mes ordres, lorsque le chargement du navire serait effectué. Ces dispositions faites, on s'attendait généralement à une réussite : nous

NAUFRAGE DE LA GOÉLETTE L'AVENTURE.

étions loin de prévoir quelle serait la fin de l'expédition.

Avant de commencer le récit de nos malheurs, je crois devoir prévenir mes lecteurs que *l'Aventure* était du port de 55 tonneaux, et qu'une traversée de vingt-cinq à trente jours tout au plus ayant été jugée suffisante pour nous rendre à Crozet, l'armateur avait fait charger le navire autant qu'il avait pu, ne réservant qu'un très-petit espace pour la quantité de pièces à eau nécessaires à la consommation pendant quarante jours.

Poussés par un bon frais de vent du sud, nous perdîmes bientôt de vue les côtes de l'Ile-de-France et les hautes terres de Bourbon, et dans peu de jours nous ressentîmes les vents variables. Du 9 au 19 juin, le temps fut extrêmement mauvais, et le froid se fit sentir d'une manière violente. Une neige épaisse tombait tout le jour, et la lune seule éclaircissait le ciel, et nous dirigeait par l'observation de ses hauteurs méridiennes. Sans ce secours il serait difficile, pour ne pas dire impossible, de naviguer en hiver dans ces hautes latitudes sud, le soleil ne se montrant guère pendant les mois de juin et juillet. Les mers sont d'ailleurs très-grosses, et chaque nuit est marquée par un coup de vent. Les temps terribles que nous éprouvions, nous avaient déterminés à ne faire délivrer qu'une bouteille d'eau par homme, dès le 10 juin ; et le 25, nous rationnâmes à une demi-bouteille par homme, ration que l'usage des viandes salées fait, comme on doit bien le penser, trouver extrêmement petite.

Le 4 juillet au soir, nous vîmes une terre, et le 5 nous mouillâmes par un coup de vent de nord-ouest sur la côte de sud-est de l'île occidentale des îles Crozet. Malgré le besoin pressant d'eau, nous ne pûmes, à raison du mauvais temps, envoyer aucune embarcation en faire à terre.

Nous restâmes à bord, spectateurs de la scène pittoresque que nous avions devant les yeux.

L'île était couverte de neige, le ciel était noir et menaçant, les vents soufflaient avec fureur, des oiseaux marins, surpris de voir un navire aussi près du rivage qu'ils avaient choisi pour asile, nous entouraient de tous côtés. Cette tristesse générale de l'île à notre arrivée, cette image de désolation qui régnait partout m'affectèrent : je crus y voir un pronostic de nos malheurs, et cette impression m'a vivement frappé depuis.

Le mauvais temps dura jusqu'au 25 juillet, c'est-à-dire pendant vingt jours consécutifs, durant lesquels il nous fut constamment impossible de nous rendre à terre pour nous procurer de l'eau. Nous avions, dès le 10, réduit la ration à un verre par jour pour chaque homme; et le 25 toute l'eau était épuisée : nous nous décidâmes donc à expédier une pirogue à terre pour en faire, quoique le temps fût encore terrible et la mer très-grosse. Neuf hommes s'embarquèrent, et nous eûmes bientôt, à l'aide de nos lunettes, la satisfaction de les voir débarquer sains et saufs. Nous ne restions à bord que trois hommes bien portants; le reste était malade, quelques-uns d'eux faisaient même craindre pour leur vie. Nous avions expédié dans la pirogue les plus robustes et les plus agiles de l'équipage. Les ordres les plus stricts avaient été donnés au patron de revenir à bord aussitôt l'eau faite; mais le temps qui survint peu après leur départ du bord ne nous permit pas d'espérer que nos ordres fussent exécutés.

La nuit fut terrible. Vers minuit, un des câbles se rompit; et à deux heures du matin, la chaîne-câble, notre dernier espoir, éprouva le même accident. Nous nous mîmes à la cape, dès que nous fûmes au large de l'île.

Pendant les dernières heures que nous passâmes au

mouillage, le navire fut entièrement et continuellement inondé par des lames effrayantes, et alors nous perdîmes notre seconde pirogue qui fut enlevée par un fort coup de mer.

Nous résolûmes d'aller à l'une des îles orientales, et de nous assurer d'un endroit où nous pourrions nous approcher assez de terre pour y envoyer un radeau, et par ce moyen, nous procurer de l'eau. Nous visitâmes donc l'île du Roi-Charles, mais en aucun endroit nous ne pûmes approcher la terre de moins d'un mille. Nous fîmes voiles vers l'île Chabrol, et nous découvrîmes bientôt ses sommets blanchis : les vents soufflaient violemment. Nous parcourûmes le sud et l'est de l'île, et nous n'y vîmes que brisants. Dès que le temps se modéra, nous nous présentâmes à l'entrée d'une baie où la mer ne nous semblait pas aussi agitée que sur les côtes : nous y mouillâmes le 28 juillet au soir, à un mille de terre, avec notre ancre à jet. Le vent avait perdu sa force.

Vers le soir, un calme profond succéda aux tempêtes du jour ; et pleins d'ardeur à la vue d'un changement aussi inopiné, nous travaillâmes sans délai à notre radeau, qui fut terminé le 29 vers deux heures. M. Fotheringham, quoique malade, accompagné du matelot Louis, s'y embarqua ; trois hommes, dont deux aussi malades, les suivirent. On plaça deux pièces à eau sur le radeau, et ils s'efforcèrent, à l'aide d'avirons, de gagner la terre.

Leurs efforts furent vains : après trois heures de tentatives infructueuses, ils furent obligés de revenir à bord. Le jour se faisait ; et bientôt les vents, se fixant au nord, nous chassâmes sur notre ancre à jet. Nous voulûmes appareiller, parce que la direction dans laquelle chassait le navire nous faisait craindre d'être portés sur les brisants que nous avions derrière nous, et sur lesquels nous nous

fussions d'ailleurs perdus corps et biens, les vents soufflant du nord avec violence, et rendant la mer très-
grosse.

Nous levâmes l'ancre, et nous nous efforçâmes de sortir
de la baie ; mais nous eûmes la douleur de voir que
chaque bond nous approchait du rivage. Nous laissâmes encore tomber notre ancre à jet, espérant qu'elle
pourrait prendre entre deux roches, et par ce moyen retarder notre perte. Elle ne tint pas le navire, qu'une vague
très-élevée emporta sur un récif, sur lequel la mer déferlait avec fureur. La secousse terrible qu'éprouva la goëlette
fit tomber le mât de misaine. Une seconde vague nous
retira du récif, et nous porta sur un autre récif à une
encâblure de terre.

Alors le navire s'ouvrit, et chacun chercha à se sauver :
je m'élançai à l'eau, et une forte lame me porta en peu
de temps à terre. La violence de la lame me pressa tellement contre une roche à mon arrivée, que je perdis la
respiration par le choc subit que j'éprouvai. Cependant,
craignant une autre vague, je fis mes efforts pour gagner
le haut du rivage que j'atteignis sans peine.

Aussitôt en sûreté, je regardai autour de moi, j'aperçus
deux de mes compagnons d'infortune, pareillement sauvés
et qui tâchaient de gagner le lieu où je me trouvais. Bientôt
je vis le reste de notre malheureux équipage porté sur
quelques matériaux et sur la vergue sèche. Ils arrivèrent
tous heureusement, et, à neuf heures, nous nous trouvions
sur le rivage au nombre de sept hommes. Nous jetâmes
les yeux autour de nous, et nous contemplâmes quelques
instants, dans le plus grand silence, le tableau désolant
de cette solitude déserte. Une neige épaisse couvrait la
terre, et la blancheur du rivage n'était ternie çà et là, que
par quelques troupeaux d'éléphants marins.

Le froid nous tira bientôt de notre contemplation, et nous fit naturellement penser à nous en garantir.

J'avais eu la précaution, lorsque je vis la perte du navire assurée, de me munir d'une corne d'amorce, contenant environ un quart de livre de poudre, et de deux pierres à fusil. La poudre avait été mouillée lorsque je vins à terre ; mais cependant j'en trouvai une partie assez sèche pour pouvoir espérer d'être à même par ce moyen d'allumer du feu. L'île était dénuée de bois, mais quelques éléphants marins se trouvaient sur le rivage, et nous nous mîmes en devoir d'aller sur-le-champ en tuer un, pour employer sa graisse à notre feu.

La houle, entre autres objets, venait de porter à terre un aviron de canot ; nous nous en servîmes pour assommer le plus jeune éléphant du troupeau, les autres ayant quitté la place, dès qu'ils nous virent nous avancer vers eux. Nous dépéçâmes l'animal à l'aide de trois couteaux que nous nous trouvions avoir, et nous en portâmes la graisse à l'endroit où nous voulions allumer du feu. A l'aide de la poudre, et d'un morceau de velours provenant du collet de ma veste, nous eûmes bientôt du feu, sur lequel nous plaçâmes plusieurs pièces de graisse, et la grande quantité d'huile qui en découlait produisit en peu de temps une flamme superbe. Nous nous approchâmes tous et tâchâmes de nous réchauffer. Dès que nous fûmes revenus de l'engourdissement général que nous avait causé le froid, nous retournâmes au rivage, sur lequel se trouvaient épars quelques objets précieux pour nous dans cette circonstance, entre autres quelques vergues et le grand mât de hune, avec leurs gréements et voiles, quatre barriques vides, un sac contenant environ cinquante livres de biscuit, et le fond d'un coffre du charpentier, dans lequel il y avait une scie, une hache de tonnelier, une

grosse vrille et un marteau. Nous transportâmes aussitôt
ces objets dans un endroit où la mer ne pouvait les atteindre, et nous prîmes les voiles pour nous mettre à l'a-
bri de la neige. Nous dressâmes une tente, au milieu de
laquelle nous entretînmes le feu, et nous nous disposâmes
à nous garantir du temps terrible dont nous menaçait la
nuit prochaine.

Un besoin réel se faisait vivement sentir : la faim nous
pressait, et le sac de biscuit était tellement mouillé, que
le pain n'était guère mangeable. Cependant nous nous
rationnâmes à une galette chacun : nous la mangeâmes et
nous la trouvâmes bonne. Nous coupâmes ensuite quelques tranches de la chair de l'éléphant marin que nous
avions tué, et nous les fîmes rôtir à l'aide de deux morceaux de cercle de barrique ; dès que nous les jugeâmes
suffisamment rôties, nous essayâmes d'en manger ; mais
le goût en était tellement mauvais, que nous fûmes obligés
de nous décider à terminer notre repas de la même manière dont nous l'avions commencé, c'est-à-dire aux dé-
pens de notre sac de biscuit.

Le repas achevé, nous formâmes un cercle autour du feu.
La neige qui traversait la tente nous empêchait de nous
livrer au sommeil. Qu'elle fut cruelle et longue pour moi
cette nuit, la première de ma captivité ! Que d'idées ne
me suggéra-t-elle pas ! Je me trouvais sur une île située
par de hautes latitudes sud, une île dont la position était
très-peu connue, que les navires ne fréquentent jamais,
qui n'offrait aucune trace de végétation, et qui semblait
n'avoir été produite que pour servir d'asile aux monstres
marins. Je me trouvais sous un climat rigoureux, sans
vêtements pour me garantir du froid, sans savoir même
ce que nous devions employer pour nous mettre à l'abri
du temps, et incertains si nous pourrions toujours nous

procurer des aliments. Le souvenir d'une mère chérie, d'une sœur et de deux frères que j'affectionnais, que j'étais probablement condamné à ne plus revoir, absorba tellement mes idées, qu'accablé de lassitude, je m'endormis sur une douvelle de barrique sur laquelle j'étais assis pour me préserver de la neige.

Mon sommeil ne fut malheureusement pas de longue durée : un tourbillon de vent emporta les voiles qui nous couvraient, et nous laissa ainsi exposés aux injures du temps. Nous fûmes obligés, alors, de nous lever et de nous tenir toujours en mouvement pour ne pas geler.

Enfin le jour parut et nous nous rendîmes aussitôt au rivage, pour voir ce que la mer y avait jeté pendant la nuit. Nous n'y trouvâmes que les débris du navire et des paquets de douvelles de barriques. Nous allâmes à la recherche des voiles que le vent nous avait enlevées la nuit dernière : nous n'en trouvâmes qu'une, l'autre ayant probablement été emportée à la mer. Nous fûmes ensuite détruire un second éléphant pour l'entretien de notre feu et nous revînmes déjeuner sur notre sac de biscuit, dont nous retirâmes un peu l'amertume en le faisant imbiber d'eau douce.

Après cela, nous nous consultâmes pour décider à quel ouvrage nous devions nous livrer d'abord, et nous arrêtâmes que nous devions nous bâtir une maison des débris du navire ; mais qu'en attendant nous devions chercher un abri provisoire contre l'air, et voir si la partie de l'île sur laquelle nous étions n'offrait aucun moyen de subsistance préférable à celui que nous avions déjà employé. Nous nous séparâmes donc en deux bandes, et j'allai, avec l'une, m'assurer d'un asile pour la nuit, et M. Fotheringham, avec l'autre, visita la vallée.

Je trouvai bientôt, à une petite distance du lieu du

naufrage, une caverne entaillée dans le roc, pouvant contenir cinq ou six personnes. J'annonçai cette bonne nouvelle à mes compagnons d'infortune : un cri de joie fut leur réponse. Nous y établîmes donc notre feu, et la vue de l'autre bande revenant chargée de jeunes oiseaux, acheva de nous donner du courage.

Ils nous dirent avoir parcouru la vallée aussi loin qu'ils y avaient pu s'enfoncer, à cause de la grande quantité de neige qui la couvrait ; ils ajoutèrent qu'elle était terminée de tous côtés par de très-hautes montagnes, qu'ils n'y avaient trouvé aucune trace de végétation, et qu'ils nous apportaient douze jeunes albatros, dont ils présumaient la chair meilleure que celle de l'éléphant marin : c'était tout ce qu'ils avaient pu trouver.

Nous fîmes rôtir cette viande, et nous la trouvâmes excellente, malgré la fumée dont elle était couverte Nous travaillâmes ensuite à mettre en sûreté tout le bois que nous trouvâmes sur le rivage. Vers le soir, nous nous retirâmes dans notre caverne, et nous soupâmes de chair d'albatros rôtie au feu de graisse, et de notre biscuit avarié. La soirée se passa plus gaiement que la soirée précédente : quoique consternés à la vue du sort qui les menaçait, et des risques qu'ils couraient de passer toute leur vie, ou plusieurs années sur un pareil rocher, mes compagnons ne se laissèrent pas abattre entièrement : mais pensant à se résigner à leur malheur et à se procurer le plus de commodités possible, ils entamèrent une conversation sur les moyens de se les donner et de pourvoir à leur subsistance.

Nous résolûmes donc de commencer dès le lendemain notre maison, nous réservant d'imaginer plus tard un moyen de la couvrir, la caverne dans laquelle nous étions étant très-incommode à raison de son peu d'élévation, qui n'était guère que de trois pieds; à cette décision se joignit celle de tâcher de fabriquer quelques ustensiles de cuisine avec le doublage en cuivre du navire, qui se trouvait sur plusieurs morceaux des débris venus à terre.

Une chose cependant nous inquiétait : il nous fallait pour entretenir notre feu, un grand nombre d'éléphants marins, et nos gens nous rapportaient en avoir vu très-peu sur la grève. La crainte de manquer de feu, par la suite, diminua un peu notre courage.

Le 1er août, nous sortîmes de notre caverne, et nous courûmes sur le bord de la mer, où nous trouvâmes plusieurs objets, véritables trésors pour nous, et venus à terre d'une manière extraordinaire dans le roufle que nous avions sur le pont. De ce nombre se trouvaient une caisse contenant une douzaine de couteaux, des fusils, une lance, une marmite qui, bien que cassée, venait fort à propos à notre secours, un matelas qui m'appartenait, un outil de tonnelage, sept planches entières, composant le dessus du roufle, etc.

Nous nous emparâmes aussitôt de tous ces objets, et les portâmes à notre magasin, nom que nous donnâmes à l'endroit où nous déposions les débris sauvés. Nous continuâmes ensuite les travaux du jour précédent, et nous eûmes, vers le soir, une quantité suffisante de pierres pour les murs de la maison. La nuit fit cesser le travail : en retournant à la caverne, nous rencontrâmes un amphibie récemment venu à terre, différant beaucoup de l'éléphant marin : la variété de sa peau nous fit lui donner le nom de léopard de mer. Nous le tuâmes sur-le-champ à coup de lance ; nous le dépeçâmes et l'emportâmes à la caverne.

Cet animal avait huit pieds de long, la tête longue et plate, les mâchoires garnies de deux rangées de dents très-aiguës, et il se remuait ainsi que l'éléphant, mais il avait les nageoires infiniment plus longues que ce dernier. Nous en fîmes cuire la chair dans la marmite cassée que nous venions de trouver ; mais, quelque mauvaise qu'elle nous parût, nous préférâmes la chair de l'éléphant à celle du léopard : cette dernière avait un goût si détestable, que quelques-uns se crurent empoisonnés après en avoir mangé.

La joie d'avoir sauvé tant d'objets nécessaires, et particulièrement les couteaux, fut sensiblement diminuée dans cette soirée par la manière dont notre équipage commençait à se conduire envers M. Fotheringham et moi. Quoique nous fussions les premiers à l'ouvrage toutes les fois que l'intérêt général le demandait, ils ne laissaient pas de trouver à redire sur notre conduite à cet égard, et osaient très-souvent accompagner leurs reproches d'injures et même de menaces. Le partage des couteaux et la réclamation que je fis du matelas qui avait été sauvé, comme m'appartenant, et dans l'intention d'ailleurs de le prêter à un malade pour y reposer plus commodément que sur la dure, donnèrent lieu à une vive discussion à la fin de laquelle le ton ferme et décidé que nous prîmes ferma la bouche à leurs clameurs.

Le 2 août, la grande quantité de neige ne nous permit pas de travailler à la construction de la maison. Nous parcourûmes le rivage de la baie et nous trouvâmes une boîte renfermant un instrument de navigation et une légère somme d'argent. Le propriétaire ramassa l'instrument ; mais, croyant l'argent chose désormais inutile pour lui, il le laissa sur le rivage, et personne n'y toucha, tant était grande la persuasion que l'île devait être notre tombeau.

Nous rencontrâmes vers le milieu de la baie un troupeau

d'éléphants marins composé de sept de ces animaux. Nous en tuâmes trois et transportâmes la graisse et la chair à la caverne. Nous fîmes bouillir une épaule entière, car il ne nous restait plus que trois galettes de biscuit, dont nous fîmes sept parts, que nous mangeâmes avec l'épaule bouillie. Tandis que nous avions du pain, la chair d'éléphant nous paraissait dégoûtante ; mais lorsque nous fûmes privés de cet aliment, nous trouvâmes à cette chair à peu près le même goût qu'à la chair de bœuf.

Le 3 nous commençâmes les murs de notre future habitation.

Le 4 nous nous livrâmes aux mêmes travaux.

Le 5, au matin, nous trouvâmes que le jour tardait beaucoup, ce que nous regardâmes d'abord comme un effet de l'ennui que nous éprouvions dans notre asile souterrain. Cependant l'un de nous s'étant avancé à l'entrée de la caverne, ne tarda pas à s'apercevoir que la neige en avait bouché l'ouverture. Il vint d'un air consterné nous annoncer ce malheur. Nous levant aussitôt, nous mîmes la main à l'œuvre pour abattre le mur et déblayer l'entrée de la caverne. Le mur fut abattu, mais un amas de neige qui n'était retenu que par le rempart, tomba sur-le-champ et forma un second rempart plus difficile à déblayer que le premier. Enfin, rivalisant d'ardeur pour nous tirer de cette dangereuse position, nous parvînmes, au bout d'environ deux heures, à revoir le jour. Nous continuâmes à travailler jusqu'après avoir rendu le passage libre, et nous rebâtîmes ensuite le mur. Alors, pour notre sûreté future, nous établîmes un quart, composé de deux hommes chargés de déblayer le passage à mesure que la neige l'encombrerait. Cette nuit, grâce à ces précautions, nous nous reposâmes en sécurité, après un excellent souper de chair d'éléphant bouillie dans notre morceau de marmite.

Nos gens de quart eurent beaucoup à faire dans la nuit, la neige ne discontinuant pas de tomber.

Le 8, n'ayant plus rien à manger, nous courûmes sur le rivage pour tâcher d'y trouver un éléphant. Quelle fut notre surprise d'y voir échouée une partie du navire, et notamment une partie du roufle !

Nous nous occupâmes aussitôt à démolir le roufle, qui était formé de planches très-belles et fort propres à couvrir notre maison. Nous portâmes ces planches au magasin avec ce que nous avions trouvé dans le roufle, consistant en trois livres de navigation et un exemplaire anglais des *Nuits d'Young*, une boîte de compas, deux lances à éléphant et un sac contenant environ dix livres de haricots rouges, gonflés par l'eau salée de la mer. Possesseur de ce dernier objet, nous nous rendîmes à la caverne, où nous déjeunâmes de ces haricots, que nous mangeâmes avec avidité, après en avoir réservé une partie pour semer au printemps prochain.

A la suite du déjeuner, nous travaillâmes à la maison, quoique le froid se fît sentir d'une manière très-vive. Avec un de mes compagnons, je parcourus le rivage pour tâcher de trouver un éléphant ; mais, en dépit de mon attente, nous n'en trouvâmes aucun. — Arrivés à l'autre extrémité de la baie, nous montâmes sur une colline qui nous séparait d'une petite anse, et nous y descendîmes en nous laissant glisser sur la neige.

Ne trouvant rien sur cette grève, nous nous disposions à nous en retourner, lorsque j'aperçus, à l'extrémité de l'anse, quelques taches sur la neige. Voulant m'assurer de ce que c'était, je m'y rendis ; et là je trouvai une centaine d'une espèce de pingouins couchés sur leurs nids, et qui, effrayés sans doute de nous voir si près d'eux, se mirent en devoir de nous disputer le terrain. Cependant les bâtons dont nous étions armés l'un et l'autre ayant bientôt décidé la victoire en notre faveur, les pingouins abandonnèrent leurs nids, dans lesquels nous trouvâmes cent trente-huit œufs. Nous les ramassâmes avec ravissement et les portâmes à la caverne, où nous trouvâmes nos compagnons d'infortune déjà rendus et ayant terminé deux des murs de la maison. Les œufs nous servirent pour souper, et le lendemain ils formèrent notre déjeuner. Nous les fîmes frire, à l'aide de notre marmite cassée, dans de l'huile d'éléphant, et nous les trouvâmes très-bons. Nous en mangeâmes soixante-douze entre nous sept. Ces œufs sont un peu plus gros que les œufs de poule, ont la coque très-dure, et diffèrent des autres œufs en ce qu'ils sont ronds et en ce que la partie que l'on nomme communément le jaune, est d'un rouge éclatant. Ils ont, comme nous l'avons éprouvé depuis, la propriété d'être un violent purgatif.

Le 9, le temps fut sombre et enclin au dégel.

Le 10, un temps épouvantable nous empêcha de sortir; nous restâmes dans notre caverne autour de notre feu.

Le 11, le temps se radoucit, et nous vîmes luire le soleil pendant toute la matinée, ce que nous n'avions pas vu depuis longtemps. Cette journée fut donc la mieux employée depuis notre naufrage.

Le 12, le temps fut froid et nébuleux; nous nous rendîmes sur la grève de la baie, et nous vîmes cinq éléphants mâles; nous nous armâmes de lances, et en attaquâmes deux que nous réussîmes à tuer.

Ensuite nous nous occupâmes à paver l'intérieur de notre habitation et à y transporter la graisse et la chair des deux éléphants que nous avions détruits. La nuit mit fin à nos travaux.

Le 13, nous transportâmes notre bagage à notre nouvelle demeure, où l'on tira au sort à qui choisirait les places. Chacun ayant sa place désignée, s'occupa à s'installer le mieux qu'il lui fut possible, prenant des pièces des débris du navire pour se garantir de l'humidité du pavé et s'en former un siége et un lit tout à la fois.

On plaça le feu au milieu de la maison. Tout ce jour nous fûmes assaillis d'une nuée d'oiseaux, seule espèce d'oiseaux terrestres que j'aie jamais vue dans ce pays, et que j'appelle des pigeons. La graisse qui se trouvait sur les peaux d'éléphants qui couvraient la maison les attirait en foule ; mais nous ne pouvions les atteindre à coups de pierres, tant ils étaient prompts à s'envoler dès que l'un de nous sortait de la maison.

Vers le soir, le temps qui avait été couvert tout le jour s'éclaircit ; je m'écartai de la maison, et je montai sur la colline au pied de laquelle elle se trouvait.

De là je vis toute la vallée dans laquelle nous étions et les hautes montagnes qui la bordaient en tout sens. La neige la couvrait entièrement, et le vent en faisait voler des tourbillons jusque sur le sommet de la haute montagne de l'est.

Quelques éléphants mâles faisaient paraître au-dessus de la surface blanchie leur énorme rotondité, et semblaient, par leur immobilité, défier les frimas et les tempêtes. Des débris de navire, des paquets de douvelles de barriques épars çà et là sur le rivage attestaient un naufrage récent, et le toit rougi de notre demeure indiquait que des êtres humains y avaient survécu.

La vallée pouvait avoir deux milles de profondeur. Je vis, entre deux montagnes, une gorge qui semblait devoir abréger le chemin à faire pour aller en quelque autre endroit de l'île.

Cette découverte et la certitude que j'avais de l'existence

d'une autre vallée dans le nord-ouest, me firent prendre la résolution de partir le lendemain pour découvrir cette vallée, et m'assurer en même temps si elle était plus abondante en éléphants que celle dans laquelle nous vivions.

Je descendis donc, et à mon arrivée à la maison, je communiquai mon projet à M. Fotheringham ; il se décida à m'accompagner, et nous convînmes de partir le lendemain matin, à la pointe du jour. Dans la soirée, nous fîmes cuire quelques morceaux de chair d'éléphant pour porter avec nous dans notre voyage.

Le 24, au point du jour, nous nous mîmes en route, M. Fotheringham et moi, par un temps humide et brumeux, munis chacun d'un bâton et d'un sac de toile contenant nos vivres. Arrivés au bout de la vallée, après une marche d'environ deux heures dans la neige, nous entrâmes dans la gorge que j'avais aperçue la veille.

Nous montâmes pendant à peu près une heure, après quoi, la brume augmentant, nous suivîmes un étroit défilé sur le haut de la montagne, aussi loin que nous le pûmes. Nous fûmes bientôt arrêtés par une masse énorme de neige qui se trouvait au pied d'une autre montagne qui nous parut extrêmement haute. Nous trouvâmes cependant un endroit par lequel nous poussâmes jusqu'au sommet avec beaucoup de difficulté, la pente ne formant qu'un morceau de glace, et étant obligés de percer avec nos bâtons l'endroit où nous voulions mettre le pied.

Après une marche pénible, entourés d'une brume épaisse, nous arrivâmes dans un endroit où nous crûmes pouvoir descendre. Nous nous assîmes donc sur la glace, et, nous gouvernant avec nos bâtons, nous nous laissâmes glisser jusqu'au bas de la montagne que nous fûmes très-aises de gagner, la rapidité de la descente nous ayant presque coupé la respiration.

Nous suivîmes une gorge qui partait en pente douce du pied de la montagne, et qui nous conduisit dans une vallée que nous crûmes aboutir à la mer. Des cris variés attirèrent notre attention, et nous en reconnûmes bientôt quelques-uns pour des cris d'éléphants ; mais ce ne fut qu'au bout de la vallée, et près du rivage, que nous vîmes d'où partaient les autres cris.

Des millions d'une espèce de pingoins, bien différente de ceux que nous avions trouvés près de notre baie, étaient rassemblés sur un plateau de pierres, au milieu duquel coulait un fort ruisseau, et la place qu'ils occupaient était sans neige, mais répandait au loin une odeur infecte. Les petits, encore couverts de duvet, se tenaient ensemble, et tout autour d'eux étaient rangés leurs pères et mères. Un espace large d'environ deux pieds était laissé inoccupé pour donner un libre passage, jusqu'au milieu du lieu de la pente, aux pingoins qui revenaient de la mer pour nourrir leurs petits. L'harmonie la plus parfaite semblait régner parmi eux, et tous leurs efforts paraissaient se borner à chasser loin d'eux cette espèce de pigeon dont j'ai parlé, et qui tâchaient de se faire donner les aliments réservés aux jeunes pingoins.

Nous nous rendîmes ensuite sur la grève, où nous trouvâmes quelques éléphants marins. En parcourant le rivage, nous aperçûmes une voûte qui nous parut noircie ; nous nous approchâmes, et reconnûmes qu'on y avait fait du feu, trouvant d'ailleurs deux pierres longues et plates, qui avaient sans doute servi à poser les grilles.

Un peu plus loin, nous trouvâmes plusieurs planches que nous pensâmes provenir de quelque canot, mais dont le mauvais état nous prouvait la vétusté. Près de là se trouvaient une centaine de ces mêmes pingoins que nous avions vus dans la baie du nord-est, tous couchés sur leurs nids. Nous leur trouvâmes des œufs, mais tous trop couvés pour pouvoir être mangés; nous n'en rapportâmes donc aucun.

Nous étant avancés vers le sud de la vallée, nous y vîmes une quantité de ces oiseaux appelés pelleys, que j'appellerai corbeau austral; ils avaient tous des nids faits sur la neige : ils ne les quittèrent pas quand ils nous virent nous avancer vers eux. Nous leur supposâmes des œufs, et à coups de bâton nous les forçâmes à se lever de leurs nids, ce que plusieurs ne firent qu'après avoir été frappés à mort et en vomissant sur nous les matières fétides que contenaient leur panse. Nous trouvâmes quarante-cinq œufs que nous mîmes dans nos sacs pour les porter à la maison; plus loin, nous vîmes de jeunes albatros sur un plateau de neige; nous en tuâmes douze, en prîmes six chacun, et nous nous acheminâmes vers notre demeure, à nuit tombante, lassés, mais contents de la découverte que nous venions de faire et enchantés de connaître le lieu de la ponte des pingoins royaux, car nous savions que cette espèce est toute l'année à terre; ainsi, nous étions certains que, tant que nous aurions des forces pour aller chercher notre nourriture dans cette vallée, que nous nommâmes vallée de l'Abondance, nous ne souffririons jamais de la faim. Quant à y demeurer, cela devenait impossible, parce que nous n'y avions vu aucune caverne, et qu'indépendamment du bois que nous serions obligés d'y transporter, pour bâtir une maison, nous serions aussi dans la nécessité d'y porter des pierres, les grèves qui bordaient le rivage étant composées de sable mouvant et de cailloux trop petits pour élever un mur.

Pleins de ces réflexions, nous suivîmes, pour nous en retourner, la route que nous avions faite le matin; mais, la nuit nous ayant surpris en sortant de la vallée, nous nous égarâmes, et, après une marche de trois heures dans la neige qui couvrait la terre, et qui tombait à gros flocons depuis le commencement de la nuit, nous nous trouvâmes sur le haut d'une montagne, où le froid nous saisit d'une manière si violente, que nous fûmes obligés de laisser là nos jeunes albatros et nos œufs pour pouvoir marcher plus vite et nous exercer plus attentivement.

Après plusieurs marches çà et là, sur le haut de la montagne, nous arrivâmes au bord d'une glacière qui nous semblait s'étendre doucement jusqu'aux pieds de la montagne ; nous crûmes donc n'avoir rien de mieux à faire que de nous y laisser glisser, comme nous avions fait le matin.

Nous ne fûmes pas plutôt sur la glace, que nous fûmes obligés de nous étendre sur le ventre et de laisser là nos bâtons, pour tâcher de nous accrocher avec les doigts, la pente étant beaucoup plus forte que nous ne nous l'étions imaginé. Après avoir roulé pendant très-peu d'instants, nous perdîmes prise à un endroit perpendiculaire, et nous fûmes jetés sur la neige, qui heureusement se trouvait molle dans l'endroit de notre chute.

J'eus tout le côté meurtri et le pouce gauche démis. M. Fotheringham, étant tombé sur les pieds, en fut quitte pour éprouver une vive douleur dans les cuisses, douleur qu'il a ressentie plus d'un an après cet accident. Le pouce me faisait horriblement souffrir, mais je l'enveloppai et le pressai vivement dans un mouchoir que j'avais sur moi. Décidés à ne plus risquer ainsi notre vie, en essayant de descendre, nous restâmes toujours en exercice près de l'endroit de notre chute, en attendant impatiemment le jour. Le froid nous tourmentait violemment, et une neige épaisse nous traversait jusqu'aux os.

Le 15, le jour, si ardemment désiré, parut enfin, et nous permit d'examiner le lieu où nous nous trouvions. Notre premier soin fut de regarder d'où nous étions tombés; quelle fut notre surprise de nous trouver vivants, lorsque nous vîmes que nous avions parcouru, en tombant, un espace d'au moins cinquante pieds. Nous remerciâmes avec reconnaissance l'Être puissant et bon qui nous tendait une main secourable, au milieu de tant de misères, et qui veillait lui-même sur une vie qui commençait à nous être à charge, et à laquelle, sans nul doute, nous ne tenions plus que par le lien naturel, qui est l'horreur de la destruction.

Le temps s'éclaircit au point du jour, et nous permit de retrouver notre chemin. Une pluie abondante succéda à la neige, et comme nous marchions à grands pas, nous trouvâmes bientôt un endroit par lequel nous descendîmes dans la vallée. Vers midi, nous arrivâmes à la maison.

Nous trouvâmes nos gens assis autour du feu, déplorant déjà la triste fatalité par laquelle nous avions été entraînés à parcourir ces montagnes glacées, que des crevasses remplies de neige rendent très-dangereuses, et dont ils s'entendaient retracer les risques par quelques-uns qui avaient été à l'île Kerguelen, et qui accompagnaient leurs démonstrations d'exemples terribles. Quoique sans égards pour nous, et d'une insolence sans égale, ils eussent été fâchés de nous perdre, en ce que nous avions toujours soutenu leur courage en leur montrant l'espoir d'une délivrance prochaine, par un navire venant de l'Ile de France. D'ailleurs, nous avions avec nous la poudre que nous avions sauvée du naufrage, seul moyen d'allumer du feu dans l'île, si nous avions le malheur de laisser éteindre le nôtre. Cette dernière considération, je n'en doute pas, contribua beaucoup à la joie qu'ils éprouvèrent en nous voyant de retour; ils la témoignèrent d'une manière non équivoque.

Notre état, il est vrai, était pénible ; nous étions transis de froid, entièrement mouillés, nu-pieds, nos souliers étant restés dans la neige, et nos joues, extraordinairement enflées, laissaient à peine voir des yeux dont l'abattement devait prouver l'anéantissement de nos forces.

Notre premier besoin fut de sécher nos vêtements auprès du feu. Dès que nous fûmes secs, nous voulûmes nous livrer au sommeil, mais la douleur que me causait mon pouce était trop vive pour me laisser fermer l'œil. Je résolus donc d'y mettre un appareil, que je priai un de nos gens de faire. C'étaient deux petits morceaux de bois engougés, que j'appliquai des deux côtés du pouce. Un de nos gens l'entoura d'un fil de caret, qu'il roidit jusqu'à faire joindre les deux morceaux de bois, afin de faire tenir le pouce droit. La douleur que me causa cette opération fut inouie. Les personnes qui ont éprouvé de pareils accidents pourront s'en faire une idée. L'opération finie, je gardai l'appareil bien roidi sur le doigt, et je résolus de ne plus y toucher.

Me trouvant alors un peu plus à l'aise, et n'ayant aucune envie de manger, je leur fis part du succès de notre voyage, qui se trouvait presque sans fruit, vu que nous ne pouvions habiter cette vallée, ayant à parcourir, pour nous y rendre, un chemin impraticable pendant l'hiver. Si je ne leur apprenais rien de consolant, ce qu'ils me dirent ne le fut guère pour moi, lorsqu'ils me rapportèrent que les oiseaux avaient dévoré la chair des éléphants mâles que nous avions tués pour couvrir la maison, et qu'il n'en restait plus qu'un morceau, qui devait à peine suffire pour la journée; qu'ils avaient essayé d'en

tuer d'autres, mais qu'ils s'étaient tous enfuis à leur approche, après avoir vu couler le sang du premier, auquel
ils avaient donné un faux coup de lance. Nous résolûmes
donc de nous rationner sur ce morceau, jusqu'à ce que
nous vissions quelque éléphant sur la grève. Vers le soir,
un léopard de mer monta très-près de la maison, mais il
se retira dès qu'il nous vit près de lui. Dans la soirée, je
pus dormir, et je me remis un peu des fatigues de la nuit
précédente.

Le 16, la neige dura tout le jour, et le vent en amon-
cela une grande quantité auprès de la maison. N'ayant
rien à manger, nous nous hasardâmes à sortir pour trouver quelque éléphant; mais, après avoir parcouru la
grève, nous revînmes à la maison sans avoir rien rencontré; pas un éléphant, pas un pingoin ne s'y voyait!
Les oiseaux marins même, cherchant un abri derrière
d'énormes rochers, semblaient participer à la désolation
générale.

Un très-petit morceau de chair d'éléphant fut partagé
en sept parties bien égales; mais ce léger repas n'assou-
vit pas notre faim. Tout le jour se passa de même, et,
vers le commencement de la nuit, n'ayant plus de graisse
pour entretenir notre feu, nous fûmes obligés de brûler
le bois que nous avions sauvé du naufrage. La faim nous
tourmenta toute la nuit vivement; je tâchai, mais en
vain, d'apaiser la mienne en buvant beaucoup d'eau. Dans
la nuit, la neige cessa, mais il gela très-fort.

Le 17, le temps fut le même que la veille. Au jour, je
me levai, et je voulus sortir, croyant être plus heureux
que le jour précédent, mais je ne fus pas plutôt au ruisseau qui nous séparait de la grève de sable, que je vis
qu'il n'y avait pas moyen de le passer, la neige y étant
élevée de plus de dix pieds. Je rentrai donc à la maison,

et je communiquai ces nouvelles à mes malheureux compagnons. Alors ils crurent que c'en était fait d'eux. Depuis le 16 au matin nous n'avions pas mangé. Des plaintes sur leur situation, de profonds gémissements, des cris de rage et de désespoir, désormais devenus inutiles, furent les suites de cette persuasion.

Ce fut dans cet état d'accablement que se passa la terrible nuit du 17 au 18. Les éléments semblaient conjurés pour nous détruire. Les vents soufflaient avec une fureur inouïe; un temps noir, triste précurseur des tempêtes, laissait à peine voir la vallée couverte d'une neige épaisse. Ce fut une nuit de douleur, une nuit de pensées amères et de regrets déchirants. Je savais que nous pouvions supporter la faim encore pendant deux jours, mais, si ce temps continuait, la mort me semblait inévitable.

Le 18, nous vîmes enfin le jour, mais il ne servit qu'à nous éclairer sur notre malheureuse position.

Notre faiblesse augmenta ce jour, au point que quatre de nos compagnons ne purent sortir de la maison. Je continuai à boire de la neige fondue, et je crus y trouver un soulagement. Personne ne voulut suivre mon exemple. Vers le soir, j'eus encore assez de force pour aller chercher quelques morceaux de bois à notre magasin, afin d'entretenir le feu, mais ce fut tout ce que je pus faire. A mon retour, je tombai de lassitude, et je restai dans cet état jusqu'au lendemain.

Le 19, il ne neigeait plus aussi fortement. M. Fotheringham et moi, qui nous sentions encore les plus forts, nous sortîmes, et nous eûmes la force de parcourir la grève.

Nous ne trouvâmes rien, et revînmes à la maison sans aucune espérance. La mort nous paraissait certaine. Deux hommes commençaient déjà à en ressentir l'agonie, et je

craignis que le manque d'aliments n'engageât quelqu'un
à proposer le sacrifice d'un de nous pour sauver les six
autres. Cette horrible pensée fit qu'après avoir bien ré-
fléchi, je m'écriai, vers midi, que si quelqu'un voulait
m'accompagner à la grève de l'abondance, je me ferais
fort d'en être de retour promptement avec des provisions.
J'affirmai avec assurance que la neige étant devenue très-
molle, nous n'aurions à courir aucun risque si nous marchions avec précaution. Je leur fis ensuite envisager la
certitude d'une mort prochaine si nous ne faisions point
tous nos efforts pour nous en garantir.

Ces considérations déterminèrent deux d'entre eux à
accompagner M. Fotheringham et moi à la vallée de l'A-
bondance : mais nous n'avions pas de chaussures. Nous
coupâmes une des peaux de la couverture de la maison,
nous la partageâmes en divers morceaux, et nous laçâmes
les pièces autour de nos pieds. Cette chaussure, toute
froide et toute incommode qu'elle était, ne laissait pas de
nous être très-utile pour marcher dans la neige.

Nous partîmes donc aussitôt au nombre de quatre, et,
vers six heures, nous arrivâmes à la vallée de l'Abondance, après avoir couru les risques d'être engloutis
mille fois dans des amas de neige entassés au pied de la
montagne. Nous trouvâmes quelques éléphants sur la
grève, nous les tuâmes, et nous allumâmes un grand feu
sous la voûte que nous avions vue le 14. Nous fîmes rôtir
quelques morceaux de chair, et, je l'avouerai ici, cette
viande, toute fumée, toute huileuse qu'elle était, me
parut la plus agréable que j'eusse jamais mangée. Je me
gardai cependant de me livrer entièrement à mon appétit, et j'exhortai mes compagnons à suivre mon exemple, ce qu'ils firent cette fois sans murmurer. Nous passâmes la nuit dans cet état, et, heureusement pour nous,

elle ne fut pas aussi mauvaise que les nuits précédentes.

Le 20, au point du jour, nous prîmes chacun une charge de chair d'éléphant et de jeunes albatros, et nous reprîmes le chemin de la vallée du Naufrage.

Nous y fûmes vers les onze heures du soir, ayant été obligés de laisser sur une montagne un de nos compagnons, qui, dégoûté de tant de misères, jeta là sa charge, s'étendit dans la neige, et fut sourd aux invitations que nous lui fîmes de se lever. Désespérés de sa résolution, nous essayâmes de le porter, mais cette entreprise était au-dessus de nos forces. Nous prîmes sa charge de provisions, lui fîmes nos derniers adieux, et le laissâmes là...

A notre arrivée à la maison, nous trouvâmes nos trois compagnons dans un triste état; ils ne pouvaient se lever, et avaient laissé le feu s'éteindre; ils ne répondaient plus que vaguement à nos questions, et la vue de la nourriture ne parut faire aucune impression sur eux. A l'aide d'un peu de poudre, nous allumâmes du feu, et nous fîmes aussitôt cuire la viande que nous avions apportée. Aucun d'eux ne voulut y toucher, mais nous les forçâmes à en manger, en leur mettant nous-mêmes les morceaux dans la bouche, et les obligeâmes à les mâcher et à les avaler. La fatigue nous fit ensuite nous endormir, et chacun reposa aussi profondément que la pensée du malheur arrivé ce jour à l'un de nous pouvait le permettre.

Vers minuit, des cris effroyables me réveillèrent en sursaut. Je me levai, et, incertain d'où ils pouvaient provenir, j'éveillai mes compagnons. En entendant les cris répétés pour la deuxième fois, ils furent saisis d'une frayeur extrême. Ils s'imaginèrent que c'était l'âme du Hollandais Metzelaar, l'homme qui était resté dans la montagne, qui leur demandait des prières; quelques-uns crurent qu'elle faisait des menaces, et affirmèrent qu'elle parlait Hollandais. Aux troisièmes cris je reconnus la voix, et je ne doutai pas que ce ne fût le Hollandais en personne qui se trouvait là. Mais, ce que je ne pus comprendre, c'était comment il avait pu revenir pendant la nuit de cet endroit périlleux, et quelle pouvait être la cause de ces cris effrayants.

Je sortis sur le champ de la maison avec M. Fotheringham, et les plus braves d'entre eux nous suivirent par derrière.

Nous nous acheminâmes au lieu d'où partaient ces cris, et, rendus au ruisseau dont j'ai déjà parlé, nous en découvrîmes la cause.

Nous y trouvâmes Metzelaar au milieu d'un monceau de neige, faisant des efforts pour s'en retirer et ne pouvant en venir à bout.

Nous le dégageâmes avec assez de peine, et, enfin, nous fûmes obligés de le transporter jusqu'à la maison. Là, il reprit ses sens, et nous raconta qu'il s'était endormi où nous l'avions laissé ; qu'il avait été réveillé à la nuit par une grande douleur dans les jambes, et qu'il avait essayé alors de marcher pour s'en délivrer, ce qui lui avait réussi ; qu'après une marche pénible, et tombant à tous moments dans des trous de neige, il avait gagné les bords du ruisseau, et, croyant pouvoir le passer, il avait été englouti dans un endroit profond où il enfonçait à mesure qu'il voulait s'en dégager.

Nous lui donnâmes le matelas des malades pour s'y coucher, et un sommeil non interrompu le conduisit, ainsi que nous, au lendemain matin.

Le 21, à notre lever, nous aperçûmes près de la maison cinq éléphants mâles, et, en allant vers le ruisseau, nous en découvrîmes une quantité dans la vallée.

Pleins de joie, nous déjeunâmes des vivres de la veille, et, ensuite, nous attaquâmes à coups de lance deux des éléphants que nous avions vus : nous eûmes le bonheur de les tuer. Nous en prîmes toute la graisse et la chair que nous trempâmes dans de l'eau de mer, et que nous suspendîmes ensuite dans la maison pour fumer, dans le cas où de nouveaux mauvais temps nous empêcheraient encore de trouver des vivres dans la vallée. Nous prîmes aussi les peaux ; nous les étendîmes sur la maison pour en faire des chaussures quand nous serions obligés de voyager. Le reste du jour, nous nous occupâmes à réparer nos effets avec le fil que nous avions déjà fait du caret du gréement.

Tout le reste du mois d'août fut employé à perfectionner notre habitation et à la clore toutes les fois que le temps permit d'y travailler.

Dans cet intervalle, les éléphants montèrent en grand nombre sur le rivage, et nous ne craignîmes plus de manquer de vivres ; mon pouce ne me causait plus qu'une légère douleur, et nos différentes occupations firent reprendre à chacun une certaine gaieté.

Au commencement de septembre, les femelles des éléphants marins montèrent à terre, et bientôt toute la grève en fut couverte, ainsi que de leurs petits. Les mâles se tenaient sur la grève entre la mer et leurs femelles, pour les empêcher de se retirer à l'eau, et de laisser leurs petits sans soutien, et d'autres mâles plus jeunes croisaient dans les brisants du rivage, pour y faire retourner celles qui eussent pu tromper la vigilance de leurs gardiens. Il est inconcevable avec quelle fureur se battent ces animaux : leurs cris sont affreux, et ils se déchirent souvent en pièces avant d'abandonner le champ de bataille.

Les petits éléphants nous fournirent une ressource très-grande. Nous en écorchâmes un grand nombre, et nous fîmes sécher leurs peaux dans la maison; ces peaux, bien séchées et frottées avec soin pendant un temps considérable, devenaient aussi souples que de l'étoffe ; nous en fîmes des vestes, des pantalons, des gilets, des bas, des souliers et des chapeaux, et nous trouvâmes ces vêtements très-chauds.

Tout le mois fut employé à ces occupations ; nous ne nous apercevions du mauvais temps que lorsque nous étions obligés de sortir pour faire nos provisions de graisse et de chair d'éléphant.

Les pingoins royaux, qui commençaient à se montrer en quantité dans notre vallée, nous permettaient de varier nos mets. De temps en temps nous allions à la grève où nous avions trouvé les premiers œufs de pingoins, et nous en revenions avec une charge de vingt à trente œufs.

Notre santé se raffermit considérablement ; nos malades avaient repris toute leur vigueur, et je commençai à me résigner à ma destinée. Nous avions tout réglé relativement au ménage : chacun avait sa semaine de cuisine, et, en récompense du temps de son service, il était exempt de toute corvée. Deux hommes étaient chargés de transporter chaque jour à la maison une quantité suffisante de graisse pour l'entretien du feu, et deux autres se relevaient la nuit pour veiller à ce qu'il ne s'éteignît pas. Ceux que leur tour faisait rester à la maison, réparaient dans cet intervalle les effets déchirés et en mauvais état. Les corvées générales étaient les voyages au lieu de la ponte des pingoins, les attaques des éléphants mâles et les réparations de la hutte.

Le service ainsi disposé, tout commençait à bien aller ; souvent on semblait oublier ce que notre exil avait d'affreux, pour ne penser qu'aux commodités que nous avait procurées notre industrie ; avec quel plaisir entendions-nous le vent siffler autour de la hutte, lorsque, réunis près d'un grand feu de graisse, nous savions pouvoir le braver impunément ! Notre hutte était petite, et par conséquent la chaleur y était forte ; mais la fumée nous incommodait extrêmement ; nous résolûmes donc de tâcher d'y remédier.

Nous pratiquâmes une cheminée à un des murs de la hutte, et elle ne fuma effectivement que très-peu ; mais nous tombâmes de Carybde en Scylla. Le froid violent qui se fit sentir dans la maison, après cette opération, nous engagea à suivre notre premier plan : nous bouchâmes donc la cheminée, et nous remîmes le foyer au milieu de l'habitation.

Tout le mois de septembre fut terrible sous le rapport du froid et du vent. Nous en vîmes avec plaisir la fin, espérant qu'en octobre, qui répond à avril dans l'hémisphère boréal, nous trouverions le temps plus modéré, et surtout le terme de la chute des neiges, qui nous empêchait très-souvent de sortir de chez nous. Les équinoxes se firent sentir fortement, et, pendant près d'un mois, le vent fut continuellement véhément.

Octobre ne s'annonça pas sous de meilleurs auspices. Le froid continua à être vif, et la neige tomba toujours en abondance.

Les derniers jours d'octobre furent assez beaux, c'est-à-dire sans neige, et le froid diminua sensiblement depuis cette époque.

Le 31, nous nous hasardâmes à aller visiter la vallée de l'Abondance, pour nous procurer quelques jeunes albatros, et nous trouvâmes que le chemin n'en était pas aussi dangereux qu'auparavant.

Le 1ᵉʳ novembre, nous parcourûmes la côte du nord-est de l'île, et nous trouvâmes une espèce de pingoins qui nous était absolument inconnue : une colline entière était couverte de ces amphibies, qui en avaient déblayé la neige, et s'y étaient composé des nids avec de petites pierres. J'évaluai à trois millions le nombre de ces pingoins. Ils me parurent être de l'espèce des huppés du premier genre, et nous leur trouvâmes soixante-quatre œufs ; nous retournâmes à la maison, pleins de joie de cette découverte, et nous promettant bien de venir, dans quelques jours, retirer tous les œufs que nous pourrions ramasser.

Les 2, 3, 4, 5, 6, le temps étant excessivement mauvais et les pluies continuelles, nous ne sortîmes que pour des destructions d'éléphants destinés à notre cuisine et à notre feu.

Le 7, le temps étant un peu plus beau, nous volâmes au lieu de la ponte des pingoins huppés, et nous en retirâmes sept à huit mille œufs ; nous pratiquâmes sur le haut du rivage un carré avec des pierres, et nous les y cachâmes.

Ayant apporté avec nous des sacs de peau de jeunes éléphants, nous en prîmes une charge, et nous nous rendîmes à la maison. Ce jour, la neige avait presque entièrement disparu de la vallée, et nous commençâmes à voir le sol qui nous avait été toujours caché.

Le milieu de la vallée était composé de petites pierres, parmi lesquelles s'élevaient quelques tertres couverts d'une petite mousse, et de cette mousse sortait une plante à laquelle nous donnâmes le nom de *chou*. Nous la goûtâmes, mais nous la trouvâmes excessivement amère : néanmoins, nous nous en servîmes en guise de légumes dans un ragoût que nous fîmes le soir avec de la chair d'é-

léphant cuite dans notre morceau de marmite, et des
œufs de pingoins. Nous avions apporté, à quatre, quatre
cent quatre-vingts œufs dans nos sacs, et ce qu'on aura
peine à croire, nous mangions, dans un seul repas, à
nous sept, de quatre-vingts à quatre-vingt-dix de ces
œufs, dont la grosseur est au moins le double d'un œuf
de poule.

Tout le reste du mois fut pluvieux et très-venteux.
Nous nous bornâmes à expédier chaque matin deux de
nous pour chercher au lieu de la ponte des pingoins le
nombre d'œufs nécessaires au lendemain.

Vers la fin du mois, toute la neige avait disparu, à l'exception de celle des montagnes, et nous eûmes le bonheur de voir monter à terre, non loin de la maison, des
pingoins huppés de la seconde espèce, venant pondre et
élever leurs petits. Nous leur prîmes tous leurs œufs, au
nombre d'environ cinq à six mille, et nous les trouvâmes
meilleurs au goût que ceux de tous les autres pingoins.

Quoique, vers la fin de novembre, je ne conçusse plus
aucun espoir de délivrance, et que je fisse tous mes efforts pour me résigner à ma triste situation, je ne laissai
pas d'affecter ma gaieté ordinaire et de continuer à parler
de mes espérances de libération par un navire venant de
l'Ile de France.

L'île nous étant totalement inconnue, M. Fotheringham
et moi, nous résolûmes de la reconnaître.

Le temps, quoique généralement pluvieux, n'était plus
aussi froid, et la neige avait disparu de dessus les collines.
Nous nous préparâmes donc à un long voyage.

Le 25 novembre, au point du jour, nous nous mîmes
en route. Nous nous dirigeâmes vers le sud, et nous parvînmes au bout de la vallée, qui pouvait avoir quatre
milles de longueur dans ce sens. Nous escaladâmes en-

suite une très-haute montagne, et, arrivés au sommet, nous vîmes une autre vallée, mais bien plus longue que la nôtre. Nous découvrîmes la mer couverte de bancs de glace d'une hauteur étonnante. En descendant la montagne du côté du sud, nous trouvâmes un terrain couvert de matières jaunes et métalliques ; nous creusâmes environ à la profondeur d'un pied avec nos bâtons, et nous retirâmes encore plusieurs morceaux de ces matières que je crois être du cuivre.

Le lendemain matin, nous partîmes au point du jour, et nous nous dirigeâmes vers l'est de l'île.

Je marchais un peu devant mes compagnons, la tête baissée, pour éviter les raffales de pluie que le vent me portait à la figure, lorsqu'un cri terrible partit d'un endroit très-voisin. Je portai sur-le-champ les yeux de ce côté, et je vis sur une roche, au pied de la montagne, un énorme loup-marin me menacer en secouant la tête et en me montrant les dents : sauter de la roche et se faire un passage à la mer entre nous deux, fut pour lui l'affaire de peu d'instants.

Peu après, nous en vîmes un autre, mais beaucoup plus petit ; nous réussîmes à le tuer, nous l'écorchâmes et en emportâmes la peau. J'en trouvai le duvet très-beau, et je compris sur-le-champ combien il nous était important de connaître la partie de l'île où se trouvaient ces animaux, car leur duvet fait que leur peau est beaucoup plus convenable à l'habillement que la peau d'éléphant ; elle est, d'ailleurs, infiniment plus souple.

Après une journée pénible, nous vîmes enfin notre vieille demeure, et ce fut avec un grand plaisir que nous nous reposâmes à l'abri, après trois jours de courses.

Nous trouvâmes, en arrivant, nos gens dans le plus grand désordre : ils s'étaient battus, et avaient presque assommé le matelot hollandais qui avait reçu une grave blessure par un coup de couteau que lui avait donné le Portugais Salvador. Nous nous fîmes rendre compte des causes du tumulte, et il nous parut que le massacre des Anglais à Amboine (Java) par les Hollandais pendant le siècle passé, avait donné naissance aux troubles. De sanglants reproches auraient été faits, à ce sujet, à Metzelaar, qui avait répondu par des invectives contre les Anglais et même contre les Français. L'honneur national avait aussitôt poussé les deux Français, qui étaient témoins de la dispute, à venger l'injure faite à leur pays. Ils s'étaient saisis de bâtons, et avaient réduit le malheureux Hollandais au point où nous le voyions. Le Portugais même avait poussé la rage jusqu'à lui porter un coup de couteau dans le dos, au moment où il était tombé. Nous nous déclarâmes contre une inhumanité aussi grande, en leur annonçant que désormais nous n'habiterions plus sous le même toit.

Le lendemain matin, décidés à nous séparer, nous cherchâmes un emplacement pour bâtir une maison : en ayant trouvé un, nous mîmes sur-le-champ la main à l'œuvre.

En huit jours, nous eûmes une maison longue de huit pieds et large de six, avec une hauteur suffisante pour s'y tenir droit : nous nous y installâmes de suite, et prîmes avec nous le Hollandais qui commençait à marcher.

Le 11 décembre fut un jour célèbre de notre histoire. Vers les trois heures de l'après-midi, je me promenais près de la pointe est de notre baie, lorsque, entraîné par mes réflexions, je m'acheminai, sans y penser, dans le fond de la vallée. Levant tout à coup les yeux, j'aperçus une caverne près d'un énorme rocher ; j'y entrai, et quelle fut ma joie en y voyant des deux côtés du ruisseau une terre bleue très-fine, que je reconnus être d'excellente argile. Tout le fond de la caverne était composé d'une terre très-sèche, pareille au bois d'un vieil arbre.

Je conçus sur-le-champ l'idée d'essayer à faire de la poterie, et de me servir de cette terre pour la cuisine. Je courus donc au logis ; je fis part de cette découverte à M. Fotheringham ; il vint avec le Hollandais, et nous transportâmes à la maison assez d'argile pour faire une couple de pots, et une grande quantité de cette terre pour tenir lieu de combustible ; tant était vive mon ardeur pour cet ouvrage, que j'y passai toute la nuit.

Le lendemain, j'avais terminé six pots. J'allumai alors un grand brasier avec cette terre sèche qui fit bientôt un feu aussi ardent que celui du charbon, et je plaçai mes pots au milieu de la braise. Après une cuisson de six heures, je les retirai. Le soir, nous y fîmes bouillir une épaule d'éléphant avec une sauce d'œufs de pingoins battus ensemble ; nous décidâmes que c'était, sans contredit, le meilleur souper que nous eussions fait depuis notre naufrage.

Je fus longtemps indécis si je ferais jouir nos gens de la grande maison du bénéfice de ma découverte ; mais l'humanité, et peut-être un peu de vanité, l'emporta sur le ressentiment. J'allai leur montrer mon pot ; je leur dis où trouver les matières, et je leur expliquai le procédé que j'avais suivi pour fabriquer mes vases.

Ils se dirent très-reconnaissants de ma démarche, mais ils ne pouvaient profiter alors de cette découverte, attendu qu'ils avaient construit un canot pour aller à l'île du roi Charles, où ils espéraient trouver meilleure chance qu'à l'île Chabrol.

Je fus curieux de voir ce canot : il était construit de douvelles de barriques amarrées ensemble par des fils de

caret, et le tout était recouvert d'une peau d'éléphant
mâle. Ce canot avait dix pieds de long sur trois de large.

Je fis mes efforts pour les dissuader de s'exposer ainsi
à une mort certaine; sourds à mes avis, ils persistèrent à
me dire qu'au premier beau temps ils courraient leur
chance. Je leur souhaitai alors un heureux voyage, et les
quittai, bien persuadé que je leur avais parlé pour la dernière fois.

Je fis part de leur résolution à mes deux compagnons;
M. Fotheringham en fut affligé; mais le Hollandais vit
dans cette mort une juste punition de la manière dont ils
l'avaient traité, et, plein de cette opinion, il ne déplora
point leur sort.

Le 17, au point du jour, le Hollandais me réveilla en
me disant que les *quatre démons*, telle était son expression, étaient déjà embarqués. Je me levai, et je vis effectivement le canot sortant de la baie : il avait une voile la-
tine faite de peaux de jeunes éléphants, et semblait voguer
rapidement. Il me paraissait très-chargé. Nous montâmes
alors sur une haute montagne pour le voir plus longtemps.
Le temps était clair, il ne ventait pas violemment; mais
de larges bandeaux de brume paraissaient à l'horizon.
Nous perdîmes de vue le canot, et descendîmes à la maison. Vers huit heures, les vents passèrent au sud, grand
frais, et nos inquiétudes sur le sort de nos malheureux
compagnons se changèrent en certitude de leur perte;
nous savions, en effet, que les vents du sud les empêcheraient de gagner l'une ou l'autre île, et qu'ils devaient
alors nécessairement périr à la mer.

Toute l'après-midi, le vent s'accrut, et le soir nous eûmes une véritable tempête.

Vers minuit ou une heure, des coups redoublés sur la
porte et une confusion de voix se fit entendre au de-

hors; des coups plus violents que les premiers mena-
cent de faire tomber la porte. Je saisis mon couteau de
chasse, je coupe la couverture en peau de derrière la
maison, et, mes deux compagnons faisant de même,
nous sortons aussitôt.

A l'instant, la porte cède aux efforts des assaillants;
ils entrent, regardent avec surprise où nous pouvons être,
brisent nos pots, et sortent avec la porte et un paquet de
peaux de jeunes éléphants que nous réservions pour en
faire des vêtements.

Au jour, nous prîmes donc nos armes; je saisis mon
couteau de chasse que je portais en ceinture, et une lance
d'éléphant à la main droite, je m'acheminai vers la
grève.

M. Fotheringham avait aussi son couteau de chasse, et
portait un bâton au bout duquel se trouvait fixé un gros
clou. Le Hollandais avait une énorme massue. Dans cet
accoutrement militaire, et remplis d'une ardeur martiale,
nous arrivâmes près de la maison de nos gens.

En nous entendant frapper à leur porte, car ils l'a-
vaient déjà mise en place, le maître d'équipage vint ou
vrir, et nous demanda, d'un ton arrogant, ce que nous
voulions. Je lui pointai aussitôt la lance au cœur, et lui
déclarai que s'il ne me rendait pas mes peaux sur-le-
champ, je lui ôterais la vie sans aucun scrupule. Ses camarades voulurent le secourir, mais le mouvement que
je fis pour percer l'Espagnol de ma lance leur fit aussitôt
jeter le paquet de peaux en dehors de la maison.

Nous nous retirâmes alors, et de dehors je les sommai
de me dire quels avaient été les motifs de leur conduite
de la nuit passée. L'Espagnol sortit seul, et dit qu'après
avoir couru les plus grands dangers dans le canot qu'ils
avaient été obligés de laisser au gré des flots pendant

vingt-quatre heures, ils avaient profité de la saute des vents pour retourner à notre île; qu'ils y avaient abordé dans le sud, que le canot avait chaviré dans les brisants, et qu'ils avaient tous été assez heureux pour gagner le rivage ; qu'ils s'étaient mis en route aussitôt pour retourner à la vieille vallée, où ils étaient arrivés vers onze heures du soir, et que, voyant leur porte enlevée ainsi que d'autres objets, ils avaient résolu de s'emparer de tout ce qu'il y avait chez nous.

Je leur répondis que la certitude où nous étions de leur mort nous avait fait faire cette démarche, mais qu'à l'égard de leur conduite rien ne pouvait la rendre excusable, en ce qu'il me semblait prouvé que leur intention avait été de nous ôter la vie. Je me retirai en les prévenant qu'une seconde tentative de ce genre nous ferait leur déclarer une guerre qui ne finirait que par leur mort à tous.

Nous passâmes tout le mois de janvier à la chasse des loups marins, et nos gens de l'autre maison firent de même.

Vers la fin du mois, nous en eûmes ramassé près de deux cents peaux. Cette chasse était très-pénible, parce que nous étions obligés de nous rendre par les montagnes au lieu fréquenté par ces animaux, et de rapporter les peaux à notre habitation. Or, une charge de douze peaux est forte pour un homme. On concevra donc que nous devons avoir eu de fréquents voyages à faire pour rapporter deux cents peaux à notre ancienne vallée.

Aussitôt notre arrivée de la chasse, nous nous occupâmes à fabriquer des lits en peaux pour nous coucher, et telle fut notre industrie à cet égard, que nous nous crûmes aussi bien dans nos lits de peaux que dans le meilleur lit d'Europe. Nous nous fîmes aussi plusieurs effets, et nous nous disposâmes à passer l'hiver plus commodément que le précédent.

Janvier fut généralement beau; il fit même quelquefois chaud vers le milieu du jour, mais le coucher du soleil rendait toujours l'air très-froid.

Février vit disparaître le beau temps. Il tomba une neige très-forte pendant trois jours; mais elle ne tint pas sur la terre.

Nous profitâmes d'un intervalle de beau temps pour recouvrir notre maison avec les peaux des éléphants mâles qui venaient muer à terre.

Nous transportâmes près de l'habitation une grande quantité de tourbe pour conserver le feu pendant notre sommeil; nous rendîmes enfin notre hutte aussi commode que possible.

Ces dispositions faites, nous attendîmes bravement l'hiver et ses frimas.

Mars se fit bientôt sentir, et amena les tempêtes et la neige. Les cimes des montagnes, dont la blancheur avait été souvent ternie au mois de janvier dernier, reprenaient leur ancienne couleur. Près de deux mois s'étaient écoulés déjà sans que nous eussions communiqué avec nos compagnons, lorsqu'un matin on vint nous annoncer que l'un d'eux venait de mourir, et l'on nous invita à aller constater sa mort naturelle.

Nous nous y rendîmes, et, vérification faite, nous jugeâmes qu'il était mort d'épuisement.

Le cadavre fut confié à la terre, et nous revînmes à l'habitation.

Personne n'avait encore ouvert la bouche : nous semblions tous occupés de la même idée, tous saisis de la crainte de subir bientôt un pareil sort sur cet affreux rocher.

Sur le point de nous séparer pour retourner à notre maison, je fus accosté par notre Hollandais, qui me dit qu'il désirait nous quitter pour vivre avec ses compagnons. Nous restâmes donc seuls, M. Fotheringham et moi.

L'hiver s'annonça par des tempêtes violentes et des chutes de neige pendant des semaines consécutives.

Nous eûmes toujours des éléphants jusqu'au mois de juin; mais à cette époque ils nous manquèrent, et nous fûmes obligés d'aller souvent chercher des vivres à la vallée de l'Abondance, ce qui nous occasionnait des maux inouïs et de terribles fatigues.

Un jour, nous revenions accablés de lassitude, après avoir passé une nuit sans feu dans la vallée de l'Abondance; nous mangeâmes à notre retour une partie des vivres que nous avions apportés, et nous nous couchâmes. Nous nous endormîmes aussitôt.

Après un sommeil d'environ deux heures, nous fûmes réveillés par une masse d'eau qui, tombant sur la couverture de la maison, la défonça, renversa deux murs, et remplit la maison de goëmon.

J'avoue que ma première idée fut que l'île était submergée. Nous parvînmes à sortir, et, très-heureusement pour nous, car à peine étions-nous dehors, qu'une vague très-élevée balaya tous les murs, et dispersa tout ce qui se trouvait dans la maison.

Nous nous aperçumes de suite que cette inondation subite ne provenait d'autre chose que d'un très-fort raz-de-marée.

Nous passâmes la nuit entière à tâcher de recueillir tout ce que la lame rejetait au plain, et, le cœur gonflé d'amertume à la vue de ces désastres inopinés, nous ne cessions de nous demander l'un à l'autre ce que nous allions faire.

Nous nous décidâmes à rebâtir notre maison plus enfoncée dans la vallée, pour que la mer ne pût nous inquiéter dorénavant; et, le lendemain, ayant sauvé presque tout ce que nous avions perdu, nous mîmes la main
à l'œuvre.

Nos gens avaient vu les effets du raz-de marée; mais
comme leur maison était beaucoup plus loin que la nôtre au bord de la mer, ils ne s'en étaient pas ressentis.
Ne voyant plus notre maison le lendemain, ils se rendirent à son emplacement, et nous aperçurent de là
occupés à en bâtir une autre; alors ils nous engagèrent
si fortement à retourner demeurer avec eux, que nous
nous décidâmes à condescendre à leurs désirs.

A l'exception de cet accident, l'hiver se passa sans rien
de remarquable. Deux de nos gens furent constamment
malades, et nous souffrions tous beaucoup des pieds,
étant obligés chaque jour de marcher sans chaussure
dans la neige. J'ai souvent, dans les temps de brume,
suivi les pas de mes compagnons aux traces de sang que
laissaient couler sur la neige leurs pieds enflés et fendus
par le froid; mais, autant que possible, nous évitions de
quitter la vallée, à raison des dangers que nous courions en passant des nuits sans autre abri que le ciel: cependant cela nous arrivait quelquefois.

Les éléphants furent rares jusqu'au mois de septembre,
où les femelles montèrent à terre. La quantité en fut
encore très-considérable. Nous écorchâmes un grand
nombre de petits, et nous en fîmes sécher les peaux.

L'hiver, en général, ne fut pas aussi rude que le précédent. La neige couvrit la terre depuis la fin de mars jusqu'à la fin d'octobre; mais nous ne trouvâmes pas le froid
aussi violent.

Une nuit du mois de septembre, je rêvais, auprès de

notre feu, sur les chances que nous pouvions avoir d'é-
chapper à la destinée qui nous menaçait, lorsque deux
idées se présentèrent à mon esprit.

Je savais que les jeunes albatros, en quittant leur nid,
et en prenant l'essor pour la première fois, se dirigent
toujours vers le nord et se rendent souvent dans des parages que fréquentent les navires, à bord desquels ils
sont quelquefois pris à l'hameçon.

Je formai donc le projet de leur attacher au cou de
petits sacs de peau dans lesquels je déposerais un billet
qui indiquerait la position des îles, et par lequel je prie-
rais le navigateur entre les mains duquel ce billet pourrait tomber, de dévier un peu de sa route pour nous retirer de notre misérable situation; j'engagerais, en outre,
un baleinier à y venir, par l'appât de la grande quantité
d'huile que l'on y pourrait faire en peu de temps : toutes
les fois, en effet, qu'un baleinier dépèce une baleine dans
ces mers, il est entouré d'un grand nombre d'albatros, et
j'avais lieu d'espérer que la curiosité de savoir ce que
contenait le petit sac suspendu au cou de l'albatros enga-
gerait quelque personne à s'efforcer de le prendre.

Le lendemain, je me mis à l'œuvre, et je fis cent sacs
de peau. J'écrivis ensuite cent billets de même teneur,
et j'en plaçai un dans chaque sac bien cousu. Au premier
beau temps, nous nous acheminâmes tous vers la vallée
de l'Abondance, et nous attachâmes nos sacs aux jeunes
albatros. Notre illusion fut si grande, que nous crûmes
être certains de sortir de l'île par ce moyen.

La seconde idée qui m'avait préoccupé eut des résultats
plus importants.

Il n'était rien moins question que de construire un
canot, afin de nous mettre en mer pour tâcher de rencontrer quelque navire ou quelque terre, en nous guidant

sur les astres. Cette résolution, toute téméraire qu'elle
était, fut adoptée par M. Fotheringham et un de nos compagnons. Les trois autres déclarèrent qu'ils nous aide-
raient à travailler, mais qu'ils ne s'embarqueraient point
sur une aussi frêle embarcation.

Le 15 décembre, l'ouvrage qui avait été poussé jour et
nuit quelquefois, fut complétement achevé.

Nous étions possesseurs d'une embarcation ayant seize
pieds de quille et six pieds de bau, très-bien pontée et
mâtée. Notre voile était faite de peaux de jeunes éléphants
cousues ensemble et rendues souples par le frottement.

Nous avions rempli d'eau douce une barrique vide sauvée du naufrage, et nous l'avions placée dans le canot
avant de terminer le pont. Une autre barrique était
pleine de viande d'éléphant que nous avions salée avec
du sel extrait de l'eau de mer, et nous avions entassé dans
les extrémités du bateau une certaine quantité d'œufs de
pingoin pour varier nos mets à la mer.

Nous attendîmes donc, pour lancer notre bateau et
nous mettre à la mer, que nous l'eussions couvert en
peaux; et, à cet effet, nous résolûmes d'aller, le 25 décembre, commencer la chasse des loups marins; mais la
Providence qui veillait sur nous, ne permit pas que nous
entreprissions un voyage qui devait nous exposer à une
mort certaine.

Le 21 décembre, il avait fait une brume épaisse dans la
matinée. Vers 11 heures le temps s'éclaircit, et M. Fotheringham étant sorti de la maison, poussa tout à coup
un grand cri, et rentra sans pouvoir proférer un seul mot.
Surpris de cela, je l'invitai à parler; il ne me répondit
qu'en faisant des contorsions. Je crus d'abord que les
misères qu'il éprouvait avaient affaibli le cerveau de ce
jeune homme; mais à la fin il me fit signe de sortir; et

quels furent ma joie et mon étonnement, lorsque je vis clairement un navire courant sur la terre, et n'en étant éloigné que d'environ trois lieues.

Tous mes compagnons vinrent admirer ce spectacle nouveau, et nous allumâmes aussitôt un grand feu sur la colline. Mais, à la nuit, il disparut et nous laissa livrés au plus affreux désespoir; nous craignîmes que l'île ne lui eût paru inabordable et qu'il ne l'eût tout à fait quittée. Nous formâmes mille conjectures sur cette apparition inattendue; elle anéantit notre projet de lancer notre bateau, et elle nous fit rôder tous les jours par toute l'île, suivant le navire qui se présenta pendant quinze jours trois fois à notre vue, deux fois surtout à une très-petite distance de terre. Nous fîmes toujours des feux; mais il ne les aperçut jamais.

Le 5 janvier, un de nous, sortant de la maison la nuit, vit un feu très-près de terre; il nous appela, et nous vîmes comme lui ce feu que nous pensâmes provenir des fourneaux du navire, sans doute occupé à faire de l'huile. Le navire fit diverses manœuvres sous la terre, mais ne s'approcha point de la baie, à notre grand dépit.

Le 6, il continua les mêmes manœuvres, mais sembla d'avoir pour but de gagner la baie.

Vers quatre heures, nous eûmes la joie de voir une embarcation se diriger vers le rivage; elle atterrit bientôt, et nous vîmes encore, après dix-huit mois, des figures humaines; car nos figures couvertes de suie, nos longues barbes et les peaux qui nous couvraient, semblaient nous avoir ôté le droit de prétendre au titre d'homme.

Dès que les marins de l'équipage du canot furent à terre, ils restèrent à nous regarder avec étonnement, et se risquèrent enfin à nous demander en anglais qui nous étions, et ce que nous faisions en ce pays. Après avoir

répondu à leurs questions, je les priai de nous recueillir,
et leur demandai, à mon tour, quel heureux hasard les
avait conduits en ces lieux. Ils me répondirent qu'ils nous
mèneraient avec joie à leur bord, et qu'ils ne doutaient
pas que leur capitaine ne nous reçût avec grand plaisir ;
que le navire en vue était *the Cape-Packet*, de Londres ;
que, poursuivant des baleines, après avoir été aux îles
du Prince-Édouard, ils avaient été très-surpris de se
trouver un matin sur des îles qu'ils ne savaient pas exister
dans cette latitude, mais qu'ils avaient présumées être les
îles Croset; qu'ils n'avaient vu nos feux à terre que la
nuit dernière, et qu'ils avaient déjà fait quelques tonneaux d'huile sur l'île la plus sud.

Alors s'évanouirent toutes nos craintes. Un riant avenir
se présenta devant moi, et à 7 heures du soir, je
quittai l'île Chabrol, sur laquelle j'avais passé dix-sept
mois et huit jours.

Nous arrivâmes à bord du *Cape-Packet*, vers huit heures.
Nous fûmes reçus par le capitaine Dumou, avec toute
l'humanité possible, et il nous promit d'aller, aussitôt
son chargement terminé, délivrer de l'île Dauphine les
neuf hommes que nous y avions laissés.

Le 5 février, le chargement du *Cape-Packet* étant
terminé, nous fîmes route pour l'île Dauphine, où nous
revîmes les neuf hommes de notre équipage que nous y
avions laissés, et les prîmes à bord ; ils étaient tous dans
un triste état, ayant vécu d'ailleurs de la même manière
que nous.

Nous nous dirigeâmes ensuite vers le cap de Bonne-
Espérance, où nous arrivâmes et débarquâmes le 5
mars suivant, y ayant trouvé le navire le *Fils-de-France*,
armé par M. T. Dalrée, de Nantes, et alors commandé,
sur son retour de Chine à Nantes, par M. Geoffroy.

Je m'y embarquai, et le 7 mai de cette année j'arrivai à Saint-Nazaire, où je respirai l'air de cette vieille patrie si chère à tous les cœurs français!

PHÉNOMÈNE ÉLECTRIQUE EN MER

UN PHÉNOMÈNE ÉLECTRIQUE EN MER

Le navire l'*Harmonie*, de Bordeaux, capitaine Darlan,
parti de Saint-Denis, île Bourbon, dans la nuit du 28 juin,
a été obligé de rentrer au Port-Louis de l'Ile-de-France,
pour cause d'avaries majeures dans toutes les parties du
vaisseau.

Faisant route pour Bordeaux, ce navire a essuyé, pendant la nuit du 11 juillet, le choc d'une bourrasque orageuse, par le travers du canal Mozambique, qui a failli le
faire sombrer, et dont les détails, qui seront toujours au-
dessous de la réalité et qu'on ne peut se rappeler sans
frémir, pourront intéresser le lecteur.

La journée du 10 juillet fut belle; la mer et l'atmosphère étaient d'un calme parfait; sur le soir, il s'éleva un
vend ouest-sud-ouest assez violent, qui décida le capitaine
à faire prendre des ris; les apparences du mauvais temps
ayant un certain développement, vers les dix heures du
soir, des ordres furent donnés pour prendre les bas ris de
toutes les voiles.

Peu après cette précaution, plusieurs coups de tonnerre
parurent changer la nature du temps, qui offrit des alter-
natives de calme plat et de violentes bouffées de vents va-

riables, annonçant beaucoup de désordres dans l'atmosphère. Le tonnerre ne cessa de se faire entendre une partie de la nuit, à une distance si rapprochée, qu'il semblait suivre le bâtiment.

Vers minuit, quelques détonations furent terribles ; elles laissèrent sur tous les points de l'*Harmonie* les traces de son voisinage, par une lueur phosphorique, appelée vulgairement *Feu Saint-Elme*, qui brillait longtemps après l'éclat de la foudre ; l'une d'elles fut tellement violente que le capitaine Amamecis, subrécargue du navire, ressentit par le choc du fluide électrique une commotion qui lui paralysa le bras un instant. Les matelots qui étaient sur le pont la ressentirent pareillement, mais ils souffrirent davantage du gaz sulfureux, dont le pont fut infect, et qui communiqua jusqu'à la chambre d'un passager qui couchait dans la dunette.

L'accumulation du fluide électrique sur l'*Harmonie*, ainsi que les autres phénomènes déjà observés, annonçait une crise prochaine dans toute l'atmosphère.

Le capitaine fit carguer et serrer les voiles, excepté le petit foc et les huniers, qui étaient au bas ris ; la chaîne du paratonnerre visitée avec la précision voulue, le calme le plus parfait semblait régner dans la nature entière ; mais la densité atmosphérique était telle qu'il était impossible d'y voir à la plus petite distance, quand tout à coup, sur les trois heures et demie du matin, une colonne d'air est portée sur le navire avec un fracas épouvantable et la rapidité de l'éclair.

L'officier de service commande aux matelots : *Largue et cargue les huniers ! La barre au vent ! La barre au vent !* Ce beau navire, alors sans voile, s'inclina sous le poids du typhon ; déjà la lisse de tribord était sous l'eau, et il n'obéissait plus au gouvernail, quand le capitaine

Amamecis, accouru sur le pont dont il s'était éloigné un instant, commande au charpentier de couper le mât d'artimon pour le faire arriver; mais pendant que cet homme était allé au poste du maître chercher sa hache, l'*Harmonie* avait obéi à la barre, et semblait sortir des eaux pour être abîmée de nouveau par un torrent de matière enflammée.

Il n'était plus temps alors de penser aux manœuvres qui avaient été arrachées des mains des matelots et qui volaient avec le reste du gréement. Il n'y avait même aucune prudence à quitter l'arrière du navire, où s'était réfugié l'équipage pour y recevoir des ordres; capitaine, officiers, matelots, tous furent frappés de terreur à l'aspect de cette étrange convulsion de la nature.

Cet épouvantable tourbillon réduisit les voiles en lambeaux; les basses vergues de misaine et du grand mât furent brisées (cette dernière fut cassée dans son plus grand diamètre, qui était de seize pouces sur soixante pieds de longueur); les manœuvres, les poulies, etc., étaient dans le même état, et portaient avec les vagues, dont les bras avaient été arrachés des commotions tellement violentes, qu'il semblait que la mâture dût tomber en morceaux; le bras du conducteur de la chaîne du paratonnerre fut brisé, ce qui permit au fluide électrique de sillonner avec plus de facilité tous les points du navire.

La foudre, dans ses éclats, mille fois redoublés en cette circonstance, produisit les phénomènes les plus curieux. L'*Harmonie*, au milieu d'un océan de flammes par la combustion du fluide électrique qui jaillissait de toutes parts et remplissait l'étendue des cieux, semblait portée vers les régions supérieures; ses mâts et ses agrès paraissaient être les conducteurs d'une immense machine

portant partout l'étincelle et la flamme, dont la source
semblait inépuisable.

Jamais peut-être l'approche de la mort ne s'est offerte
aux hommes avec un appareil plus affreux. A ces détonations terribles se joignait une vibration métallique semblable à celle que fait entendre une pièce de bronze après
le coup de canon. Pendant cette scène d'horreur, il est
bien étonnant que le navire, qui a été plus d'une demi-
heure au milieu de cette masse ignée, n'ait pas été réduit
en cendres, et que personne du bord n'ait été victime de
cette œuvre nocturne de la nature.

NAUFRAGE DE LA CORVETTE LA CARAVANE

Sur les côtes de la Martinique

Cette belle corvette de vingt-quatre canons, et de cent cinquante hommes d'équipage, était partie de la rivière de Bordeaux dans les premiers jours de l'été, sous le commandement de M. Lenormand de Kergrist, lieutenant de vaisseau. Le but principal de sa mission était de transporter à Anapolis, ville des États-Unis d'Amérique, une trentaine de prêtres, séminaristes et frères de l'École chrétienne, qui, sous la direction de l'abbé Dubourg, créole de Saint-Domingue et évêque de la Louisiane, allaient porter chez les peuples encore sauvages de cette partie du Nouveau-Monde la parole de l'Évangile et l'industrie d'une nation civilisée.

Après une traversée longue et pénible, les missionnaires avaient été débarqués heureusement au lieu de leur destination.

Quelques matelots, entraînés sans doute par des promesses séduisantes, les avaient secrètement suivis, le jour du débarquement, et les ralliant, quand le navire eut mis à la voile, servirent, dans les premiers temps, à l'accomplissement de leurs projets. Mais bientôt, rebutés par les difficultés qui survinrent, et n'ayant, pour les surmonter, ni le zèle des missionnaires, ni leur profonde conviction, ils abandonnèrent la cause qu'ils avaient embrassée, et se fixèrent à l'embouchure du Mississipi, n'osant revenir en France, où ils eussent été punis comme déserteurs. Ils échappèrent ainsi aux horreurs du naufrage qui attendait leurs compagnons; mais ce ne fut que pour traîner, dans ces pays lointains, une existence misérable, juste châtiment de leur double défection.

La caravane, avant de quitter Anapolis, avait reçu à bord une jeune dame créole, madame La Roque, mère de deux enfants, qui, accompagnée de sa sœur, retournait à la Martinique, sa patrie, où elle devait retrouver le reste de sa famille. Ces quatre personnes composaient, avec madame de la Barre, veuve d'un officier supérieur, tué dans une de nos célèbres batailles, et un militaire créole congédié du service, tout le personnel des passagers du bord.

Ils occupaient une petite cabine en toile devenue vacante par le débarquement de l'abbé Dubourg. Madame de la Barre, dont l'esprit savait tempérer les ennuis et les fatigues de la traversée, était l'âme des réunions du bord. Ses cinquante ans ne la défendaient pas des traits malicieux de l'espiègle société qui la plaisantait sans cesse sur ce qu'elle appelait elle-même ses retours de jeunesse ; mais ayant vécu sous la tente, à la suite des armées, après avoir été longtemps la femme à la mode dans de brillants salons, elle trouvait encore, par ses reparties vives, le moyen de ranger les rieurs de son côté, et captivait toujours l'intérêt général par l'attachant récit des grands événements auxquels elle avait pris part ou qui s'étaient passés sous ses yeux.

Favorisée par une jolie brise, la corvette n'avait éprouvé,

depuis son départ d'Anapolis, aucun retard dans sa route ; déjà elle atterrissait au Vauclin, quand le vent passant tout à coup au Nord grand frais, on dut prendre le large.

Il était alors minuit.

Les passagers et les matelots s'étaient couchés joyeuse-- ment, car le lendemain promettait aux uns le terme bien impatiemment attendu d'un long voyage, et aux autres les plaisirs de toute nature qui les attendaient à terre pendant une relâche de quelques jours.

Cependant les raffales redoublaient de violence : l'offi-cier de quart jugea prudent de prévenir le capitaine. Ce-lui-ci, s'étant élancé de son lit, vit du premier coup d'œil l'imminence du péril, et fit appeler tout l'équipage.

En un instant, les marins sont sur le pont. On déplie les voiles hautes, les mâts supérieurs se calent ; on serre la grande voile, le petit hunier, le perroquet de fougue.

Tous, animés par la présence du commandant, volent aux diverses manœuvres, luttent corps à corps avec la fureur de la mer et de l'ouragan. Enfin le bâtiment est à la cape sous le grand hunier, au bas ris, la misaine, le petit foc et l'artimon.

Réveillés par le bruit de la tempête plus encore que par le mouvement inusité qu'ils entendaient sur le pont, les passagers connurent bientôt la position dans laquelle ils se trouvaient. Mais l'enseigne de vaisseau Siméon venant à passer près de la cabine des créoles au moment où elles se disposaient à en sortir pour chercher un abri plus sûr contre les raffales, qui, par instants, venaient ébranler leur frêle demeure, les rassura, en dissimulant autant qu'il put le péril de la situation ; après quoi il les accompa-gna jusqu'à la chambre de madame de la Barre, où il les laissa pour retourner précipitamment à son poste.

A trois heures, l'ouragan était dans toute sa force.

Le capitaine ordonna de serrer toutes les voiles, à l'exception de la misaine et du petit foc, sous lesquelles on laissa arriver vent arrière pour s'éloigner de plus en plus de la côte. Mais à peine cette manœuvre eut-elle été exécutée, qu'un coup de vent emportant la misaine, il fut impossible de se rendre maître du bâtiment, qui vint en travers et engagea. Au même instant, les mâts de hune tombèrent. On coupa le mât d'artimon, puis le grand mât ; on voulait conserver le mât de misaine, mais une trombe ou tourbillon venant à fondre sur lui, le tordit à cinq pieds du pont, l'enleva avec tous ses haubans, et le lança hors du bord, où, retenu par son état, il billarda le bâtiment, ainsi que les deux autres mâts, menaçant à chaque instant de l'entr'ouvrir par la violence de leurs chocs.

Madame de la Barre possédait une de ces âmes fortes qui ont besoin de grands événements pour se produire dans tout leur jour. Pendant la traversée, on l'avait connue seulement spirituelle et agréable ; on la vit grande et d'un courage au-dessus de son sexe, sous les efforts et les coups redoublés de la tempête.

Tandis que, sur le pont, le capitaine déployait toutes les ressources de son activité et de ses lumières pour préserver de la furie des éléments les hommes et le bâtiment qui lui avaient été confiés, elle était parvenue, elle, par son énergie, plus encore que par ses paroles, à faire succéder à l'abattement des deux jeunes créoles une résignation que chacun ne put trop admirer, pendant la longue suite de dangers qui les menaçaient encore. Les enfants eux-mêmes, soit que l'insouciance habituelle à leur âge ne leur permît pas d'envisager leur position dans tout ce qu'elle avait d'affreux, soit que le courage chez eux eût été aussi naturel que cette insouciance, se montrèrent aussi calmes et aussi résignés que leur jeune mère.

Cependant tous se groupaient autour de la femme dont la contenance ferme et assurée avait ranimé leur confiance, comme si sa présence seule eût dû leur servir de protection contre les flots déchaînés !

A six heures du matin, le bâtiment se redressa ; il y avait dix pieds d'eau dans la cale, et l'ouragan était encore dans toute son horreur.

Le capitaine donna l'ordre de faire fonctionner les pompes. Tandis qu'une partie de l'équipage y travaillait avec ardeur, l'autre partie s'occupa à débarrasser le navire des mâts qui battaient ses flancs sans relâche.

Cette opération, que l'impétuosité des lames rendait excessivement dangereuse, fut cependant exécutée heureusement, grâce à l'intrépidité de tous ; et après plusieurs heures d'un travail soutenu, le navire fut enfin dégagé.

Pendant tout ce jour, la tempête continua de sévir avec une violence dont les plus vieux marins disaient n'avoir jamais vu d'exemple, ni les officiers, ni les matelots ne purent prendre un seul instant pour se reposer de leurs fatigues. Le capitaine, que sa présence d'esprit n'abandonna pas un moment, veillait à tout et donnait des ordres que transmettaient les maîtres d'équipage.

A quatre heures du soir, les pompes étaient franches, mais on aperçut la terre à trois lieues sous le vent, et bientôt le bâtiment, ne gouvernant plus, fut porté par la grosse mer et par les courants vers le cap Ferré où, trouvant un fond de sable à neuf brasses, on mouilla toutes les ancres ; mais elles ne purent tenir contre la violence de la mer.

Dans la soirée, les matelots travaillèrent encore aux pompes, et ce ne fut que lorsque la fatigue et le besoin se firent trop vivement sentir qu'ils cessèrent leurs tra-

vaux. Alors seulement ils demandèrent à prendre des
aliments. Les seules provisions qui restassent à bord consistaient en quelques biscuits trempés d'eau de mer; on
leur en apporta une partie; les rations de vin furent dou-
blées, et la frugalité de ce repas n'empêcha pas que chacun y fit honneur.

L'état-major et les passagers s'étaient de leur côté,
réunis dans le carré des officiers, et partageaient entre eux
le reste des biscuits avariés que la faim seule leur rendait
supportables.

L'enseigne de vaisseau Siméon, se trouvant près de
madame de la Barre, lui demanda si, dans le cours de sa
vie avantureuse, au milieu des camps, elle avait assisté
à une bataille livrée par les hommes qui fût comparable,
pour l'acharnement et la fureur, à celle que se livraient
les éléments depuis le commencement de la journée. « La
pensée de la mort est-elle venue frapper votre esprit.....
pour moi, je la défie; d'ailleurs, ajouta-t-il, en chan-
geant de ton, vous savez qu'un ange à la dot coloniale
d'un million m'attend à la Martinique, et que je lui dois
au moins une visite demain en débarquant..... demain
est encore loin de nous, répondit gravement madame de
la Barre, car souvent, pour ceux qui les voient, de pareils
jours n'ont pas même de nuit..... Eh bien, poursuivit-il,
de toutes les tempêtes que j'ai essuyées, celle-ci est
certainement la plus épouvantable, et pourtant je n'ai
pas pensé un seul moment que je pourrais en devenir la
victime. »

Pendant cette conversation, les matelots s'étaient groupés autour des tronçons des mâts; la nourriture qu'ils
avaient prise avait suffi, toute mauvaise qu'elle était, pour
réparer leurs forces, et l'insouciance habituelle aux gens
qui, dès leurs plus jeunes années, sont soumis aux plus

rudes épreuves de la vie de marins, leur avait fait oublier en un seul instant les dangers qu'ils avaient courus pendant ce jour. Bientôt l'un d'eux entonna, d'une voix que le bruit de la tempête ne put entièrement couvrir, une de ces chansons de bord dont le sens allégorique plaît tant aux imaginations ardentes de ces hommes dont la vie est une suite de privations de toute nature. Tout l'équipage répétait en chœur le dernier refrain, quand on s'aperçut que plusieurs matelots, dont l'absence n'avait pu être remarquée d'abord au milieu de la confusion, n'avaient point pris part au repas. On les appela ; mais nulle réponse ne se faisant entendre, deux de leurs camarades, que leur absence préoccupait davantage, pénétrèrent dans la batterie où ils ne tardèrent pas à les rencontrer étendus, privés de tout sentiment. Les malheureux avaient été surpris par la mer qui, au moment où le navire engagea, était entrée par tous les sabords avec tant de promptitude et de violence, qu'ils n'avaient pu remonter assez vite sur le pont, et s'étaient noyés sans que leurs cris eussent pu être entendus au milieu du bruit de la tourmente.

Rien ne saurait peindre l'abattement et la douleur qui se peignirent sur tous les visages lorsque ceux qui étaient allés à la recherche des absents, revinrent en apportant ces corps inanimés. Une sorte de terreur s'empara de tous les esprits à la pensée d'une espèce de profanation de la mort, et le plus religieux recueillement succéda aux chants joyeux. Aussi, dans les derniers adieux qu'on leur adressa avant de les rendre à ces flots irrités, qui déjà en avaient fait leur victime, et semblaient, en battant le navire, lui redemander leur proie, une sorte de remords se mêla aux regrets.

Cette triste cérémonie achevée, l'équipage se porta aux pompes, la mer, qui entrait par de nombreuses crevasses dans les flancs du navire; ne permettait pas de les laisser un seul moment dans l'inaction.

Tout à coup, vers minuit, le navire chassa sur ses ancres, et une lame d'une hauteur prodigieuse, le frappant par le travers, détacha, avec un horrible fracas, le centre des deux extrémités. L'avant resta tenu par les ancres; la poupe fut jetée à une portée de fusil environ, et le centre lancé à petite distance sur les récifs.

Dans ce moment affreux, désespérant de sauver les hommes, on laissa libres ceux qui voulurent suivre les débris et tenter, en se jetant à la nage, de gagner la terre. Une vingtaine de matelots environ cherchèrent cette chance de salut; mais quelques-uns seulement purent arriver à la côte; les autres payèrent de leur vie leur fatale résolution, et le lendemain on retrouva leurs corps brisés sur les rochers.

Sur l'arrière, tout le monde s'était réuni autour du capitaine qui maintenant ne donnait plus d'ordres, mais conservait, au milieu de la stupeur générale, sa présence d'esprit et son courage. Voyant que les lames qui déferlaient sur le pont pouvaient entraîner les hommes avec d'autant plus de facilité qu'ils se trouvaient maintenant sur un plan incliné où il devenait presque impossible de rester debout, il leur ordonna de se cramponner les uns aux autres.

Chacun recevait ainsi de ses compagnons d'infortune le secours qu'il leur prêtait lui-même. Il fut possible de résister ainsi à la violence des vagues qui venaient se briser sur ce groupe humain, menaçant à chaque instant d'enlever un anneau de cette chaîne d'hommes qui n'avaient pour abri contre la fureur du vent et l'impétuosité de la mer, que le triste débris du couronnement du navire.

La nuit se passa dans de mortelles angoisses ; l'obscurité ajoutait encore à l'horreur de la position des naufragés, et chacun croyant voir arriver à chaque nouvelle secousse l'instant fatal, semblait être condamné à
mort, attendant le signal qui doit mettre un terme à son
existence.

Enfin le jour parut : il fut salué par un cri général de
joie et de reconnaissance.

La mer encore très-grosse était couverte de débris sur
lesquels se détachait la partie du centre du navire jetée
sur les récifs. L'avant, qui était resté attaché par ses
ancres, avait disparu, brisé par la lame : on en reconnut bientôt les tristes restes, qui figuraient au milieu des
ruines dont le navire était entouré de tous côtés. La grève
nue et solitaire ne présentait aucune trace d'habitation
d'où l'on pût appeler et recevoir du secours.

Sur la partie du centre on put reconnaître alors quelques malheureux naufragés échappés à la fureur de l'O-
céan, et il y eut quelque chose de bien solennel et de
bien pénible en même temps dans cette reconnaissance
de tous ces hommes qui s'étaient crus mutuellement victimes du désastre, et se retrouvaient après avoir éprouvé
les mêmes angoisses, dans une position à ne pouvoir se
porter mutuellement assistance.

L'arrière n'était séparé de la côte, distante d'un mille
et demi environ, que par deux chaînes de brisants contre
lesquelles la mer continuait à battre ; mais le vent avait
diminué, et le capitaine, après avoir attentivement exa-
miné la position dans laquelle se trouvait cette partie du
navire, s'aperçut avec joie qu'en s'armant de courage et
de résolution, on parviendrait à sauver non-seulement
les hommes, mais encore les femmes et les enfants.

On se mit immédiatement à l'œuvre, et bientôt, malgré les difficultés de toute nature qui venaient entraver le travail, on eut construit, sous la direction des officiers, de petits radeaux qui pouvaient porter une seule personne.

Le débarquement commença aussitôt et madame de la Barre fut la première que l'on déposa sur l'un des radeaux qu'on abandonna ensuite au mouvement des vagues. M. Legrandais, enseigne de vaisseau, l'accompagna à la nage, guidant d'une main le frêle appui qui la soutenait sur la mer, et prêt à lui porter secours, si, moins sûre d'elle-même qu'elle l'avait annoncé d'abord, elle se fût laissée aller à quelque mouvement d'une frayeur bien naturelle sans doute, mais qui eût pu la perdre au moment où elle allait être sauvée.

Chacun la suivait avec anxiété dans ce court, mais dangereux essai, l'encourageant du geste et de la voix, jusqu'au moment où, poussé par une dernière lame, le radeau la déposa sur les rochers, aux applaudissements de tout l'équipage. Elle eut bientôt gagné le centre où elle fut recueillie par les matelots qui occupaient cette partie du navire, avec tout le respect et l'admiration que lui avait mérité la contenance ferme qu'elle avait constamment gardée depuis le commencement du naufrage, et dont elle venait de donner encore une preuve si éclatante.

Après elle, les deux jeunes femmes créoles et les enfants furent successivement déposés sur les radeaux, et leur courage ne fut pas moins grand dans ce périlleux trajet, que ne l'avait été celui de madame de la Barre; le même succès couronna leurs efforts, grâce à l'intrépidité de M. Legrandais, dont l'admirable dévouement ne cessa que lorsque ses forces le trahirent.

Précipité dans la mer au moment de la démolition du navire, ce jeune officier avait pu, après bien des efforts, saisir un frêle panneau à caillebottis, abandonné comme lui à la fureur des vagues. Ce ne fut que lorsque ses yeux purent distinguer, dans l'obscurité, le couronnement de la corvette, qu'il se décida à tenter de nouveaux efforts pour rejoindre les compagnons qu'il espérait y trouver. Il eut bientôt atteint à la nage ce triste débris où on s'empressa de le recueillir, épuisé de fatigue et le corps meurtri par de nombreuses contusions.

Il y était à peine qu'il s'endormit profondément, et, ni le bruit de la tempête, ni le froid des lames qui, par moments, venaient se briser sur le groupe dont il faisait partie, ne purent l'arracher à ce sommeil léthargique. Il y demeura plongé jusqu'au moment où il se dévoua pour remplir la généreuse mission d'escorter à la nage les radeaux, les malheureuses victimes de ce naufrage.

Le militaire créole, ayant disparu dans la nuit, le transport des passagers se trouvait effectué. Le capitaine fit alors commencer ceux des hommes de son équipage qui ne savaient pas nager ou ne nageaient pas assez bien pour oser affronter, sans l'aide du radeau, les dangers du trajet. Le plus grand ordre y présida, et ce fut sans doute à cette heureuse circonstance qu'on dut de n'avoir à déplorer aucun nouveau désastre, pendant tout le temps que dura le débarquement. L'équipage se montra constamment attaché à ses chefs, qu'ils voyaient remplir leurs devoirs avec un si noble courage, et il ne les abandonna pas un seul instant dans l'exécution de tous les travaux qui réclamaient son concours.

M. Fournier, lieutenant de vaisseau, second du bâtiment, occupé du transport des personnes, au delà des récifs, fut sauvé lui-même par un matelot, au moment où il coulait dans les brisants.

M. Legrandais, enseigne de vaisseau, fit quatre voyages,

escortant à la nage, dans les écueils, les faibles radeaux qui portaient les femmes et les enfants ; enfin, entièrement épuisé de fatigue, on l'embarqua dans le canot.

M. Lespert, enseigne de vaisseau, qui avait été emporté par une lame au moment de la séparation du bâtiment, et qui avait eu le bonheur de gagner la terre, s'empressa, malgré ses blessures, de se jeter au-devant des personnes qui, ne sachant pas nager, ne pouvaient atteindre le rivage. C'est à ses soins empressés que l'on dut l'envoi de la pirogue qui sauva l'équipage.

MM. Rosé, commis aux revues, et Cléry, élève de première classe, qui, enlevés par la mer, n'avaient pu s'établir pendant la nuit sur la partie du centre, furent également d'un grand secours aux malheureux qui ne savaient pas nager.

M. Guilhier, élève de première classe, avait été assez heureux de gagner la terre ; mais il y arriva le corps déchiré par les récifs, où les lames le jetaient à chaque instant ; malgré ses blessures, il ne songea qu'à procurer des secours à ses compagnons d'infortune.

Enfin le contre-maître Paulin mérita, entre tous les autres, d'être cité honorablement, bien que l'équipage tout entier se fût bravement conduit.

A quatre heures du soir il ne restait plus sur l'arrière que dix-huit hommes et le capitaine, quand on aperçut à quelque distance sur la côte, une pirogue de nègres, envoyée par M. Lespert, qui l'avait rencontrée près du rivage où il avait été porté par les débris auxquels il s'était accroché. Quelques instants après, elle déposait sur la plage les passagers d'abord, puis les matelots et les officiers, qui, au bout d'une heure environ, s'y trouvèrent tous réunis.

Du couronnement de la corvette et de son banc de

quart, pour ainsi dire, le capitaine avait pu assister à cet
heureux débarquement. Aucune responsabilité ne pesant
plus sur lui, et son devoir étant aussi glorieusement
rempli, il se décida, seulement alors, à abandonner
aux flots, les restes de cette *Caravane*, qu'une force
plus puissante que la sienne avait brisée d'une manière
si terrible; il lui adressa de la pirogue dans laquelle il
descendit après tous les autres un triste et dernier adieu.
Un instant après, il mettait le pied sur cette terre, témoin
de son désastre où il fut reçu avec transport par tous
ceux qui venaient d'y être déposés.

Après avoir remercié en son nom et en celui de l'équipage ces braves nègres à qui chacun devait la vie, et en
faveur desquels il fut assez heureux d'obtenir par la suite,
comme prix de leur dévouement, une récompense bien
précieuse, la *liberté*, le capitaine fit allumer sur la côte
de grands feux autour desquels les naufragés prirent
quelques aliments que la mer avait jetés sur la plage.
Après ce repas, tous ceux que leurs blessures ou une
trop grande fatigue ne retinrent pas à la place où ils
venaient de s'asseoir, parcourent le rivage à petite distance, pour y recueillir les effets d'habillement que la mer
y avait apportés.

Ils avaient fait à peine une centaine de pas, qu'ils aperçurent étendu sur la grève le corps du malheureux
enseigne Siméon. Tous ceux qui, le jour précédent, l'a-
vaient entendu défier la mort dont il était menacé, avec
le sentiment peut-être de sa fin prochaine, furent saisis
d'une sorte de stupeur en contemplant avec quelle barbare cruauté le sort semblait s'être vengé sur lui du
défi de la veille. Ses doigts crispés semblaient témoigner
qu'il avait lutté longtemps contre l'horreur du trépas.
Madame de la Barre, qui assistait à cette triste reconnais-

sance, ne put retenir ses larmes, auxquelles les assistants mêlèrent de sincères regrets. On le recouvrit d'un peu de sable que l'ouragan ne tarda pas à enlever ; et le lendemain, quand on retourna aux mêmes lieux, pour lui rendre les honneurs de la sépulture, on ne retrouva plus le cadavre : la mer l'avait repris.

Plus d'une fois encore dans ce court voyage d'exploration, la troupe s'arrêta avec tristesse devant des corps mutilés, victimes de la tempête ; et alors surtout que le danger n'existait plus pour les vivants, on trouva des larmes et des prières pour les morts.

La nuit venue, on suspendit toutes les recherches et on rejoignit ceux qui étaient restés près des feux. Le sommeil avait déjà répandu sur leurs paupières sa bienfaisante influence. On se garda de les éveiller, pour partager avec eux les vêtements recueillis sur la plage. Quelques hommes de veille furent seuls chargés d'entretenir les feux, et bientôt, tous les naufragés, étendus sur le galet humide, purent enfin goûter un repos exempt de danger et d'inquiétude.

A la pointe du jour, le capitaine fit éveiller tous les hommes qui se trouvaient en état de supporter de nouvelles fatigues, et, après leur avoir fait prendre une partie des provisions échappées au naufrage, il les envoya, sous la conduite de M. Legrandais, chercher les secours qui leur étaient nécessaires pour se rendre à Fort-Royal, où il pensait avec raison trouver une généreuse hospitalité.

Tout réussit au gré de ses désirs ; car, après trois jours d'une marche pénible dans ces contrées dévastées par l'ouragan, M. Legrandais et sa suite, dont l'intrépide madame de la Barre avait, à force d'instance, obtenu de faire partie, arrivèrent au petit fort du *Marin*, où les attendaient les soins les plus généreux. Déjà, pendant leur route, qu'ils firent pieds nus, et la plupart vêtus à peine, ils avaient été, à leur passage dans les habitations Puy-ferrate et Maurecroix, l'objet d'une sollicitude bien dévouée. Un marin, l'honorable M. Parée, déjà prévenu de leur désastre, et comptant sur leur arrivée prochaine, avait tout préparé pour les recevoir et les combler, pendant leur séjour dans ce port, des soins les plus fraternels.

Un seul brick français se trouvait en ce moment dans le port, la tempête ne l'avait pas épargné ; mais après quelques jours employés à le regréer, M. Legrandais vit avec plaisir qu'il pouvait encore tenir la mer.

Sur ces entrefaites, M. de Kergrist arriva avec le reste de l'équipage et des passagers. Deux jours après, tous, à l'exception des deux jeunes dames créoles et des enfants qui restèrent confiés à M. Parée, s'embarquaient sur le petit brick français, et le soir même du jour où ils avaient quitté la petite ville du *Marin*, ils arrivaient à Fort-Royal.

Ils y passèrent deux mois environ. Le gouverneur pourvut aux besoins de tous avec un empressement et une bienveillance digne d'éloges, et parmi les habitants, frappés déjà si souvent dans leurs intérêts matériels, il se trouva des hommes au cœur généreux, qui se disputèrent d'avoir chez eux, soit un officier, soit un matelot de cette malheureuse *Caravane*, dont les désastres cependant n'étaient pas encore terminés.

En effet, dans les premiers jours du troisième mois qui suivit le naufrage, le capitaine de Kergrist, son état-major et tous les hommes de son équipage qui avaient survécu à la perte du bâtiment, assistèrent aux funérailles de madame de la Barre, morte de la fièvre jaune, peu de temps après son arrivée à Fort-Royal; puis, ayant fait leurs adieux à cette terre hospitalière où ils avaient trouvé des soins si affectueux, ils s'embarquèrent sur le navire français l'*Élisabeth*, se rendant au Havre. La fièvre jaune ne tarda pas à se déclarer à bord, et de ces hommes que l'ouragan avait épargnés, trente seulement, tant officiers que matelots, revirent la France.

M. de Kergrist eut à répondre, devant un Conseil de guerre, de la perte du bâtiment qui lui avait été confié. Sa justification fut facile et complète; et, dans cet imposant tribunal, il ne trouva pour juges que des admirateurs, et pour sentence que des louanges méritées. Un nouveau commandement lui fut donné, et peu après il fut promu au grade de capitaine de frégate.

L'état-major de la *Caravane* ne reçut pas moins d'éloges pour sa belle conduite. La décoration de la Légion d'honneur fut accordée à M. Fournier, lieutenant de vaisseau, second du bâtiment, à MM. Legrandais, Lespert, enseignes de vaisseau, et Paulin, contre-maître, qui avaient été plus spécialement recommandés à la justice et à la bienveillance du gouvernement, comme s'étant particulièrement distingués pendant tout le cours de ces tristes événements, où chacun d'eux donna des preuves d'un si noble dévouement et d'une abnégation si complète.

LE CAP DÉSESPOIR

Parmi les phénomènes dignes d'observations, on peut compter le singulier effet de réflexion qu'offre parfois la baie de Gaspé, au Canada. Si un spectateur se place, par un temps calme et serein, sur un des côtés de la baie, toute la côte opposée paraît à ses yeux avec une multitude de formes fantastiques, qui varient sans cesse, jusqu'à ce que, se dissipant peu à peu, elles laissent revoir la terre sous son aspect naturel. C'est ainsi, par exemple, que de Douglas-Town, ville située à cinq lieues du Cap, quand on observe le rocher appelé la Vieille-Femme, il a souvent la forme d'un vaisseau qui vient de doubler le cap ; par une légère brise une vapeur sombre qui plane au-dessus du rocher figure le pavillon du vaisseau.

Le rocher percé présente l'aspect imposant des ruines d'un ancien château fort d'une structure surnaturelle. Il est percé (et c'est de là que vient le nom qu'on lui a donné) de deux ouvertures qui ressemblent de loin aux restes des murs d'un château ruiné qui auraient résisté aux outrages du temps. La hauteur est de plus de trois cents pieds, et sa plus grande largeur de trente pas. Cette

grande élévation, en considérant surtout les autres di-
mensions de cette roche, paraît plus sensible auprès des
caps qui l'avoisinent.

L'île Bonaventure complète ce tableau pittoresque; elle
n'est éloignée que d'un mille du continent.

Au surplus, la configuration de cette côte est telle qu'elle
est fréquemment tourmentée par des tourbillons et de
violents coups de vent, d'où lui est venu le nom de *Terre
des Tempêtes*.

Jusqu'en 1818, le sommet du roc percé était réputé
inaccessible : les oiseaux de mer en étaient seuls habitants. Un jeune homme eut alors la fantaisie d'y monter;
il y parvint, et établit au sommet un petit mât avec des
haubans garnis d'enfléchures, ce qui facilita la route à
d'autres curieux; mais les oiseaux l'abandonnèrent, ce
qui fut regardé comme une calamité publique, parce que
les pêcheurs revenant à terre la nuit, ou par un temps
brumeux, n'étaient plus avertis de l'approche du rivage
par les cris de ces sentinelles emplumées. Aussi défendit-
on, sous des peines sévères, à personne, de monter sur le
rocher pendant une certaine saison de l'année. Les oiseaux rassurés revinrent peu à peu à leur ancienne habitation.

Toute cette côte présente un caractère âpre et sauvage;
des forêts magnifiques garnissent le pays, jusqu'aux
bords de rochers élevés de plusieurs centaines de pieds
au-dessus des eaux de la mer, et contre lesquels les vagues
brisent constamment.

On peut croire que ces parages ont été le théâtre de
quelque grande révolution. Plusieurs bâtiments se sont
perdus, corps et biens, sous le cap Gaspé; des débris que
l'on rencontre encore, attestent des naufrages que, sans
eux, on regarderait comme fabuleux.

Sur le *cap Désespoir*, d'une élévation perpendiculaire de plus de quarante pieds au-dessus des plus hautes marées connues de mémoire d'homme, et à quelque distance dans les bois, on voit les restes d'un navire d'une centaine de tonneaux. On dit que sa coque est considérablement enfoncée dans la terre; des arbres d'une certaine grosseur ont poussé entre sa membrure. Quand et comment est-il venu là?.....

Tout ce que savent, ou plutôt tout ce que disent les habitants les plus âgés, c'est qu'ils tiennent de leurs grands-pères que ceux-ci se rappelaient avoir vu dans leur enfance ce navire dans la même position où il se trouve. Ils croyaient qu'il y avait été jeté par quelque violente tempête dans laquelle la mer avait de beaucoup dépassé ses limites ordinaires. La tradition lui a conservé le nom de *naufrage anglais*.

Ce que l'on peut rapporter à ce sujet, c'est que, vers l'époque présumée où cet événement doit avoir eu lieu, une forte escadre, commandée par un sir How-Walker, ayant à bord cinq mille hommes de troupes de débarquement, sous les ordres du brigadier général Hill, partit de Plymouth, pour agir contre le Canada. Elle fut assaillie le 21 août par un coup de vent horrible. Huit des navires qui la composaient furent jetés à la côte septentrionale du fleuve Saint-Laurent, près des Sept-Iles. On en trouva les débris sur le rivage et les cadavres de près de trois cents hommes qui avaient perdu la vie dans ce naufrage.

En rapprochant ce fait de la tradition, on peut penser que le bâtiment qui existe sur le cap Désespoir, aura fait partie de cette escadre; que, séparé des autres, il aura éprouvé dans ce golfe la tempête qui leur fut si fatale, et aura été lancé par la mer jusque sur l'emplacement où il se trouve encore.

MYSTÉRIEUSE RENCONTRE EN MER

Il y a quelque temps que des marins anglais rencontrè-rent dans l'Océan Pacifique, près d'un banc de sable, un navire échoué, dont la poupe paraissait au-dessus de la surface de l'eau.

Ayant descendu la chaloupe à la mer, ils trouvèrent, dans un coin du navire, une femme morte, et entre ses bras, convulsivement entrelacés, un enfant qui pleurait. Ils s'aperçurent aussi que la mère était blessée au-dessous du sein, et que l'enfant suçait avidement quelques gouttes de sang qui sortaient de cette blessure, qui paraissait provenir d'une incision.

Une chaîne en or, avec un portrait que la malheureuse portait au cou, fit connaître qu'elle était l'épouse du capi-taine L***.

Tout l'équipage a péri, selon toute apparence. Quant à cette mère, qu'on trouva seule sur le vaisseau abandonné, il est probable que d'abord elle a nourri l'enfant de son lait, mais que celui-ci manquant, faute d'aliments pour elle-même, elle se fit une blessure, afin de nourrir l'enfant du sang qui en coulerait. Ce sacrifice héroïque fait par

l'amour maternel, toucha les marins jusqu'aux larmes ;
ils firent, avec le plus grand empressement, tout ce que la
circonstance exigeait pour cette orpheline sauvée par un
miracle de tendresse, et ils ensevelirent les restes de celle
qui avait fait ce miracle dans le tombeau des flots, avec
toutes les cérémonies qu'on observe dans les funérailles
sur mer.

LE CAMBRIDGE FOUDROYÉ

. . . .

Il était huit heures du soir ; assis sous le vestibule de la chambre, je contemplais, avec une admiration mêlée d'un peu de frayeur, cet orage qui venait d'éclater sur notre navire, quand un éclair embrasa l'horizon ; il était accompagné d'un roulement dans l'air et d'un bruit épouvantable, et la foudre vint frapper le *Cambridge*, et tua sur le coup deux matelots occupés sur le gaillard d'avant.

Je courus à la chambre pour m'assurer des effets de cette violente explosion, et j'entrevis le lieutenant qui était dans l'entre-pont s'écrier de toutes ses forces : *Le feu est dans la calle ! le feu est en bas !*

L'étincelle électrique avait pénétré dans la cargaison, et l'avait enflammée. Cette nouvelle fut répandue en une seconde. La confusion, les gémissements, le désordre qui en furent la suite, amenèrent des scènes de désespoir plus horribles, peut-être, que le danger qui nous menaçait. Moments affreux qui restent profondément gravés dans notre mémoire, et dont le souvenir nous poursuit long-temps après que le péril est passé !

Tout le monde était sur le pont. On apporta des seilles , les pompes furent placées de manière à donner en abondance de l'eau pour jeter sur la fournaise. Les passagers, l'équipage, tout ce qu'il y avait à bord de bras disponibles fut mis à l'œuvre pour le salut commun. Vains efforts, peine inutile ! la cargaison était composée en partie de spiritueux, et les moyens employés pour arrêter les progrès de l'incendie, semblaient lui donner plus de développement et d'intensité.

Enfin le navire devait s'engloutir, et s'engloutir prochainement. Il n'était au pouvoir d'aucune force humaine de le soustraire à cette catastrophe : la flamme et la fumée en sortaient comme d'un volcan, et l'horreur de ce spectacle s'augmentait encore par les éclats de la foudre qui grondait sur nos têtes, et dont les carreaux tombaient çà et là autour de nous.

O nuit épouvantable ! quel pinceau pourrait te peindre ! quelle langue a des mots pour exprimer de telles angoisses ! une planche déjà brûlante sous nos pieds nous sépare d'une fournaise ardente ; de tous côtés des abîmes sans fond, une atmosphère empoisonnée de soufre, les coups redoublés du tonnerre, des éclairs fréquents ! la terre au loin ! nul secours possible dans un si pressant danger !

Les pompes furent abandonnées ; on courut aux embarcations. Le canot était suspendu sur un des côtés du bâtiment ; mais nous l'eussions infailliblement perdu, si l'un des passagers n'avait menacé le charpentier de lui brûler la cervelle. Cet homme, étourdi par la frayeur, avait apporté une hache pour couper les falans et le laisser tomber dans l'eau.

Restait la yole ; mais il y avait de grandes difficultés à surmonter pour la mettre à la mer, parce qu'elle était

placée la quille en l'air sur la grande chaloupe, pour servir d'abri aux animaux vivants qui étaient parqués dans
cette embarcation. On fit d'inutiles efforts pour la déplacer ; vainement on coupa les saisines pour la faire chavirer au roulis. Déjà le feu avait gagné la chaloupe, et les
flammes sortaient par la grande écoutille avec une rapidité effrayante. Il n'y avait plus à délibérer : quelques
minutes de retard pouvaient compromettre l'existence de
toutes les personnes qui se trouvaient à bord.

En ce moment, un fort roulis détacha la yole, qui
partit sans qu'on sût comment, et se trouva lancée à la
mer avec une violence qui surprit tous les matelots.

Malgré cet heureux accident, le capitaine me donna la
triste assurance que les deux embarcations seraient insuffisantes pour sauver les passagers et l'équipage.

Dans toute autre circonstance on n'eût osé le tenter,
mais alors ! deux passagères furent descendues dans la yole ;
elles furent suivies par un grand nombre de compagnons
d'infortune, et je m'y jetai moi-même. Elle était si chargée, qu'elle coula à fleur d'eau. Le capitaine et le reste
de l'équipage se précipitèrent dans le canot. Le second
capitaine, M. Hoberson, qui mérite ici une mention honorable, resta courageusement à bord du *Cambridge*, indi-
quant, avec un sang-froid admirable, le meilleur arran-
gement possible dans les embarcations.

Ce brave marin nous fit passer une foule d'objets qui
pouvaient nous être très-utiles dans le périlleux voyage
que nous allions entreprendre. Il retira de l'habitacle deux
compas (boussoles) ; ensuite, il nous envoya quelques chandelles, une bouteille de vin, une bouteille de porter, une
nappe, un couteau ; il chercha aussi à nous procurer du
biscuit ; mais l'incendie avait fait de tels progrès, et les
flammes dévoraient si horriblement le corps du navire,

que M. Hoberson en fût immédiatement devenu la proie
s'il eût persisté dans sa généreuse et téméraire résolution.

Travailler aux pompes, mettre les embarcations à la
mer, réunir, pour les sauver, toutes les personnes du
bord, les déposer dans le canot et dans la yole, tout cela
s'était fait en quelques minutes ; car il y avait à peine une
demi-heure que la foudre nous avait frappés !

La pluie tombait par torrents, les éclairs qui sillon-
naient la nue éblouissaient par intervalles, et nous laissaient
ensuite la plus affreuse obscurité ; mais ces ténèbres mo-
mentanées ne durèrent pas longtemps : les flammes qui
s'échappaient du navire ne tardèrent pas à répandre une
clarté rougeâtre sur les eaux de la mer ; de longs jets de
feu mêlés avec des tourbillons de fumée sortaient par les
écoutilles, et la fuite, la fuite la plus prompte pouvait
seule nous soustraire à l'effroyable sort qui semblait nous
être réservé ; car il y avait des poudres à bord du *Cambridge*, et l'explosion qu'elles devaient causer ne pouvait
tarder de couvrir la mer de ses débris calcinés. Mais, ô
douleur ! ô désappointement cruel ! notre yole n'avait pas
de gouvernail : trois avirons seulement avaient été jetés
dans le canot, un bout de corde nous fut envoyé de cette
embarcation qui voulut bien nous prendre à la remorque,
et à l'aide de quelques espares trouvées dans le fond de la
chaloupe, nous parvînmes à faire un peu de chemin, et à
nous éloigner du théâtre de l'incendie.

Notre position était encore affreuse ; mais le cœur de
l'homme est tellement disposé à s'ouvrir à l'espérance,
que la plus faible diminution du péril qui le menace lui
cause une sensation de joie inexprimable.

La mer était très-calme, et c'est dans ce calme que
gisait l'espoir du salut ; la brise la plus légère aurait
coulé bas nos frêles embarcations, chargées d'un nombre

d'hommes bien supérieur à celui qu'elles eussent pu supporter à la moindre agitation des flots.

Après une heure de navigation, nous tombâmes dans un courant qui nous remit dans les eaux du navire en feu ; le canot s'en approcha de si près qu'une de ses voiles s'enflamma subitement avant qu'on eût eu le temps de l'amener : ainsi cet effroyable incendie nous poursuivait jusque dans nos derniers retranchements ! Je ne connais pas de situation comparable à celle de malheureux naufragés poussés par une force irrésistible sur un élément qui va les dévorer, et luttant vainement avec des efforts inouis contre cette puissance infernale. Quelques coups d'avirons nous éloignaient de cinq ou six brasses, mais le courant nous reportait aussitôt avec une rapidité désespérante sur le *Cambridge* enflammé.

Vers dix heures du soir, nous vîmes tomber et s'éteindre dans les eaux de la mer une colonne ardente ; c'était le grand mât. Les côtés du navire nous parurent brûlés jusqu'à la flottaison. Le spectacle de cet incendie était majestueux et admirable pour celui qui l'eût vu d'un peu plus loin et d'un autre lieu que sur le bord d'un abime.

Il y avait sur le *Cambridge* des moutons, des chèvres, des chiens et d'autres animaux : à mesure que le feu gagnait leur dernière retraite, on entendait des hurlements et des beuglements affreux ; l'instinct de leur conservation, qui rarement les abandonne, ne les porta point à se jeter à l'eau ; un chien seul courait çà et là sur le pont ; mais il semblait plutôt chercher son maître que penser à s'échapper.

Le silence le plus profond régnait à bord de nos embarcations. Malgré l'horreur de sa position, nul ne se plaignait, nul ne semblait effrayé de sa destinée dans ces moments solennels où il se trouvait si près de l'éternité ! Des yeux dirigés vers le ciel, des mains suppliantes, des lèvres entr'ouvertes d'où s'élançait la prière... prière fervente qui fut exaucée; car un mouvement qui se fit dans les eaux nous éloigna, sans le secours de l'aviron, du voisinage du *Cambridge*.

La pluie cessa, la mer restée calme n'était plus attristée dans ses abîmes par l'horrible lueur des éclairs.

Il y avait quarante-huit personnes dans les deux canots; toutes, à l'exception des deux dames qui, je dois le dire, montrèrent une grande force d'âme, prirent à leur tour les avirons et les pagayes. Après plusieurs heures de travail, l'eau qui était entrée dans les canots diminua considérablement; les deux passagères étaient continuellement occupées à les vider; elles se servaient pour cela de leurs chapeaux.

Le *Cambridge* se consuma graduellement : nous le vîmes brûler toute la nuit. Au point du jour, on distinguait toujours une colonne de fumée qui s'élevait au-dessus des eaux; mais elle devint si faible qu'elle finit par échapper à l'œil le plus pénétrant. Point d'explosion; qu'étaient devenues les poudres? Voilà ce que les matelots ne pouvaient comprendre, et malgré la science du capitaine et des officiers, on ne put trouver la solution du problème.

Lorsque le soleil se leva, nous aperçûmes très-distinctement la terre devant nous; cette vue remplit nos cœurs de joie, ranima notre courage abattu, et donna à nos membres engourdis une nouvelle vigueur.

Il y avait près de nous quelque chose de plus rassurant encore que la vue de la terre : c'était une goëlette anglaise, qui suivait la même route que nous avions prise : elle ne tarda pas à nous joindre, nous reçut à son bord, et nous conduisit à Calcutta, lieu de sa destination, où nous débarquâmes le 21 août.

NAUFRAGE DES SIX-SŒURS

Héroïsme de deux esclaves nègres.

Au mois d'août, le navire les *Six-Sœurs* quitta les Sé-chelles pour aller à Maurice ; il y avait à bord l'ex-com-mandant de ces îles, quatre passagers et une quarantaine de nègres qu'on envoyait au Port-Louis, sous la licence du gouvernement, pour les y attacher à la culture. Le navire avait un chargement de coton.

Trois jours après le départ, le feu se déclara parmi la cargaison : les progrès de l'incendie furent si rapides qu'il fallut se déterminer aussitôt à abandonner le navire : noirs et blancs se précipitèrent dans la chaloupe ; elle pouvait contenir tout au plus trente-cinq personnes.

Lorsqu'elle fut pleine, ceux qui s'y trouvaient, voyant qu'elle allait couler si l'on admettait une nouvelle charge, s'armèrent contre leurs malheureux compagnons et les écrasaient à coups de bûches lorsqu'ils s'approchaient de la chaloupe.

Les premières personnes qui s'en étaient emparées y avaient jeté quelques morceaux de viande salée, des grap-

pes de bananes et un mouton; avec ces faibles provisions,
on se disposa à gagner la terre qui était éloignée de cent
cinquante lieues.

Le lendemain de ce funeste jour, la mer devint affreuse,
on s'attendait à chaque instant à voir s'engloutir la chaloupe dont un excès de charge gênait et retardait la marche. On tint conseil: il fut décidé que le sort désignerait
les victimes qui devaient être jetées à la mer pour alléger
l'embarcation.

Dans ce moment, deux nègres, esclaves de madame Mallefille, une des passagères, la suppliaient de ne pas s'exposer
aux chances du sort, lui disant qu'ils allaient mourir pour
conserver sa vie et celle de ses deux enfants. « *Maîtresse*,
disaient-ils, *nous aimons mieux mourir et sauver vous avec
petits maîtres à nous!* » Malgré l'opposition que madame
Mallefille mettait à l'exécution de cet acte d'une héroïque
générosité, les nègres se jetèrent à ses genoux, lui baisè-
rent les mains, serrèrent tour à tour les enfants dans leurs
bras, se recommandèrent à Dieu et s'élancèrent dans la
mer sur laquelle ils flottèrent longtemps. Tant qu'ils aperçurent la chaloupe, ils ne cessèrent d'agiter leurs mains
en l'air, en signe de dernier adieu à leur maîtresse. Cette
scène déchirante fit une vive impression sur tous ceux qui
en avaient été les témoins. Il fut décidé qu'on renoncerait
au sort, et l'on se résigna à mourir ensemble.

La mer devint plus calme; mais les provisions tou-
chaient à leur fin; on était réduit à une banane par jour.

Le jeune Mallefille, âgé de onze ans, voyant que sa mère
ne pouvait plus allaiter son frère, ne mangeait que la pe-
lure du fruit; il en présentait l'intérieur à sa mère en lui
disant que cela lui donnerait des forces et du lait pour
nourrir son petit frère. . . . .

Au bout de huit jours des plus cruelles souffrances, au

moment où la rame échappait aux mains des malheureux naufragés mourant d'inanition, on découvrit la terre...

La chaloupe fut aperçue des hauteurs de l'île la Digue, une des Séchelles... Le gouverneur l'envoya reconnaître, et les passagers des *Six-Sœurs* durent la vie à la sollicitude de ce digne commandant.

NAUFRAGE DE L'OLYMPE

Près des déserts du Sahara (1827)

L'*Olympe*, capitaine Quesnel, monté par vingt hommes d'équipage, devait transporter du Havre à Buenos-Ayres, deux cent soixante treize artisans, qui portaient leur industrie à l'étranger.

L'*Olympe* mit à la voile le 21 septembre.

Nous appareillâmes, dit l'auteur de cette relation, avec une brise très-fraîche ; le capitaine fit serrer les perroquets, et nous louvoyâmes sous nos huniers et nos basses voiles, pour nous tenir écartés de la côte. Pendant la nuit, le vent souffla avec violence de la partie du nord-ouest, ce qui nous obligea à rentrer le lendemain dans le port du Havre. Notre relâche ne dura que quatre jours, qui furent employés à remettre tout en ordre à bord, et à rétablir les passagers, dont la plupart avaient été très incommodés du mal de mer.

Le 26, nous sortîmes du port avec une bonne brise qui nous éloigna bientôt du rivage. La nuit approchait, et le froid commençant à se faire sentir, les passagers descendirent dans l'entre-pont, pour se mettre à l'abri : des cabanes y avaient été préparées pour les recevoir.

Le 27, nous eûmes connaissance de l'île d'Ouessant, nous la perdîmes de vue avant la nuit. Cette île était la dernière terre de France ; nous lui fîmes nos adieux avec cette émotion qu'on éprouve en quittant sa patrie.

Le 10 octobre, le nombre des passagers se trouva augmenté par la naissance d'un enfant qui fut baptisé au milieu des tempêtes. Cet événement fit quelque diversion à la monotonie du voyage.

Nous eûmes pendant sept jours une navigation pénible.

Le 17, nous aperçûmes les îles de Palme et de Fer. Nous gouvernâmes alors dans l'espoir de prendre connaissance de l'île Saint-Antoine.

Le 21, nous passâmes le tropique du Cancer avec beau temps. Un second baptême eut lieu ; mais, cette fois, il fut presque général. Les passagers, qui jusqu'alors avaient été malades, commencèrent à se réjouir. Tout le monde prit part aux cérémonies dont le *bon homme Tropique* faisait les honneurs ; la nuit vint trop tôt mettre un terme au premier jour serein dont nous avions joui depuis notre départ. A regret, on quitta le pont pour se livrer au sommeil ! Le ciel était si pur, la nuit si fraîche ! Bientôt, pourtant, aux jeux les plus bruyants succéda le plus grand silence.

Le second, M. Caubrière, avait pris le quart. Le navire faisait bonne route, et il n'y eut rien de remarquable pendant ce laps de temps. A minuit, M. Caubrière quitta le pont pour aller se reposer : il ne tarda pas à s'endormir ; mais ce sommeil fut de courte durée... Vers deux heures du matin, on crut apercevoir la terre : une frayeur subite s'empara des matelots ; on courut à la chambre du second, et l'on ouvrit sa porte avec fracas, en criant :

La terre est devant nous ! Réveillé par ces mots, ce jeune homme se lève précipitamment et vole sur le pont, tremblant que cette terre ne fût la côte d'Afrique, sur laquelle nous aurions été jetés, ou par les courants ou par une déviation de boussole. Ses craintes n'étaient que trop bien fondées ; il reconnut que le danger était inévitable, et que toute manœuvre devenait impossible et n'aurait pu nous soustraire au péril qui nous menaçait.

Le capitaine, éveillé en sursaut, courut aussi sur le pont pour reconnaître la cause de ce bruit épouvantable, et pour rétablir l'ordre ; mais quel fut son étonnement en apercevant la terre à un mille de distance !

Atterré par un semblable contre-temps, et voyant la perte presque certaine de son navire, il commanda quelques manœuvres qui furent inutiles ; il était trop tard.

Bientôt le navire donna un coup de talon, un second s'ensuivit, et, malgré la promptitude que l'on mit à amener les voiles et à mouiller une ancre, l'erre que portait le navire le mit bientôt dans les brisans du plain, où notre gouvernail se rompit.

A ce terrible choc, tous les passagers montèrent en foule sur le pont, remplis d'effroi, et demandant la cause de cette violente secousse ; ils ne tardèrent pas à apprendre qu'ils étaient échoués sur les côtes d'Afrique... La terreur s'empara de tous les esprits.

Il s'ensuivit une de ces scènes de désespoir, d'autant plus affreuse, que trois cents personnes se voyaient menacées dans leur existence. Puis à cette scène de tumulte et d'horreur succéda un moment de silence, calme trompeur que pourrait confondre avec la résignation celui qui ne connaîtrait pas le cœur humain.

On parvint, non sans beaucoup de peine, à calmer un peu les plus timides, en leur montrant la terre qui était auprès de nous, et en leur faisant entendre que nous gagnerions le rivage à l'aide de nos embarcations, sans courir les risques de perdre la vie.

Le jour commençait à poindre lorsque nous découvrîmes les sables brûlants de l'Afrique. Le capitaine releva la position sur sa carte, et reconnut que nous avions été entraînés sur un banc, à l'entrée du golfe Saint-Cyprien, dans le désert de Sahara. On ne tarda pas à s'apercevoir que le navire était crevé, et que les deux pompes qui jouaient avec force ne pouvaient pas franchir l'eau qui y entrait : ce fut alors que nous perdîmes tout espoir de le relever.

Le capitaine fit assembler les hommes de l'équipage, et demanda l'avis de chacun. Le second, qui jusqu'alors avait insisté et fait ses efforts pour qu'on relevât le navire, se rendit à l'opinion générale, qui était de songer aux moyens les plus sûrs et les plus expéditifs de gagner la terre, et, par conséquent de sauver les passagers. La plus grande difficulté était de mettre les embarcations à flot par une mer si houleuse.

En attendant le jour, nous dépassâmes les mâts de catacois et de perroquet pour soulager le navire qui déjà donnait la bande sur tribord; la mâture pouvait le faire coucher entièrement. Vers cinq heures du matin, tout fut disposé pour mettre la chaloupe à la mer, qui était alors si grosse, que chaque lame passait par-dessus le pont. Le second accompagné du maître d'équipage s'y embarqua, et après avoir croché les caliornes, on la mit à l'eau. A peine y était-elle, qu'elle fut remplie par une lame qui manqua d'enlever plusieurs hommes de dessus le pont. Cependant, on parvint, non sans peine, à la faire dériver sous le beaupré, où on l'amarra fortement après l'avoir vidée.

Le capitaine, ayant résolu de faire un radeau, nous appela pour aider à le construire; nous remontâmes à bord pour accélérer ce travail. Tandis que nous étions occupés sur le pont, le capitaine s'aperçut que la chaloupe se remplissait, il le dit au second, qui fut encore obligé de se jeter à la nage avec un matelot pour aller la vider.

Le radeau fut construit sur-le-champ avec des mâts de hune, de perroquet, des vergues, etc.; nous clouâmes dessus des planches qui produisirent un très-mauvais effet; car, aussitôt qu'il fut lancé en mer, elles furent enlevées par la force des lames.

Le second descendit sur le radeau avec quelques hommes qui savaient nager, pour le faire dériver sous le beaupré. Afin de le consolider pour qu'il pût résister aux vagues et aux courants, on envoya du bord des barriques, des mâtures de rechange, pour le faire flotter à fleur d'eau. Les hommes qui étaient dessus couraient le plus grand danger; à chaque instant, ils étaient couverts par les vagues, et sur le point d'être tués par les matériaux que nous jetions du bord, et que l'impétuosité de la mer renvoyait sur eux avec violence. Une espare tomba sur la tête du second et faillit l'écraser; il fut obligé de remonter à bord avec le secours de quelques personnes.

L'ardeur et le courage dont ce jeune homme était animé lui firent prendre à peine le temps de panser sa blessure. La vue des femmes éplorées qui l'entouraient, le sort affreux auquel tant d'infortunés étaient exposés, doublaient son énergie et lui ôtaient le sentiment de sa propre douleur. Déjà il était sur l'avant du navire, lorsque les deux grelins cassèrent, et le radeau fut jeté sur le rivage avec les huit hommes qui le montaient, et qui furent assez heureux pour gagner la terre sans accident.

Cette fatale circonstance fit renaître le désordre parmi les passagers : tout notre espoir avait fui avec le radeau. Il ne nous restait plus d'autre ressource que d'envoyer à terre un va-et-vient au moyen de la chaloupe : nous essayâmes de le faire. Presque tout le reste de l'équipage s'embarqua dans la chaloupe, que nous laissâmes dériver au gré des flots, sur une bonne amarre que nous tenions à bord du navire. Lorsque nous la vîmes arriver presque à terre, le calme se rétablit, et l'espérance commença à renaître. On reprit courage : les hommes, les femmes et les enfants travaillaient, à l'envi l'un de l'autre, à faire leurs préparatifs pour débarquer. Tout à coup, au moment d'aborder, une lame prit la chaloupe par le travers, cassa l'amarre que nous tenions à bord, et la fit chavirer. La chaloupe et les hommes furent jetés au plain.

Il est impossible de peindre ce que nous éprouvâmes en voyant nous échapper ce dernier moyen de salut. Cette perte nous fut plus sensible que la première, attendu qu'à l'aide de cette embarcation nous aurions pu, sans danger, débarquer tout le monde : il fallut aviser à d'autres expédients.

Le capitaine et le second, dans cette circonstance, conservèrent le plus grand sang-froid, et encouragèrent les passagers par leur exemple. En ce moment, toutes nos ressources étaient épuisées, et il semblait impossible que le canot de porte-manteau qui était encore à bord pût nous être d'un grand secours. Nous essayâmes cependant, et nous le mîmes à la mer, monté par deux hommes de l'équipage ; mais ce fut peine inutile : cette embarcation était trop faible pour résister à une mer si affreuse, elle chavira, et les matelots furent jetés à terre comme ceux de la chaloupe. Nous la halâmes sous le beaupré pour la vider. Le second y descendit, et voulut y essayer de nouveau, espérant mieux réussir que les autres ; mais le capitaine s'y opposa, et le pria de remonter à bord, attendu que sa présence y était indispensable.

On fit embarquer un novice, le seul homme de l'équipage qui restait à bord, après nous être assurés qu'il savait nager, et un passager nommé Roche, qui demanda à l'accompagner ; ce ne fut pas sans répugnance que nous y consentîmes ; le canot était bien amarré, nous le laissâmes dériver. Hélas ! ce faible esquif, jouet des flots en fureur, ne tarda pas à éprouver le même sort que la première fois : le novice gagna la terre à la nage ; mais le passager, moins heureux, se trouvant pris sous le canot, périt sous nos yeux, sans qu'il fût en notre pouvoir de lui porter secours.

Cette perte fut vivement sentie.

Persister à se servir de cette embarcation, c'était exposer à une mort certaine quiconque y descendrait : aussi nous l'abandonnâmes pour construire un second radeau. Le mât d'artimon fut coupé et jeté à la mer. Le second fut obligé de monter *en haut*, puisque nous n'avions plus de matelots à bord, pour envoyer la grande vergue, qui, à l'aide de quelques personnes, fut lancée à l'eau ; ensuite il descendit sur la vergue pour l'amarrer avec le mât d'artimon. Cet ouvrage achevé, il remonta à bord. Tandis que tout le monde s'occupait à amener la vergue du grand hunier, un passager descendit furtivement sur le mât d'artimon, coupa les amarres de la grande vergue, et se laissa dériver dessus ; nous ne nous en aperçûmes que lorsqu'il ne fut plus temps de le retenir à bord. Après avoir été longtemps ballotté par la mer, il arriva à terre sain et sauf.

Le capitaine, s'étant aperçu que l'aussière qui tenait le mât d'artimon était presque coupée, fit descendre le second pour l'assujettir. Comme la journée s'avançait, il résolut de se servir seulement du mât d'artimon pour envoyer tout le monde à terre. Cet expédient faillit coûter la vie à plusieurs personnes ; mais avant de se hasarder sur ce mât, le second attacha des cordes de distance en distance pour amarrer chaque personne, de crainte qu'elles ne fussent enlevées par les vagues. Cette besogne ne se fit pas sans beaucoup de peine, car à chaque lame il était soulevé et jeté entre le mât et le navire, où il fut tellement froissé, qu'il avait le corps tout meurtri. Au moment de finir ces préparatifs, il reçut un coup qui le renversa, et l'on n'eut que le temps de le monter à bord. Nous lui prodiguâmes tous les soins que la reconnaissance peut inspirer à des malheureux qui comptaient sur l'adresse et le courage de ce jeune homme pour conserver leur existence.

Il y avait encore beaucoup à craindre pour ceux qui s'exposeraient sur ce mât, sans cesse agité par une mer en courroux, et dont le peu de solidité ne donnait pas beaucoup d'assurance aux hommes même les plus hardis. Comment donc débarquer des femmes et des enfants, et les y attacher, puisque le second, qui était un marin éprouvé, n'avait pu y résister ? Il fallait cependant essayer. Alors quatre hommes se hasardèrent à descendre et à s'attacher sur le mât d'artimon. Cette mesure, bien que nécessaire, faillit leur coûter la vie ; car le poids de leur corps fit aussitôt chavirer le mât, et ils auraient tous infailliblement péri si l'intrépide Caubrière ne se fût jeté à la mer pour les secourir.

Le capitaine ne voulut exposer la vie de personne : il chercha encore à envoyer un va-et-vient. Tandis qu'il s'occupait à installer ce qui était nécessaire, le second descendit dans la chambre pour y prendre quelques aliments.

Un des passagers, nommé Guilbert, profita de ce moment pour attacher sa femme et ses deux enfants sur un
panneau d'écoutille, et les mettre à la mer, dans l'espérance qu'ils seraient poussés par les vagues sur le rivage.
Ce malheureux père fut trompé dans son attente : il eut
la douleur de voir périr sous ses yeux ce qu'il avait
de plus cher au monde. A cette nouvelle, le second sortit
précipitamment de sa chambre pour aller les secourir ;
mais il était trop tard : le panneau était déjà chaviré et
trop loin du navire pour qu'il fût possible de le sauver.
Les cadavres des trois victimes de cette imprudence furent
jetés à terre sans aucun mouvement. Les passagers et les
marins qui étaient sur le rivage cherchèrent à les rappeler
à la vie ; mais ils avaient cessé d'exister !

Dans une semblable position, l'homme n'est pas tellement égoïste que le malheur d'autrui ne vienne exciter
sa sensibilité ; mais les moments en sont de courte durée.
Une larme fut donnée à ces infortunés, et chacun reprit
son travail, car la nuit approchait, et les ténèbres sont ce
qu'il y a de plus affreux dans un naufrage.

Le capitaine ayant réussi à envoyer un va-et-vient à
terre, le maître d'équipage l'amarra sur la chaloupe, qui
fut derechef lancé à la mer, et que nous halâmes à bord.

Il fallut procéder à l'embarquement, ce qui était très-
difficile. Pour cela, nous rentrâmes le bout dehors du
grand foc, que nous inclinâmes sur l'avant du navire,
pour servir à en embarquer le monde. Comme nous
l'avons dit plus haut, il n'y avait plus de matelots à bord :
le second fut obligé de descendre dans la chaloupe pour
y recevoir les passagers ; les enfants étaient enfermés dans
des sacs. La frayeur et les cris alarmaient vivement leurs
mères : plusieurs d'entre elles, oubliant toute prudence,
voulaient se précipiter dans la chaloupe, malgré les efforts

qu'on faisait pour les repousser : c'était une confusion épouvantable.

Cependant, à force de remontrances, le capitaine parvint à rétablir l'ordre. Dans la précipitation de l'embarquement, plusieurs personnes tombèrent à la mer, et ne durent leur salut qu'au courage du second, qui se jeta à la nage pour les ramener à la chaloupe.

Après onze voyages successifs, M. Caubrière fut obligé de descendre à terre : il venait de recevoir un coup à l'œil droit, et l'excès de la fatigue le rendait incapable de continuer son service. Le maître d'équipage, qui le remplaça, ne fit que trois voyages, après lesquels il embarqua un matelot qui n'eut pas le courage d'en faire plus d'un. Il retourna dire au second de faire embarquer qui bon lui semblerait : il ne voulait plus s'en charger, parce qu'il y avait de trop grands risques à courir.

Le second allait encore se rembarquer, lorsque le capitaine fit haler la chaloupe à bord. Un inconvénient que cet officier n'avait pas prévu, c'est que les femmes et une partie des hommes ne pouvaient pas s'embarquer seuls dans la chaloupe : il fut donc obligé lui-même d'y descendre pour les recevoir, afin de continuer l'embarquement, qui devenait de plus en plus pénible et difficile par l'obscurité et le manque d'hommes accoutumés à cet ouvrage. Son dévouement faillit lui coûter la vie, car à peine avait-il mis le pied dans la barque, qu'une lame déferla par-dessus le navire, fit casser l'amarre du va-et-vient par le tangage (ou coup de ressac), et la chaloupe fut jetée au plain avec le capitaine et cinq passagers qui s'y étaient embarqués. Ils furent cependant assez heureux pour ne recevoir aucune blessure, quoiqu'ils courussent le danger d'être écrasés contre le navire.

Comme il était alors tout à fait nuit, nous amontâmes

la chaloupe, nous promettant de finir le débarquement
le lendemain.

La plus grande agitation régnait parmi les passagers à
bord. Ils craignaient que nous ne les abandonnassions
sur le navire, qui menaçait à chaque instant de s'ouvrir.
Ses craquements, le mugissement des flots, les lamentations et les cris des femmes et des enfants, au milieu
d'une nuit obscure, tout portait dans notre âme une
frayeur mortelle! Un père appelait son fils à son secours;
une mère, ses enfants qui pleuraient sur le rivage; une
femme, à genoux sur le pont, et tremblante sur le sort de
son mari, lui adressait un dernier adieu !

Pendant que cette scène d'épouvante et d'effroi se passait à bord, une autre, non moins triste, avait lieu sur le
rivage. Le second avait fait creuser des trous dans le sable
brûlant, pour y déposer les restes de madame Guilbert,
ceux de ses deux enfants et d'un autre passager qui venait
d'expirer sur le rivage. Ce devoir religieux fut rendu à
ces infortunés avec le plus profond recueillement. La
consternation était peinte sur tous les visages.

J'étais du nombre des personnes débarquées à terre.
Le capitaine avait exigé que j'y fusse pour faciliter le débarquement. Je distribuai entre mes compagnons d'infortune les provisions que le flot nous apportait du navire
déjà tout crevé : chacun d'eux fut suffisamment pourvu
pour faire un repas.

Nous avions le plus grand besoin de repos : le lieu où
nous nous trouvions n'était guère propre à nous en faire
goûter les douceurs. A la chaleur la plus ardente avait
succédé le froid le plus vif; nos vêtements mouillés d'eau
de mer glaçaient nos membres engourdis par la fatigue :
il fallut se résoudre à se coucher sur le sable, auprès des
feux que nous avions allumés.

Cette nuit fut cruelle. Le lendemain, au point du jour, nous nous approchâmes du capitaine en lui demandant à délibérer sur le parti que nous devions prendre.

Il fallait nécessairement adopter une prompte détermination : chacun manifesta librement sa pensée. En faisant route vers le nord pour atteindre l'une des villes du royaume de Maroc, nous ne pouvions éviter d'être pris par les Maures, qui nous auraient fait souffrir des tourments mille fois plus redoutables que la perte de notre existence, en nous réduisant à un affreux esclavage.

Si nous tournions nos pas vers le sud pour gagner le Sénégal, nous avions des rivières et des déserts immenses à traverser, des montagnes à gravir, des peuplades à combattre, la faim et la soif à redouter.

Ce dernier parti était celui qui offrait le plus de chances favorables : nous l'aurions adopté, malgré tous ces obstacles, si nous n'avions eu avec nous des vieillards, des femmes et des enfants, incapables de supporter tant de fatigues.

Quel est l'homme assez fort, assez courageux pour entreprendre un voyage de deux cents lieues, sans vivres et sans eau, sous un soleil brûlant, et dans des sables où l'on est, à chaque instant, menacé d'être englouti?

Cette réflexion nous fit renoncer au projet de franchir cet immense espace, et nous décidâmes, presqu'à l'unanimité, que le capitaine s'embarquerait dans la chaloupe avec six hommes pour aller au Sénégal y rendre compte de notre position, et qu'il expédierait de là un ou plusieurs bâtiments pour nous transporter où il jugerait convenable. Ce moyen nous paraissait d'autant plus facile, que nous pouvions recueillir assez de provisions sur le bord pour vivre pendant son absence.

Nous avions encore à craindre que la nouvelle de notre

naufrage ne se répandit dans l'intérieur, et que les
Maures ne vinssent nous attaquer. De crainte de surprise,
nous nous armâmes le mieux qu'il nous fut possible. On
verra, par la suite, que cette précaution aurait pu ne pas
être inutile.

Aussitôt qu'il y eut possibilité de le faire, le second se
mit à la mer pour aller à bord du navire, qui s'était
beaucoup approché pendant la nuit : il ne perdit fond
qu'à une petite distance du bâtiment. Dès qu'il y fut
arrivé, il fit jeter à la mer une grande partie des effets
et des vivres; ensuite il disposa, en forme de radeau,
quelques esparres et des planches qui étaient restées
dans l'entre-pont. Nous ne cessions de regarder dans le
lointain, espérant toujours découvrir quelque navire. Au
moment où nous nous disposions à mettre le radeau à
la mer, nous distinguâmes au large une voile qui venait
vers nous. Nos yeux attachés sur ce bâtiment le suivaient
avec anxiété; déjà nous nous voyions sauvés, nos cœurs
bondissaient de joie, et l'espérance brillait sur le front de
tous les naufragés. Intimement persuadés qu'on nous avait
vus, nous regardions notre délivrance comme certaine :
nous bénissions Dieu de nous avoir envoyé ce secours
inespéré. On mit les pavillons en berne pour signaler
notre détresse. Le second, après avoir fait lancer le
radeau, vint rendre compte au capitaine de la position
du navire, et lui demander à faire réparer la chaloupe
pour tâcher d'aller à la rencontre du bâtiment que nous
avions aperçu. Notre espérance fut cruellement déçue :
au bout d'une demi-heure, il changea de direction,
heureusement pour peu de temps; car nous le vîmes
bientôt mettre en panne, et, un instant après avoir fait
cette manœuvre, deux de ses embarcations se dirigèrent
vers nous. Comme elles ne pouvaient aborder au lieu où

nous avions fait naufrage, elles firent voile vers un point de la côte éloigné de nous d'une demi-lieue environ, parce que la mer brisait moins que sur la plage où nous étions. Le capitaine s'y rendit aussitôt, et il apprit que le navire en vue était la goëlette de pêche *la Foi*, de l'île de Palme, qui, nous ayant aperçus, était venue nous porter secours ; le capitaine se fit porter à bord pour parler au commandant de la goëlette qui nous promit de faire tout ce qui dépendrait de lui pour nous être utile ; il ajouta qu'il ne pouvait nous prendre à l'endroit où nous nous trouvions, parce que la mer y était toujours grosse, mais que nous devions nous rendre, sans différer, à un petit havre nommé *la Roquette*, situé à huit lieues plus au sud ; que là nous pourrions nous embarquer facilement, et sans courir aucun risque.

Le capitaine Antonio (c'était le nom du commandant de la goëlette) nous envoya sur-le-champ deux Espagnols de son bord, pour nous rendre compte de ce qui avait été décidé, et nous servir de guides. Ils nous invitèrent à partir sans délai, afin de ne pas retarder l'embarquement.

Tout fut disposé pour ce voyage. Nous voulûmes faire prendre des vivres à chacun, ils nous en détournèrent, en disant qu'il serait imprudent de nous charger trop, parce que le chemin était très-pénible, et qu'il y avait à craindre les attaques des Maures. Pour rendre notre cortége plus imposant en cas d'agression de la part des féroces habitants de ces contrées, nous donnâmes aux femmes des habits d'homme dont elles se vêtirent, et nous étant armés le mieux qu'il nous fut possible, nous nous mîmes en route sans penser à ce qui pourrait arriver en chemin.

Nous partîmes au nombre d'environ deux cents, laissant au camp du navire le maître d'équipage et quelques passagers qui s'occupaient à ramasser des vivres que le flot

jetait sur le sable. Ils ne parvinrent à débarquer ceux qui
étaient restés à bord que quatre jours après notre départ.
Nous marchâmes toute la journée, et la nuit nous fûmes
obligés de nous arrêter ; car les femmes et les enfants
étaient excédés de fatigue. Nous passâmes le reste de la
nuit sur une petite hauteur. Au point du jour, on se remit en route, et vers midi nous arrivâmes à l'endroit indiqué. Là, nous trouvâmes les deux embarcations de la
goélette qui nous attendaient : une vingtaine d'enfants
furent aussitôt embarqués ; ils partirent tout de suite ; on
leur recommanda de prier le capitaine Quesnel de nous
envoyer de l'eau, car nous souffrions horriblement de la
soif.

Au même instant, nous vîmes accourir un jeune homme
qui venait nous apprendre qu'à une demi-lieue de nous,
se trouvaient deux femmes qu'il avait laissées mourantes ;
il nous pria instamment d'envoyer quelqu'un à leur secours. Le second retourna sur ses pas, accompagné du
jeune homme ; après une demi-heure de marche, ils arrivèrent à l'endroit où ces deux infortunées gisaient sans
connaissance, exposées à l'ardeur du soleil. A l'aide
d'un peu d'eau de Cologne qu'ils leur firent respirer, elles
revinrent à la vie, se relevèrent avec beaucoup de peine,
et s'acheminèrent lentement vers nous. A peine avaient-
ils fait la moitié du chemin, qu'ils rencontrèrent, au dé-
tour d'un monticule de sable, quatre hommes revêtus de
peaux, et armés de lanternes et de poignards. A cette apparition aussi soudaine qu'imprévue, le premier sentiment qu'ils éprouvèrent fut celui de la frayeur, parce
qu'ils n'avaient aucun moyen de défense contre ces brigands. M. Caubrière, plus prompt à secourir l'humanité
qu'à penser à sa sûreté personnelle, avait laissé au camp
une paire de pistolets et un poignard dont il s'était armé

en partant du navire. Mais les craintes furent bientôt dissipées : lorsque les Maures furent tout à fait près d'eux, ils déposèrent leurs armes à terre, et se mirent à genoux en leur faisant des signes d'amitié. Cet acte d'humilité rassura nos voyageurs ; ils continuèrent leur route, laissant derrière eux un petit paquet contenant deux robes et d'autres effets de femmes, que les Maures ramassèrent, et dont ils parurent très-satisfaits.

A leur arrivée, ils nous racontèrent cet événement : plusieurs hommes voulurent courir après les Maures pour s'en emparer, de peur qu'ils ne portassent la nouvelle de notre naufrage dans l'intérieur, ce qui n'eût pas manqué de faire arriver quelques centaines de ces barbares. Comme nous n'étions que soixante-trois hommes armés de bâtons et de quelques poignards, M. Caubrière forma huit escouades, mit un chef à la tête de chacune d'elles, et nous assigna les postes que nous devions occuper en cas d'attaque.

Ces dispositions étaient terminées, quand arriva une embarcation qui remit à M. Caubrière une lettre du capitaine Quesnel conçue en ces termes :

« Je vous envoie un peu d'eau; je vais appareiller à l'instant pour aller chercher un autre navire, afin de pouvoir emporter le monde, et je serai de retour après-demain. Prenez courage, soyez persuadé que je ne vous abandonnerai pas. Envoyez chercher des vivres à bord. Je vous recommande surtout d'être toujours armé, et de ne marcher qu'en force, de crainte des Maures qui sont dans l'intérieur; les côtes ne sont habitées que par des pêcheurs qui ne sont pas à craindre. Tout à vous. »

Après la lecture de la lettre de M. Quesnel, nous prévîmes les maux qui allaient nous accabler; deux cents personnes étaient abandonnées sur une plage stérile, et

n'avaient pour toutes provisions, après deux jours d'absti-
nence, que trois barils d'eau.

Quelques-uns étaient d'avis de retourner au navire ;
mais les femmes et les enfants étaient trop fatigués pour
faire de nouveau la route, ils auraient infailliblement succombé en chemin ; d'ailleurs, il eût fallu revenir au bout
de quelques jours. Le second nous proposa d'aller lui-
même au camp du navire pour y chercher des vivres,
mais nous le suppliâmes de rester avec nous : son courage et son beau caractère nous inspiraient une confiance
sans bornes, et notre malheur nous eût semblé plus grand
s'il nous eût abandonnés. Cinq hommes des plus robustes
s'offrirent à lui pour ce voyage ; ils partirent en promettant de revenir avec des vivres et de l'eau pour soulager
nos souffrances.

Ils se mirent en chemin au coucher du soleil, pour jouir
de quelques moments de fraîcheur. L'un d'eux, nommé
Hens, harassé de fatigue et épuisé par la soif, ne pouvant
plus suivre ses compagnons, s'arrêta pour se reposer ; les
autres continuèrent à marcher en croyant qu'il ne tarde-
rait pas à les suivre ; mais on n'a plus revu cet homme,
quelques recherches que nous ayons faites pour découvrir sa retraite. Égaré, il aura été surpris par les Maures,
quoiqu'il fût armé d'un fusil à deux coups, ou bien il sera
tombé dans un des précipices qui bordent la route.

La nuit se passa assez tranquillement ; tout le monde était
à son poste. Vers six heures du matin, on vint nous prévenir qu'un enfant venait de mourir, de faim, sans doute·
On l'inhuma dans un trou que nous avions fait inutilement dans le sable pour y chercher de l'eau.

La rosée du matin tombait abondamment. M. Caubrière nous fit étendre tout le linge que nous avions, afin
de recueillir cette manne précieuse ; ce moyen réussit, à

notre grande satisfaction. Le nommé Pierre accourut vers
nous avec de l'eau qu'il avait extraite de son linge en le
tordant. Cet homme avait donné la veille quelques signes
d'aliénation, attribuée à une longue exposition au soleil
brûlant de cette contrée. Sa joie était si exaltée, qu'il devint fou sur-le-champ ; il fut pendant deux jours dans un
état affreux et difficile à dépeindre : nous pouvions à
peine le contenir ; il avait déchiré tous ses vêtements, et
dans un état de nudité complète, il courait çà et là sur le
rivage en faisant mille extravagances. Plus de vingt fois
il se jeta à la mer ; il en fut toujours retiré par M. Caubrière. Enfin, le troisième jour, il nous échappa et disparut. Malgré toutes nos recherches, nous ne pûmes savoir ce qu'il était devenu ; plusieurs passagers ont dit
l'avoir vu s'enfoncer dans l'intérieur.

Toute cette journée se passa, comme la nuit précédente,
dans toutes les tortures de la soif et de la faim.

Le lendemain, 26 octobre, fut plus pénible encore.
Nous usâmes du même stratagème que la veille pour avoir
de l'eau ; mais la rosée ne tomba pas. Il y avait déjà cinq
jours que nous n'avions mangé, et les femmes et les enfants mouraient d'inanition.

Un chien, compagnon fidèle de nos infortunes, nous
avait suivis du bord, et languissait étendu sur le rivage ;
la crainte qu'il ne devînt enragé nous fit résoudre à le tuer.
A peine fut-il mort, qu'on le regarda avec des yeux de
convoitise. M. Caubrière le coupa en morceaux et le dis-
tribua à chacun de nous ; en un instant, il fut dévoré tout
sanglant ! ! !... Mon cœur se soulève en pensant à ce mets
exécrable.

Quelques heures après ce repas, qui nous parut délicieux, nous aperçûmes une embarcation qui venait le
long de la côte, et qui se dirigeait vers nous. D'abord

nous crûmes que c'étaient des naturels du pays qui venaient à la pêche dans la baie; mais, en approchant, nous reconnûmes que c'était le canot d'une goëlette espagnole. Le capitaine Quesnel avait rencontré ce navire le soir même de son départ de la baie, et il avait prié le capitaine de nous procurer des vivres; fidèle à sa promesse, il nous envoya douze livres de poisson salé, dont exacte distribution fut faite à l'instant même.

Les matelots espagnols repartirent tout de suite pour aller à bord de l'*Olympe*; mais en arrivant, l'embarcation chavira à deux encâblures du navire, et ils eurent beaucoup de peine à gagner la terre.

Quelques hommes furent envoyés à la découverte dans l'intérieur pour chercher de l'eau : ils firent inutilement plusieurs tours; le sable était brûlant à plus d'un pied de profondeur.

Ils aperçurent dans le lointain la hutte d'un sauvage, qui prit la fuite à leur approche ; comme le jour était sur son déclin, ils résolurent de passer la nuit dans cette cabane, où ils ne trouvèrent pas même de l'eau. Le lendemain matin, ils en repartirent, emportant avec eux quelques ustensiles de chasse et une vieille marmite. En arrivant au camp, le second leur conseilla de reporter ces objets, qui ne nous seraient d'aucune utilité, et dont la soustraction pourrait exciter la colère des naturels : ils obéirent à cet ordre. Ces excursions furent sans résultat, car on ne vit que des loups et des chèvres sauvages dont on ne put s'emparer.

Vers le soir, cinq hommes arrivèrent du camp de l'*Olympe*, apportant du pain et deux bidons de vin. Ils nous apprirent la perte de Henes, et la désunion qui régnait au camp du navire.

Tandis que nous étions en proie aux horreurs de la

faim et de la soif, ceux de nos compagnons qui ne nous avaient pas suivis, se battaient pour se rendre maîtres des vivres et du vin que le maître d'équipage était chargé de surveiller, et se livraient à tous les excès de l'intempérance.

Le 27 au matin, nous reçûmes encore des vivres du bord ; ceux qui s'étaient chargés du vin l'avaient bu en chemin. Ce secours nous fut inutile. Nous prîmes alors le parti le plus sûr, ce fut d'aller nous-mêmes chercher du vin et de l'eau. M. Caubrière partit vers onze heures du matin avec douze hommes ; ils arrivèrent au camp de l'*Olympe* avant le coucher du soleil.

Ils rendirent compte de la position où nous nous trouvions, ce dont on fut très-étonné, attendu la quantité de vin et d'eau qui nous avait été envoyée. On remplit des bidons et des barils, et on repartit sans délai. M. Caubrière revint au camp à une heure après minuit ; son arrivée fut pour tout le monde un vif sujet de joie.

Au point du jour, on fit une distribution de pain, de vin et de fromage ; il nous arriva encore de l'eau et du vin, ce qui nous permit de faire une seconde distribution vers le soir.

Le 29 se passa sans événement remarquable.

Le 30 fut le jour de notre délivrance. Le second monta sur une petite hauteur qui dominait la mer, à l'extrémité de la pointe où nous étions campés ; il découvrit bientôt à l'horizon quatre goëlettes mouillées au large. Il descendit promptement nous apporter cette nouvelle. Tout le monde courut sur la hauteur ; nous vîmes sept embarcations qui se dirigeaient de notre côté, et nous reconnûmes le capitaine Quesnel.

Lorsqu'elles furent arrivées à terre, on concerta sur les moyens les plus prompts d'embarquement ; et tout étant

disposé, on expédia, dans un premier voyage, les femmes
et les enfants. Le capitaine resta à terre jusqu'au retour
des embarcations, qui ne tardèrent pas à revenir, et qui
prirent encore des passagers et le capitaine. Huit hommes
seulement et le second ne purent s'embarquer ; ils se mirent en route pour retourner au camp de l'*Olympe*, où
les goëlettes devaient les recevoir avec le reste des passagers.

Les goëlettes appareillèrent dans la nuit, et vinrent
mouiller à deux lieues au large de l'*Olympe*. Dans la matinée, les embarcations abordèrent à la roche, où le capitaine s'était embarqué la première fois. Les Espagnols
ne voulurent pas nous laisser emporter les effets que nous
avions sauvés ; ils forçaient les passagers, au fur et à mesure qu'ils s'embarquaient, à laisser leurs paquets, de
crainte, disaient-ils, de trop charger les embarcations.
Mais ce n'était qu'un prétexte pour s'en emparer ; car
tout ce qui avait été sauvé du naufrage fut mis dans la dernière chaloupe, et malgré toutes nos réclamations en arrivant à bord, ils ne voulurent pas nous le rendre.

Les embarcations ne pouvant prendre tout le monde
dans un seul voyage, quarante-deux hommes restèrent
sur le rivage. Dans la nuit, deux goëlettes firent voile
pour les îles Canaries.

Le lendemain, 1er novembre, vers sept heures du matin, les chaloupes revinrent à terre. Ceux qui les montaient se mirent en chemin pour venir nous trouver ; mais
à peine eurent-ils marché pendant cinq minutes, que
nous les vîmes retourner en toute hâte à leur bord et
prendre le large. Cette fuite était causée par l'arrivée
d'une bande de Maures qui s'avançaient vers notre
camp.

Arrivés à l'endroit indiqué, nous fîmes signe aux Espa-

gnols de venir promptement nous chercher ; ils abordèrent enfin. Là, une altercation très-vive s'éleva entre
M. Caubrière et le capitaine Antonio, qui ne voulait pas
laisser embarquer avant qu'on n'eût été chercher, pour
lui être remis, un hunnier qui nous avait servi de tente
auprès du navire. Le second, voyant l'obstination et la
rapacité de cet Espagnol, se détermina à y aller avec
quelques passagers, malgré le danger qu'il courait en
s'exposant au milieu des Maures, qui étaient déjà en
grand nombre sur le rivage : « Allons, mes amis, dit
« M. Caubrière, marchons : il vaut peut-être mieux périr
« de la main d'un Maure, que d'être sauvé par celle d'un
« Espagnol! » Ces mots, prononcés avec un ton fier et
le sentiment d'une vive indignation, décidèrent le capitaine à nous laisser embarquer.

En abandonnant cet affreux désert, nous avions à
déplorer la perte de huit de nos compagnons d'infortune.

Arrivés à bord des goëlettes, on appareilla et on fit
route pour l'île de Ténériffe, où nous arrivâmes le
8 novembre.

Le consul français pourvut à nos premiers besoins. Il
fréta un navire anglais pour nous transporter à Marseille,
où nous fûmes débarqués dans un état complet de dé-
nument.

La nouvelle de notre naufrage se répandit bientôt
dans la ville; tous les habitants s'empressèrent de nous
tendre une main secourable. M. le maire nous fit donner
des vivres et des logements, et ouvrit, en notre faveur,
une souscription qui, en deux jours, s'éleva à 4,000
francs. Cette somme fut distribuée avec une grande
équité.

Quant au brave et généreux Caubrière, le gouverne-

ment lui a accordé une médaille d'or; M. Caubrière mé-
ritait mieux... Tant d'hommes voient briller sur leur
poitrine le signe de l'honneur, sans avoir fait pour l'obtenir la vingtième partie de ce qu'a fait le généreux
Caubrière!

P,ERTE DU VAISSEAU LE SUPERBE

Sur les rochers de l'île de Paros [1] dans la baie de Parekeia

15 décembre 1855. — Sauvetage de l'équipage. — Sang-froid et courage
du capitaine, M. d'Oysonville [2].

Le temps de l'hivernage était arrivé pour la division
française du Levant. La plupart des bâtiments devaient
revenir à Toulon passer le temps de la mauvaise saison ;
il ne devait rester dans l'Archipel que le vaisseau la *Ville
de Marseille* et un certain nombre de bâtiments légers.
Rendez-vous avait été donné par M. l'amiral Hugon à la
partie de l'escadre qu'il voulait ramener en France ; elle
avait ordre de se trouver à Naupli [5]. Le 14 décembre

[1] Paros est une île de l'Archipel, l'une des Cyclades, d'environ quatre
lieues de long sur trois de large, célèbre par ses beaux marbres, qui ont
servi à la production des chefs-d'œuvre de la statuaire grecque
Parekia, la capitale, est située sur la côte ouest de l'île, sur l'emplacement même de l'ancienne ville de Paros.

[2] Nous empruntons le récit de ce naufrage, l'un des plus grands désastres
qui aient affligé la marine française, à M. Jal, qui a recueilli, avec autant
de zèle que d'impartialité et de talent, tous les renseignements relatifs à
ce triste événement.

[5] Naupli ou Napoli, ville forte de l'Argolide, à vingt et une lieues d'Athè-
nes, capitale du nouveau royaume de la Grèce.

1853, au matin, le vaisseau le *Superbe* et la frégate la
Galathée appareillèrent de la rade de Smyrne[1] pour
sortir du golfe. Déjà le mauvais temps s'annonçait; le
vent s'élevait, le ciel se couvrait de nuages, la mer commençait à blanchir : tout faisait présager un coup de
vent. Cependant ce n'était encore qu'une forte brise de
l'est; la traversée de Smyrne à Naupli pouvait être très-
courte à la faveur de cette circonstance. Au lieu donc de
mouiller sur les bancs des Salines, comme les prévisions
prudentes de l'amiral leur en avaient fait, non pas une
obligation, mais une ressource en cas d'apparence de
danger, la *Galathée* et le *Superbe* dégolfèrent rapidement
portés au large par un vent qui bientôt prit un caractère
inquiétant.

Le jour baissait, et, avec les approches de la nuit, la
brise qui s'était carabinée augmentait progressivement en
violence : si bien que c'était à une tempête que les deux
bâtiments allaient avoir affaire, et non plus à une simple
bourrasque.

La *Galathée* et le *Superbe* se séparent bientôt; chacun
des capitaines manœuvre de son côté, selon que les exi-
gences de sa position le lui prescrivent. La nuit est terrible; de petites avaries en signalent le commencement;
des avaries plus graves succèdent à celles-là. La mer sou-
levée ballotte la frégate et le vaisseau, qui ne s'entr'-a
perçoivent plus depuis quelques heures, parce qu'ils ont
fait des routes différentes, et que, d'ailleurs, un brouil-
lard épais voile l'horizon et pèse sur la mer, à ce point
qu'il semble qu'il faille une force d'impulsion très-grande

---

[1] Smyrne, au fond d'une grande baie sur l'Archipel, a plus de cent
mille âmes de population de toutes les nations européennes : c'est la capitale de l'Anatolie, province de la Turquie asiatique.

pour la traverser. De l'arrière du navire, on aperçoit à peine la partie de l'avant.

Tout craque dans la mâture ; le vent brise le grand mât de hune du *Superbe* et celui de la *Galathée;* les voiles éclatent, fouettent avec un bruit horrible, se déchirent en lambeaux, et à la fin sont dévorées par l'ouragan. On a ordonné de les serrer, mais les hommes sont effrayés de tout ce qui les entoure, et la résolution leur manque. Ils cherchent à se rendre maîtres de cette toile qui se brise sous les efforts du vent; mais ils renoncent bientôt à des tentatives qu'ils sont désormais incapables de faire réussir. Tous leurs soins tendent à se maintenir comme ils peuvent sur les vergues, dont le balancement menace les jours de ceux qui pourraient y travailler peut-être, s'ils avaient plus d'habitude et le cœur de vieux matelots. Au surplus, si les équipages parvenaient à serrer les voiles, ils ne les sauveraient pas de la rage du vent; car celles qui adhèrent aux vergues par les rabans qui les y appliquent sont enlevées aussi. Les dents et les ongles furieux du démon des tempêtes viennent les en arracher.

Quelle épreuve pour ces pauvres marins fournis à la flotte par l'intérieur de la France ! Des matelots véritables feraient tête aux dangers; eux, navigateurs de quelques mois, pâlissent et sont abattus. Quelques-uns seulement luttent et conservent une force morale dont le péril fait comprendre le besoin ; quant aux autres, prières, menaces, exemple donné par les officiers et les maîtres, conscience même d'une nécessité d'action rapide et dévouée pour sauver le bâtiment, pour se sauver eux-mêmes, rien ne peut les résoudre à prêter leur concours énergique à ceux que la situation n'a pas démoralisés. Si telle est la position des équipages, jugez quelle doit être celle des capitaines! Voyez de quel poids doit être pour eux la responsa-

bilité! Les bâtiments, c'est-à-dire une partie de la force
matérielle de la marine; les hommes, c'est-à-dire une
partie du personnel de l'escadre, c'est-à-dire encore l'espoir ou le soutien de plusieurs centaines de familles :
hommes et bâtiment, il faut tout sauver! Et qui y aidera
les capitaines? Voilà les états-majors, les maistrances et
quelques matelots intrépides; mais sera-ce assez! Ici, les
anciens auraient fait une prière à la Fortune.

Cependant, par miracle, la *Galathée* a donné dans le
passage entre les îles et le cap d'Oro. Il est midi, c'est le
15 décembre; le temps ne s'est pas amendé; la brume
est toujours épaisse; les côtes qu'on doit raser de près
sont imperceptibles derrière la couche intense de brouil-
lard. « Laisse courir! et veille devant! » On fait vent
arrière et l'on cherche un refuge. En fuyant, on trouvera
Cérigo ou Cervi! A la grâce de Dieu !

La mer prend du bâtiment tout ce qu'elle en peut prendre; elle bat ses murailles qui résistent; mais les canots
suspendus autour de la frégate, elle les broie, les enlève
entiers ou par morceaux.

Et le *Superbe*, où est-il à cette heure? Le voilà dégarni
de voiles, privé de son grand mât de hune, poussé par
des vagues furieuses. Il fuit aussi, lui! un vaisseau! Il
semble qu'un vaisseau, ce vaste corps flottant, ce grand
édifice, ce colosse naval, doit pouvoir résister à toutes les
rages de la mer et du vent! Non, le vent et la mer sont
plus forts que lui! ils lui commandent et le contraignent
de céder.

Il a franchi le passage; où ira-t-il? C'est Paros qu'il va
chercher. Au nord de Paros est une rade protectrice; il
se dirige vers cette rade : mais l'obscurité est grande, et
Nausse, port de salut où le vaisseau aurait trouvé un an-
crage bon et sûr, Nausse est manqué. On s'en aperçoit

trop tard, quand on est déjà dans l'ouest de l'entrée de la
baie, et qu'on ne peut plus l'aller gagner.

« Laisse arriver ! » c'est triste, mais il le faut. D'ailleurs le pilote grec est rassurant. Près de Nausse est une
autre petite relâche qu'il connaît bien ; il va y faire entrer
le *Superbe;* que l'on soit donc calme ! On côtoie Paros en
cherchant Parekia.

Parekia est dans l'ouest de l'île ; le voici, le pilote l'a-
perçoit et le vaisseau se dirige vers le port. Il est donc
sauvé !

Non ! c'est la frégate qui est sauvée. Elle a trouvé un
abri dans la baie de Cervi ; elle y roule, elle y tangue,
elle y est durement agitée, cahotée ; mais, du moins, elle
se tient sur ses ancres, elle y est en sûreté : elle y pourra
souffrir, elle n'y périra pas. Lui, le *Superbe,* périra au
port qu'il a si malheureusement cherché !

Il entre ; mais tout à coup il s'arrête ! Qui le fixe là ?
Que s'y passe-t-il ? quel trouble partout ! quel tumulte ! Le
navire est mouillé ? qui l'a mouillé ? par quel ordre ? la
confusion est au comble. Enfin, on a mouillé ; la main de
fer du sort tient le vaisseau attaché aux récifs ; il se dé-
battra en vain, il faudra qu'il y meure ! Le *Superbe* manque de place pour *éviter* et tourner sans danger ; en venant à l'appel de sa chaîne, il talonne, et bientôt il est
évident qu'il n'y a plus de salut possible pour lui. La
mâture, secouée par les chocs multipliés du vaisseau sur
les rochers, se brise ; un bas mât tombe ; dans sa chute,
il écrase un homme....

Une chose reste à dire sur le naufrage du *Superbe,* et
elle a beaucoup d'importance. On a parlé d'insubordination de l'équipage au milieu des circonstances graves
où il se trouvait. En bien ! on a calomnié l'équipage et le
capitaine, et c'est ce que je crois utile de constater. Le

capitaine a conservé toute son autorité, l'équipage a obéi.
Prudence, modération, fermeté, du côté de M. d'Oysonville ; confiance, soumission, bon vouloir du côté des matelots : voilà ce qu'on doit louer, voilà ce qu'on a eu tort
de méconnaître dans certaines correspondances. Heureusement placé pour recueillir des renseignements authen-
tiques, j'ai cherché les témoignages impartiaux, et j'en ai
trouvé d'assez nombreux pour que ce que je vais raconter du sauvetage du *Superbe* soit regardé comme la vérité.

Le 15 décembre, vers trois heures et demie de l'après-
midi, le vaisseau mouillé sur ses deux ancres, en travers
de l'entrée de Parekia, talonnait sur une roche, c'est-à-
dire que la lame le soulevant et l'abaissant tour à tour,
portait, dans ce second mouvement, le talon, l'extrémité postérieure de sa quille, sur un des récifs qui bordent l'ouverture de la baie. Bientôt il fut défoncé. Une
ouverture faite à la carène par les chocs successifs remplit promptement la cale, le faux pont et la batterie de 36.
Le *Superbe* se pencha alors sur bâbord (côté gauche), et
resta dans cette position, appuyé par l'arrière, l'avant flottant encore. Le bâtiment s'étant rompu, il pouvait se partager en deux. Mais ce n'était pas là ce que M. d'Oysonville redoutait le plus. Dans une des inégales actions des
vagues, l'effort de la mer pouvait soulever le vaisseau, le
tirer du berceau de rocher sur lequel il était appuyé, et
le jeter au large du banc qui le portait ; alors le salut des
hommes devenait problématique, car la batterie de 18
s'emplissait d'eau et le navire coulait bas. Que cette appréhension soit venue à quelques marins, et ait contribué
à porter l'épouvante dans l'équipage, c'est ce que je ne
puis dire ; le commandant en fut tourmenté, cependant il
ne le laissa point paraître. Son rôle était embarrassant ;
vous allez voir s'il le joua bien.

La terreur avait glacé tous les courages ; chacun des matelots qui, pour la première fois, voyaient la mer si horrible et le vent dans un accès de rage si furieuse, se croyait en droit de ne prendre conseil pour son salut que de sa résolution et de son désespoir ; on se regardait comme dégagé des liens ordinaires de la discipline, tant le sauve qui peut ! semblait alors la seule loi naturelle ; M. d'Oysonville et ses officiers s'aperçurent de cette disposition où la malveillance et l'esprit de sédition n'entraient certainement pour rien, mais qu'inspiraient l'inexpérience et le délire de la peur. Le commandant assembla donc autour de lui tout ce qu'il y avait d'hommes sur le pont, et leur dit : « Avant le naufrage, mes pouvoirs étaient grands, vous le savez ; maintenant ils sont immenses. Je suis maître absolu. Je n'invoque cette puissance que me donne la situation grave où nous nous trouvons, que pour arriver plus sûrement à vous sauver tous. La moindre confusion, la moindre hésitation peuvent tout perdre. Ayez confiance en moi, confiance en vos chefs ; obéissez ponctuellement et ne craignez rien. Je compte sur votre zèle et votre soumission comme j'y comptais hier ; et je vous préviens que je ferai fusiller sur-le-champ quiconque aurait désobéi. » Cette petite harangue prononcée d'un ton paternel, mais ferme, et le calme qui régnait sur les traits du capitaine, produisirent le meilleur effet. « Non, commandant ! C'est bien, commandant ! nous avons confiance ! » furent la seule réponse à l'allocution dont je viens de rapporter à peu près les termes. M. d'Oysonville s'était armé, et il avait fait armer l'état-major plus pour ajouter à la solennité de la position, que pour se défendre ou se faire obéir ; il portait à son côté un sabre d'abordage, et n'avait pas voulu mettre de pistolets à sa ceinture, parce que l'impatience au-

rait pu y trouver un moyen trop cruel de se manifester.

Le capitaine avait donné ordre qu'on tirât des profon-
deurs du vaisseau ce qu'on pourrait en extraire de vivres,
de sacs, de munitions, d'effets propres à un campement,
et qu'on montât ces différents objets dans la batterie
supérieure. On y travaillait avec autant d'activité que
le permettait de le faire l'état de stupeur et d'atonie
morale où l'on se trouvait; l'énergie manquait, mais
non le sentiment du devoir. De fréquents coups de canon
étaient tirés pour annoncer aux habitants de l'île la détresse du vaisseau et pour appeler des secours; mais
l'état de la mer était tel qu'il était impossible aux barques
de Parekia de tenter l'aventure. Un second maître d'é-
quipage, le nommé Gigoux, s'était jeté à la mer, sans
avoir averti personne, pour aller décider quelques patrons
de caïques grecs à venir faire le sauvetage. Ce dévouement, auquel il faut d'autant plus applaudir, que le
maître connaissait tout le danger qu'il allait courir au
milieu des rochers sur lesquels les lames devaient le précipiter, ne fut point fatal à Gigoux. Il arriva sain et sauf
à terre, ce que l'on sut le lendemain matin. Un officier,
M. le Fraper, lieutenant de vaisseau, eut le même courage, mais non pas le même bonheur. Il se blessa et
l'on dut le remonter à bord. On cherchait à mettre des
canots à la mer, moins pour satisfaire l'ardente impatience
des hommes qui avaient hâte d'être transportés sur la
côte, que pour leur bien démontrer l'impossibilité de succès dans de pareilles tentatives. Un petit canot avait été
brisé aussitôt qu'affalé. Le canot du capitaine était déjà
dans un état fâcheux, quand quelques bons nageurs pro-
posèrent d'aller avec cette embarcation essayer d'établir
un va-et-vient avec la terre. Le canot partit avec son

aventureux équipage ; mais il se fracassa sur des récifs. Les hommes furent sauvés.

Il était assez prouvé que rien ne devait réussir tant que la mer et le vent ne seraient pas plus calmes ; M. d'Oysonville engagea donc l'équipage à prendre du repos pendant la nuit. Quel repos, grand Dieu !... et quelle nuit on passa ! Peut-on se faire une juste idée de l'état d'angoisse et de malaise dans lequel se trouvait l'équipage du *Superbe*, complétement démoralisé, exténué de fatigue, et mourant de soif, parce qu'il n'avait pas été possible de monter une goutte d'eau douce dans la seconde batterie, et que la mer avait si vite envahi la cale qu'on n'avait pu vider avec la pompe quelques-unes des caisses à eau ? Qui pourrait compter les pleurs répandus en secret ou librement épanchés, les malédictions, les prières, les jurons, les soupirs échappés à ces cœurs abattus, à ces poitrines oppressées par les douleurs d'une lente agonie ? Et les pensées qu'on a dans ce moment que l'on croit extrême, comme elles sont tumultueuses ! Elles se croisent, se pressent, tourbillonnent dans le cerveau ; elles s'adressent à tout ce qu'on aime, à un père, à un enfant, à un frère, à une femme, à une maîtresse, à un ami !

Le commandant n'en a qu'une, une pensée fixe, le salut de tous les hommes que la patrie lui a confiés : aussi comme il est agité ! De repos, il n'y en a point pour lui ; la responsabilité est sur sa poitrine comme le rocher de Sisyphe ; son honneur est si terriblement engagé ! Sans cesse il a l'œil attaché sur le baromètre, dont la déplorable immobilité n'est que trop bien justifiée par la contenance du vent, par cette horrible calotte noire qui pèse sur l'horizon, par cette mer affreuse dont chaque ondulation peut déplacer le vaisseau et le noyer. Il s'assied cependant une minute sur son grand fauteuil, pour donner à son corps un peu de calme que l'âme ne peut trouver. A peine y est-il, qu'un marin entre dans sa chambre. C'est un gabier (un matelot des hunes, un des bons hommes du bord). « Que veux-tu, mon garçon ? — Je viens vous dire, commandant, de ne pas vous inquiéter. Nous sommes douze gabiers qui avons juré de vous emmener d'ici, et de ne pas nous sauver sans vous. Nous avons mis de côté de quoi faire un radeau, et quand vous voudrez nous partirons. — Je te remercie, mon ami, mais je ne veux et ne dois point partir. — C'est que nous vous estimons, commandant, et nous ne souffrirons pas que vous mouriez ici ; car enfin nous savons bien que vous n'êtes pour rien dans le naufrage, ce n'est pas votre faute si ce gueux de pilote nous a conduits ici, si l'on a mouillé cette damnée ancre ! Nous vous aimons ; vous avez entendu comme l'équipage a crié vive le capitaine ! lorsque le *Superbe* a doublé la pointe à droite de Nausse. Ainsi, à vos ordres, commandant ! — Encore une foi merci, mon garçon. Ce que tu me dis là me prouve la confiance que vous avez en moi ; j'en suis très-reconnaissant, et je vous en demande une preuve : c'est de faire demain tout ce que je vous ordonnerai pour la justifier. Va te coucher, et dis à tes camarades que j'ai bon espoir. »

La nuit du 15 se passa sans accident. Au point du jour les travaux recommencèrent. Des barils vides, bien bondés, furent attachés à des lignes de loch, cordages très-minces qu'ils pouvaient facilement traîner après eux dans l'eau ; on les lança à la mer dans l'espérance que la lame et le vent les pousseraient à la côte où les matelots qui y étaient parvenus la veille avec le canot du commandant pourraient les saisir. Une roche était derrière le *Superbe* que l'on craignait de voir arrêter ces bouées : il n'en fut rien. Le premier baril arriva à terre en contournant le rocher ; et ce ne fut pas une médiocre joie pour l'équipage. Les matelots du rivage se saisirent de ce flotteur et tirèrent à eux la ligne de loch au bout de laquelle devait venir un cordage plus solide pour établir le va-et-vient si désiré. Après quelques efforts, on s'aperçut que la ligne se prenait dans les rochers et ne pouvait s'en dégager. Un second, un troisième baril suivirent le premier ; ils furent suivis eux-mêmes de quelques autres, toujours avec le même résultat. Pendant que quelques hommes s'occupaient de cette opération infructueuse pour le moment, mais qui avait appris cependant une chose intéressante, c'est que les objets flottants pouvaient aller à terre sans être jetés sur la roche et arriver dans une petite anse favorable à leur échouage, le capitaine d'Oysonville faisait préparer deux grands flotteurs, pour le cas où le vaisseau viendrait à s'ouvrir ou à couler. Au moment où le *Superbe* avait talonné, deux des mâts étaient tombés ; le grand mât et le mât d'artimon étaient sur le pont, on les garnissait de bouts de cordes terminés par des ganses, auxquels les hommes pourraient s'accrocher au besoin.

Ce n'est pas tout : le chagrin des matelots qui ne voyaient aucun amendement dans le vent ni la mer, était tel qu'ils demandaient la permission de se rendre à terre à la nage, au risque presque certain de se noyer. Le commandant refusait, mais il s'ingéniait à trouver des moyens de sauvetage pour satisfaire l'impatience des naufragés. L'expérience des barils servit alors, et M. d'Oysonville permit qu'on établît une quantité de petits radeaux avec des portes, des tables, des cloisons, des caisses. Il fit jeter successivement ces radeaux à la mer, et tout ce qui put sans imprudence se livrer au hasard de cette

navigation, tout ce qui ne fut pas effrayé des continuelles
passades que la mer déferlant à plus de quinze pieds au-
dessus de la tête des nageurs donnait aux pauvres fu-
gitifs, se rendit à la côte. Les hommes qui ne nageaient
pas bien furent sauvés en se mettant entre de bons nageurs. Le succès des radeaux fut complet et rendit un peu
de courage à ceux qui étaient demeurés à bord du vaisseau ;
ils entrevoyaient un mode assez sûr pour parvenir à
l'île. Cette confiance était d'autant plus heureuse qu'un
désappointement bien grand avait consterné tout le
monde. Maître Gigoux était parvenu à faire sortir du port
de Parekia une barque qu'il dirigeait vers le *Superbe ;* ce
fut une lueur d'espérance qui se dissipa bientôt : la barque
lutta en vain pour accoster le vaisseau, il lui fallut retourner après avoir couru vingt fois le danger d'être submergée.

Beaucoup d'hommes répugnaient naturellement à se
servir des petits radeaux, soit parce qu'ils ne savaient
point nager, soit parce que, effrayés et perclus de froid,
ils n'osaient point se livrer aux chances douloureuses
d'un trajet dans l'eau ; ils attendaient qu'on crût possible
la mise à la mer de la chaloupe et du grand canot. La
mer était encore affreuse ; M. d'Oysonville ordonna cependant qu'on poussât dehors le grand canot. Un officier, plein de résolution, M. Maisonneuve, s'y embarqua avec quelques canotiers, pensant pouvoir établir la
communication qu'il importait tant d'obtenir avec la
côte. Un cordage filé du vaisseau tint quelque temps
l'embarcation ; bientôt elle fut contrainte de lâcher l'a-
marre. Le flot se rendit maître du canot et le lança sur
des rochers de la côte, à droite de la roche qu'il espérait
contourner moins malheureusement. Les canotiers se
sauvèrent ; mais l'équipage du vaisseau retomba dans un

de ses accès de désespoir, en voyant lui échapper ce moyen de salut. « Il nous reste encore des ressources, mes enfants, dit le capitaine, ne vous découragez donc point; travaillons à mettre la chaloupe à l'eau, et peut-être avec elle serons-nous plus heureux qu'avec les autres embarcations. A l'ouvrage ! Prenons notre temps; rien ne nous presse. Le danger loin d'augmenter, doit bientôt diminuer : car la tempête ne peut persister longtemps encore avec cette fureur. Mettons-nous donc tous à la besogne. Allons, maître Jaconieu, disposez votre monde et commençons !

L'opération était difficile. Elle fut longue, elle ne dura guère moins de trois heures; les auxiliaires de maître Jaconieu n'étaient pas les meilleurs matelots du bord; la plupart de ces hommes d'élite — en tant qu'il y eût, en effet, des hommes d'élite dans l'équipage du *Superbe* — étaient descendus à terre; les douze gabiers eux-mêmes qui avaient généreusement voulu sauver le commandant, avaient fait leur radeau sur l'ordre que leur en avait donné M. d'Oysonville, et s'étaient rendus à la côte. Malgré tout, on parvint à mettre la chaloupe à l'eau du côté où le vaisseau penchait. Ici les tentations furent grandes pour ceux qui avaient hâte de se sauver. La chaloupe pouvait porter environ cent vingt hommes ; c'est donc à qui s'y jettera le premier. On se pend aux chaînes des porte-haubans et à tout ce qui tient au plat-bord ; on guette le moment où la vague apporte l'embarcation assez près de soi et on s'y lance. Le capitaine est là qui préside à ce transbordement, nécessairement un peu désordonné ; quand il voit quatre-vingts hommes dans la chaloupe : « Assez de monde, assez ! — Mais, commandant !... — Pas un homme de plus, entendez-vous ! Rentrez à bord, vous autres. » Et tout ce qui aspirait à partir remonte avec docilité, comme si l'on avait commandé un exercice ordinaire en rade.

La chaloupe s'éloigne et a le sort du grand canot. Nouveau désespoir pour ce qui reste à bord ; car la nuit vient, et que peut être cette nuit ! Un abattement extrême succède à l'effervescence bruyante de la douleur. « Nous avons encore de quoi faire un grand radeau. Vous avez vu que les radeaux nous ont mieux réussi que les embarcations ; joignons donc à nos mâts de hune de rechange ce que nous avons de matériaux, et nous aurons un excellent moyen de transport. » La proposition du capitaine est accueillie avec faveur ; tout le monde comprend que c'est la dernière ressource. On travaille avec soin, avec courage ; le radeau est prêt. M. d'Oysonville ne juge pas à propos qu'on le lance tout de suite ; il ordonne de le laisser où on l'a fabriqué, jusqu'à ce qu'il soit revenu de sa chambre. On obéit. Mais quelques minutes après, on parle de s'en aller ; on veut mettre à l'eau le grand flotteur qu'on voudrait voir déjà toucher la côte. Un officier va avertir le capitaine de cette résolution. Celui-ci monte sur le pont : « Le capitaine, le capitaine ! » disent en se levant les matelots d'un ton qui n'a rien de menaçant, mais qui semble dire : Voyons ce qu'il voudra que nous fassions.

« — Que vient-on de m'apprendre, mes amis ? On dit que vous voulez jeter le radeau à la mer sans mes ordres ? — Mais, capitaine !... — Pas d'inutiles observations. Vous ne doutez pas que mon désir ne soit de vous sauver tous ; c'est mon vœu le plus cher, c'est aussi mon devoir. Mais comme je réponds de tous, je dois être écouté dans tout ce que je commande pour le salut de tous. Quand je croirai qu'il est temps de lancer le radeau, je vous le dirai. Rien ne nous presse ; voyez-vous le coin du vieux ciel ? Le bleu n'en est pas bien clair encore ; le vent n'est pas encore tombé ; mais patience, il fera beau avant peu. Reposez·

vous et attendez mes ordres. — Oui, capitaine. » Et l'on se rasseoit tranquillement sans murmurer, mais non pas sans trembler de froid et de peur.

Cependant on pousse le radeau à la mer. Au même moment un caïque loué à grands frais paraît se diriger vers le *Superbe*. Il a mouillé un grapin à gauche de la roche que le vaisseau a sur son arrière, le cablot lui servira à s'établir comme va-et-vient entre le bâtiment et la plage. Il accostera bientôt, et ceux qui étaient si pressés de se confier au plancher flottant construit tout à l'heure tournent les regards vers la barque. « Eh bien ! enfants, qui descend donc sur le radeau ? — Le caïque, commandant ! — Il ne peut contenir que peu de monde ; et qui sait si nous serons assez heureux pour qu'il fasse plusieurs voyages ? Cependant je ne force personne ; aille sur le radeau qui voudra. » Soixante hommes y descendent ; le flotteur part et arrive à terre sans accident. Le caïque accoste alors à tribord, et tout le monde est debout sur la préceinte du vaisseau pour se jeter dedans. « Qui vous a permis de passer sur le bord ? descendez tous. — Oui, commandant. » — On descend.

« Si, comme tout le fait croire, cette barque doit aller retoucher le rivage ; si ce premier voyage doit être heureux, n'est-il pas des individus à qui nous devons penser d'abord pour assurer leur salut ? N'avons-nous pas des malades et des mousses ? — C'est juste, commandant. » On monte les malades, on embarque les mousses. Le caïque peut encore prendre trois ou quatre hommes ; tous prient qu'on les laisse sauter dans l'heureuse embarcation. M. d'Oysonville place en faction, le sabre à la main, deux élèves, et leur dit : « J'avais désigné les hommes qui doivent partir ; si quelqu'un veut s'élancer malgré moi, passez-lui votre sabre au travers le corps. Vous répondez de l'exécution de cet ordre. » La barque part. Chacun vient implorer ensuite la faveur d'être du prochain voyage; on invoque ce qu'on croit des droits sacrés : « Je suis marié, moi. — Moi, j'ai un pauvre enfant qui n'a plus de mère. — Moi, commandant, je soutiens mon pauvre père. — Moi, j'ai une promise qui m'attend. — Et moi, capitaine, moi je meurs de soif depuis trente heures! — Tu as soif, je te plains; car j'ai soif aussi, et je sais ce que c'est que cette souffrance. Mais point de passe-droit, chacun à son tour. »

Le caïque fit quatre voyages et emporta quatre-vingts hommes désignés par le capitaine.

La nuit se faisait, mais la mer embellissait, et le vent tombait un peu. Cent quarante hommes restaient encore sur *le Superbe*. « Comment! passer encore une nuit, une éternelle nuit à bord! — Il le faut bien. Mais c'est nous qui sommes les heureux, mes enfants, ceux qui sont à terre ont été mouillés, ils sont gelés; ils vont avoir toute la nuit un froid horrible; nous, nous serons bien à couvert, au moins. Arrangeons-nous comme nous pourrons pour dormir, et demain matin nous irons tous à terre. » La raison l'emporta sur la terreur; on se mit à l'abri, et quelques-uns dormirent. Le lendemain, beau temps, mer navigable, et tout le monde fut sauvé. Miracle! oui, miracle de la discipline, de la confiance des subordonnés dans leurs chefs, du sang-froid de l'officier responsable.

Voilà les faits tels qu'ils se sont passés pendant ce difficile sauvetage. Je trouve cela beau et également honorable pour le capitaine et pour l'équipage.

A terre, le service se fit comme si l'on avait été dans une caserne; et dix jours après le naufrage, l'équipage du *Superbe*, ses tambours et ses officiers en tête, partit

pour Nausse où l'attendait le vaisseau la *Ville de Marseille.*
Pas un homme ne manqua à l'appel. M. d'Oysonville ne
perdit que neuf marins dans les deux cruelles journées
qu'il passa à débarquer son monde : un fut tué par le mât
de beaupré, les huit autres se noyèrent par imprudence,
et pour avoir négligé quelques-unes des précautions qui
leur étaient recommandées.

M. le capitaine d'Oysonville, traduit devant un conseil
de guerre, pour répondre de la perte de son vaisseau, se
justifia complétement et fut honorablement acquitté de l'accusation portée contre lui. Aucun doute ne plana sur la
capacité ni sur l'énergique dévouement de cet habile officier. Son épée lui fut en conséquence rendue, et un commandement inportant lui a été confié depuis, pour le dé-
dommager de sa mauvaise fortune.

NAUFRAGE DU NAVIRE L'AMPHITRITE

En vue du port de Boulogne, le 31 août 1833.

Le trois-mâts l'*Amphitrite*, bâtiment de transport anglais, commandé par le capitaine Hunter, avait à bord, outre l'équipage composé de seize hommes, cent huit femmes et douze enfants condamnés à la déportation, qu'il devait déposer à Sidney, dans l'établissement péni- tentiaire de la Nouvelle-Galles du Sud (Australie). Il quitta Woolwich le 26 août 1833, et dès le 29 il fut assailli par une violente tempête; le 31 août, il échoua sur la côte de Boulogne, en vue même de ce port, et les malheureuses femmes qu'il transportait périrent toutes avec la plus grande partie de l'équipage, par suite de l'entêtement fatal du capitaine, qui s'opposa à leur embarquement dans le canot pour ne pas encourir la responsabilité de leur évasion, si elles parvenaient à terre. Dévouement fanatique et barbare à ses instructions et à son devoir militaire, quand l'humanité lui imposait un devoir bien plus sacré, celui de pourvoir à la conservation des malheu- reuses créatures confiées à sa garde! C'est ainsi que, par une soumission aveugle à la discipline et aux ordres d'un pouvoir supérieur, vertu grande et noble, et qui ne brille que chez les nations parvenues à une grande civilisation, l'Européen lui-même descend au niveau du sauvage et devient aussi féroce que lui.

Voici la relation de cet événement affreux, rapportée pour ainsi dire heure par heure. C'est le meilleur et le plus dramatique récit que nous puissions donner, tel qu'il fut écrit par un témoin oculaire de la catastrophe de l'*Amphitrite*.

« Trois heures du soir. — La mer est toujours furieuse, tout annonce une nuit terrible; les bateaux-pêcheurs sont tous rentrés au port, sauf un, le n° 71, que l'on croit perdu. Le bruit se répand que le paquebot de Londres qui nous a quittés hier dans la nuit est également perdu. Je ne puis croire à cette nouvelle, qui n'est peut-être que prématurée, car tout est à craindre : je connais malheu‑reusement deux des passagers, entre autres une jeune femme, et je tremble pour leurs jours. Si le paquebot *The Queen of Netherland* a pu toucher Ramsgate, il est sauvé.

« Je sors à l'instant pour me rendre sur la plage; on signale un bâtiment en détresse : c'est un trois-mâts; il ne porte point de pavillon. Avec la longue vue, il est facile de voir qu'il cherche à gagner le large; les vents le repoussent sur la côte; s'il échoue, c'est fait de lui.

« Quatre heures et demie. — L'événement prévu est arrivé : le vaisseau vient d'échouer presque en face de l'établissement des bains; la mer est plus horrible que jamais; elle se retire. Avec la lorgnette, il est facile de distinguer l'équipage. Des marins se précipitent de tous côtés sur la plage; on traîne à bras un canot; on espère au moins sauver les hommes; quant au navire, il ne faut plus y penser : la mer, en montant, doit le mettre en pièces.

« Six heures. — Le canot est à la mer ; il ne peut approcher. Un patron de bateau-pêcheur, Hénin (n'oubliez pas ce nom), déclare qu'il va se jeter à la mer ; il se débarrasse de ses vêtements, et prend d'une main une corde ; personne n'ose le suivre : on le voit lutter contre les flots. Ce qui étonne tout le monde, c'est l'immobilité de l'équipage, qui ne fait aucun signal. On s'en demande le motif : les malheureux n'en ont-ils plus la force ? Le capitaine espère-t-il sauver le bâtiment ?... Je cours moi-même sur la plage.

« Onze heures du soir. — Quel horrible spectacle ! je ne l'oublierai de ma vie ! Trente cadavres sont entassés pêle-mêle dans la remise du bâtiment appartenant à la *Société Humaine*. Tout a péri, cent huit femmes, douze enfants, treize hommes d'équipage.

« Trois malheureux sont hors de danger. Quelle épouvantable nuit ! Je veux cependant vous en donner quelques détails.

« Vers sept heures du soir, on voit le brave Hénin toucher le vaisseau. On aperçoit un matelot qui lui jette une corde, puis la corde est retirée. Hénin, sur le point de périr lui-même, est obligé de lâcher prise et de regagner la plage. Il veut se jeter de nouveau à la mer, mais il est épuisé... Il faut renoncer à tout espoir de sauver ces infortunés ; la nuit tombe, la mer commence à monter, le bruit des vents, le mugissement des vagues, ne permettent point d'entendre les cris de ces malheureux. Comment vous dépeindre l'anxiété de la foule qui couvre la plage découverte par la marée ? Un grand nombre d'intrépides marins se sont mis à la mer pour tâcher de recueillir les naufragés. L'obscurité redouble ; les vents mugissent avec plus de violence que jamais ; les vagues se succèdent avec force et rapidité ; on distingue à peine le bâtiment. La mer oblige les plus intrépides à reculer. Tout à coup, un mât est amené aux pieds des spectateurs, puis des tonneaux, puis des débris, puis des cadavres.

« On court de tous côtés avec les fanaux, on se précipite sur la falaise; à chaque instant, on ramasse des femmes, des enfants, des hommes... Tous morts! Un marin court vers un rocher; il croit apercevoir quelque chose qui se meut dans l'ombre; c'est un malheureux matelot. On le prend, on le porte dans la salle des secours de la *Société Humaine*; deux autres sont recueillis; l'un est trouvé sans connaissance à califourchon sur une planche que la vague a poussée sur le rivage; l'autre est ramené sur le sable, presque insensible. On les transporte à l'hôtel de la Marine où les soins les plus touchants leur sont prodigués par le maître de l'hôtel, et surtout par une Anglaise, madame Austin, dont le zèle et le courage ont été admirables. Une autre jeune anglaise, madame Curtis, fille de M. Awet, dont le grand-père a fondé la *Société Humaine*, et qui se trouve logée à l'hôtel, s'empare d'une jeune femme amenée presque nue et déposée sur la table de la salle à manger; à force de frictions, on rappelle un peu de chaleur, mais hélas! plus d'espoir! L'infortunée ouvre les yeux, puis expire; on l'emporte, et madame Curtis court prodiguer ses soins à d'autres. La malheureuse était d'une beauté remarquable.

« Dans cet horrible moment, les marins de la douane et ceux de la *Société* font preuve d'une activité qu'il est impossible de dépeindre. A mesure que les corps sont apportés, les chirurgiens s'en emparent; on les roule dans des couvertures, on les saigne. Une femme fait un léger mouvement; un sang noir s'échappe de son bras, elle soulève ses paupières, on espère : elle meurt ! Au fur et à mesure de cette terrible inspection, on dépose les cadavres dans un coin de la salle.

« Les deux naufragés auxquels madame Austin a prodigué ses soins sont sauvés, ils ont repris leurs sens ; nous apprenons par eux que le bâtiment naufragé est anglais, qu'il se nomme l'*Amphitrite*, que c'est un bâtiment de transport pour les condamnés à la déportation. Il y avait à bord cent huit femmes, douze enfants, seize hommes d'équipage. Les matelots sauvés sont John Richard Rice, John Owen et James Towsey. Owen, qui était maître d'équipage, est un homme superbe, dans la force de l'âge ; Rice et Towsey sont deux jeunes gens. »

« 1ᵉʳ septembre, neuf heures du matin. — J'étais à six heures à la douane. Dans la nuit, on avait recueilli quarante-trois cadavres du sexe féminin. J'ai vu, de mes yeux, ramasser dans le port une jeune femme serrant dans ses bras un enfant de deux ans. Presque tous les corps sont dépouillés de leurs vêtements. La plage est couverte de débris ; la carcasse du vaisseau est, en quelque sorte, pulvérisée ; je ne crois pas l'expression trop forte. Nos malheureux naufragés vont parfaitement bien. Par suite d'une bizarrerie du destin, la femme de chambre de madame Curtis vient de reconnaître, dans Owen, son voisin et son ami d'enfance. Nous avons profité d'un peu de repos pour interroger Owen et Rice, et nous avons reçu les dépositions ci-dessous.

« J'ai reçu également celle du brave Hénin ; ce sont deux documents importants pour l'histoire de cet épouvantable événement.

« Nous avons ouvert une souscription pour les naufragés et pour récompenser les braves marins qui ont exposé leur vie. Quant à Hénin, c'est au gouvernement à récompenser son intrépidité ; ce n'est pas la première fois qu'il s'honore par de pareils traits.

« Onze heures — On vient de transporter à l'hôpital les naufragés et les cadavres recueillis : on a commandé cent cercueils, et demain la terre recueillera ces dépouilles. Il est à croire que la mer, à la marée montante, rejettera d'autres cadavres.

DÉPOSITION D'HÉNIN (FRANÇOIS), PATRON DE BATEAU-PÊCHEUR, DU PORT DE BOULOGNE.

Hénin déclare que, vers six heures moins un quart, il dit au capitaine du port qu'il voulait se rendre à bord du bâtiment échoué, et que les marins n'avaient qu'à le suivre ; que quant à lui, il était résolu à s'y rendre seul ; qu'il courut sur la plage avec une corde ; qu'il se dépouilla de ses vêtements, qu'il se jeta dans la mer. Il pense avoir nagé pendant près d'une heure, et avoir approché le vaisseau vers sept heures ; il héla alors le bâtiment, et cria en anglais : « Jetez-moi une corde pour vous conduire à terre, ou vous êtes perdus, car la mer monte. » Des hommes de l'équipage l'entendirent ; il était alors du côté tribord du vaisseau qu'il toucha même ; il vit un matelot, et lui cria de dire au capitaine de jeter des cordes. Les matelots lui jetèrent deux cordes, une de la proue, une autre de la poupe, il put se saisir de celle de la proue seulement ; il se dirigea alors vers la plage ; mais la corde qu'il tenait était trop courte et lui manqua. Il revint sur le bâtiment, s'y accrocha, cria à l'équipage de le hisser à bord ; mais alors ses forces l'abandonnèrent. Il se sentit épuisé, et ce ne fut qu'avec peine qu'il put rejoindre la terre.

DÉPOSITION DE JOHN OWEN, MAÎTRE D'ÉQUIPAGE DE L'AMPHITRITE.

John Owen, né à Craffort dans le comté de Kent (Angleterre,) déclare être maître d'équipage à bord de l'*Amphitrite*, bâtiment de transport, capitaine Hunter, en
charge pour Sydney.

L'*Amphitrite* quitta Woolwich, dimanche 26 août; la
tempête commença dans la nuit du 29, quand le bâtiment
était en vue de Dungeness; il calcule qu'il était à trois
milles E. du port de Boulogne. Le capitaine fit ses efforts
pour l'éloigner de la terre, mais en vain. Sur les quatre
heures de l'après-midi, le samedi, le bâtiment fut entraîné
par la violence du vent vers le port et prit terre. Le capitaine ordonna de jeter l'ancre, dans l'espoir qu'à la marée
montante le bâtiment pourrait se remettre à flot. Vers
cinq heures, un bateau français vint à leur secours; Owen
et Rice ni aucun des hommes de l'équipage n'en eurent
connaissance. Ils étaient en ce moment à travailler sous
le pont et à faire leurs paquets, espérant pouvoir débarquer : Owen pense qu'alors il eût été possible de sauver
tout le monde. Avant l'arrivée du bateau, il vit un homme
qui, du rivage et avec son chapeau, faisait signe de débarquer. Il aperçut ensuite un homme arriver à la nage
du côté de la poupe, qui lui cria en anglais de lui jeter
une corde, ce que lui, Owen, allait faire, quand il en fut
empêché par le capitaine.

Après le départ du bateau, le chirurgien demanda Owen
et lui dit de mettre à la mer le grand canot, et ce, par
suite de discussion avec sa femme qui voulait débarquer
dans le grand canot, et il empêcha aucun des condamnés
d'y entrer. Le docteur changea d'avis et déclara qu'aucun
canot n'irait à terre, ce qui empêcha aucun des condamnés

d'y débarquer ; au même instant, les condamnés qui étaient sur le pont descendirent pour faire leurs paquets, et demandèrent à grands cris le canot ; trois femmes dirent à Owen qu'elles avaient entendu le chirurgien dire au capitaine de ne point accepter l'assistance du bateau français.

Sur les sept heures, la mer commença à monter, et l'équipage, voyant qu'il n'y avait plus d'espérance de salut, monta sur les vergues, les femmes restant sur le pont. Owen pense que les femmes restèrent dans cette situation plus d'une heure et demie. Tout à coup le vaisseau se sépara en deux, et toutes les femmes, moins une, furent enlevées par les flots. Owen, le capitaine, quatre matelots et une femme étaient sur les vergues ; Owen estime qu'il resta dans cette position près de trois quarts d'heure. S'apercevant que les mâts, les vergues, les voiles étaient sur le point de céder à la violence du vent et de la mer, il dit à ses camarades qu'il était inutile de rester plus longtemps, qu'ils allaient périr, et qu'il fallait tâcher de nager jusqu'à terre. Il s'élança alors dans la mer, et pense avoir nagé près d'une heure avant d'atteindre le rivage où il fut recueilli par un Français et conduit sans connaissance à l'hôtel de la Marine. Owen ajoute qu'il était parfaitement instruit du danger que courait le navire dès l'instant de l'échouement, et demanda à ses camarades s'ils ne pensaient pas comme lui qu'ils auraient pu se sauver alors. Ils répondirent oui, mais qu'ils n'avaient pas voulu paraître effrayés.

DÉPOSITION DE JOHN RICE.

Il déclare être né à Londres ; il confirme la déposition d'Owen, et ajoute qu'il fit remarquer au capitaine la per-

sonne qui, du rivage, lui faisait signe de débarquer; le
capitaine lui tourna le dos.

En réponse à une question à ce sujet, il déclare que le
capitaine n'était pas ivre et qu'il était co-propriétaire du
bâtiment. Owen et Rice disent que toutes les femmes étaient
enfermées, mais que lors du danger elles forcèrent les portes et se précipitèrent sur le pont. Il y avait déjà six pieds
d'eau à fond de cale.

NAUFRAGE DU PAQUEBOT L'EARL-MOIRA

Le paquebot l'*Earl-Moira*, parti de Liverpool pour l'Irlande, était en mer depuis quelque temps lorsque, dans un virement de bord mal exécuté, il toucha sur le banc de Burbo.

Effrayés de ce choc, les passagers montèrent sur le pont, où le capitaine, qui avait trop bu, pouvait à peine se tenir sur ses jambes. Le navire fut remis à flot, non sans beaucoup de peine. Le vent et l'état du ciel du côté de l'Irlande annonçaient un gros temps. Les passagers demandèrent au capitaine de retourner à Liverpool; il refusa, et vers dix heures du soir le paquebot échoua sur le banc de Hok-Beggar, à une demi-lieue du rivage.

Vers deux heures du matin, il fut relevé par la marée; mais les premiers mouvements qu'elle lui imprima le fit heurter contre le banc, et la grande voile, qui seule restait déployée pour l'aider à se relever, ne servit qu'à le faire enfoncer davantage dans le sable. Une demi-heure après, l'avant et l'arrière se trouvaient remplis d'eau, et la proue était endommagée. Deux beaux chevaux, qui étaient dans la cale, avaient d'abord été hissés sur le pont. Jetés par-dessus bord, ils nagèrent, l'un au large, l'autre vers le rivage du comté de Chester, où il aborda.

Cependant le capitaine ne cessait de dire qu'il n'y avait pas de danger et refusait constamment d'arborer le pavillon de détresse. Sa sécurité n'empêcha pas un imprimeur, qui se trouvait au nombre des passagers, de prendre cette précaution, que cet officier pervers rendit longtemps inutile.

La mer pénètre bientôt par les fenêtres de la dunette, et l'on voit flotter les bagages, les provisions et toutes sortes d'objets. Les vagues, grossissant à proportion que la marée monte, finissent par coucher le navire sur un côté; peu après elles balayent la chaloupe et tout ce qui se trouve sur le pont; elles entraînent même deux passagers, que l'on ne sauve point sans beaucoup de peine.

Dans ce moment terrible, l'équipage monte dans les haubans; les passagers l'imitent ou se tiennent suspendus de toute autre manière au-dessus de l'eau, qui ne laisse plus voir que le mât et une partie du bordage. Hommes, femmes et enfants restent ainsi accrochés, jusqu'à ce que leurs forces étant épuisées par le choc continuel des vagues, ils abandonnent l'objet qu'ils ont saisi et tombent dans l'abîme. Douze ou quinze de ces infortunés sont d'abord emportés de cette manière.

Au milieu de cette scène douloureuse, on vit trois hommes intrépides, après s'être dépouillés, s'élancer dans la mer avec l'espérance de gagner le rivage à l'aide de quelque corps flottant.

Une chaloupe était mouillée assez près de l'endroit du naufrage pour que les porte-voix, signaux et autres demandes de secours y pussent parvenir. Il s'y trouvait deux pêcheurs occupés à prendre du poisson aussi tranquillement que s'ils eussent vu le paquebot à l'ancre. Néanmoins trois coups de fusil, tirés par un soldat, les déterminèrent à sortir de leur apathie. Ils s'approchèrent jusqu'à vingt-cinq toises du *Earl-Moira*, mais sous le vent, ce qui annonçait leur intention de s'emparer des effets emportés par les vagues qu'ils pourraient saisir au passage. On leur crie d'avancer plus près; ils répondent que la mer est trop forte. On leur lance une corde à laquelle un liége est attaché; mais ces monstres refusent de saisir cette corde au moyen de laquelle ils peuvent venir le long du paquebot et sauver, pour vingt guinées qu'on leur offre, les femmes, qui toutes vivent encore. Dix minutes après, plusieurs ballots sont encore emportés par les vagues, et ces misérables ayant recueilli une malle avec trois ou quatre porte-manteaux font voile pour Liverpool.

Le capitaine périt un des premiers. Toujours plongé dans l'ivresse, il s'écriait: « Nous sommes perdus, » lorsqu'une vague le renversa dans la mer. Trois soldats, chargés de la garde d'un déserteur, restèrent auprès de lui aussi longtemps qu'il leur fut possible: une vague vint les frapper tous quatre, et emporta le déserteur. Un des soldats, poussé contre la partie du mât qui était dans l'eau, s'y cramponna et reparut plusieurs fois, la mer soutenant le vaisseau. Enfin ses forces s'épuisèrent, et il périt en poussant un cri religieux. Une femme de trente ans lutta longtemps contre les flots, portant dans ses bras ses deux enfants, l'un âgé de deux ans et l'autre de huit mois. Une vague vient la frapper, et, pendant une minute ou deux, couvre ces deux innocentes créatures. Le vent s'apaise, et la mer devient plus calme. Cette mère infortunée regarde alors ses deux enfants: ils sont morts! Elle jette un cri perçant, lâche l'objet qui la soutenait au-dessus de l'eau, et périt avec eux. Deux jeunes époux, unis depuis quelques semaines, flottaient sur l'eau, se tenant embrassés comme pour mourir ensemble. Quelques passagers, que ce spectacle attendrit, s'efforcent, au péril de leur propre vie, de ramener, sur un débris du paquebot, ce couple infortuné qui respire encore ; c'est en vain ; ils sont eux-mêmes victimes de leur généreux dévouement.

Nombre de femmes et d'enfants, retirés sur l'avant du *Moira*, étaient les plus exposés, et il était impossible de leur porter secours. On les voyait, dit un passager qui a survécu à ce désastre, lutter contre d'épouvantables difficultés. Une femme, surtout, implorait notre assistance ; nous lui tendîmes une corde : elle ne put la saisir, et disparut. Dix hommes se tenaient supendus à la même corde, une vague en emporta sept, qui lâchèrent prise l'un après l'autre.

Plusieurs bateaux pêcheurs, des bâtiments anglais et américains, et deux bateaux à vapeur, témoins de l'affreuse situation du paquebot, et pouvant aller au secours des naufragés, jugèrent sans doute qu'il suffisait d'implorer celui du ciel pour les malheureux que les flots allaient engloutir.

Enfin, la chaloupe de sauvetage d'*Hylack* vint, entre sept et huit heures, les secourir. Trente de ces infortunés y sautèrent à la fois. Comme elle pouvait à peine les contenir, et qu'un plus grand nombre aurait pu la faire sombrer, le commandant fit pousser au large.

Tous ceux qu'il avait reçus à son bord étaient épuisés de fatigue, et quelques-uns même étaient à toute extrémité. Une autre chaloupe arriva à huit heures de Liverpool, et emmena huit personnes. Avant l'arrivée d'une troisième, le vaisseau fut mis en pièces et le mât renversé par les vagues qui entraînèrent plusieurs femmes.

Douze passagers profitèrent de la dernière embarcation ; il en restait quinze accrochés aux débris ; ils furent sauvés presque tous par les barques qui vinrent à leur secours.

Sur trente-trois personnes qui occupaient des chambres particulières, et parmi lesquelles il y avait cinq femmes, seize seulement, dont une femme, survécurent au naufrage. En évaluant à cent dix le nombre total de celles qui étaient à bord du paquebot, près de la moitié furent victimes de ce déplorable événement.

Plusieurs passagers appartenaient à des familles considérées. Ils allaient en Irlande, où le roi se trouvait, et avaient à bord beaucoup d'effets précieux. Ceux qui eurent le bonheur de survivre à leurs infortunés compagnons, étaient presque tous, lorsqu'ils débarquèrent, dans un état complet de nudité. Une ou deux femmes échappèrent à ce triste naufrage, qui fut principalement l'effet de l'intempérance du capitaine, de son second et de la majeure partie de l'équipage. A l'exception du munitionnaire et de deux matelots, qui firent leur devoir, tout le reste de l'équipage était ivre-mort.

NAUFRAGE DU NAVIRE L'ÉMILIE

Sur la plage de Campo-Bom (Brésil).

Dans le mois de février, l'*Émilie* fit voile du Hâvre pour
Rio-Janeiro, où ce navire arriva après une heureuse traversée.

A peine l'équipage eut-il touché le territoire brésilien,
qu'il conçut et exécuta le projet de déserter, de sorte
que le capitaine resta seul avec son navire et un de ses
officiers, et se vit dans l'obligation de composer un autre
équipage de matelots allemands et américains, déserteurs
eux-mêmes, mais que l'urgence fait recevoir sans qu'on se
montre trop difficile sur les antécédents de ces marins
cosmopolites.

L'*Émilie* devait se rendre à Rio-Grande, et de là se diriger sur un petit port nommé Porto-Allègre, où elle devait compléter son chargement.

Arrivé à cette destination, le capitaine s'empressa de
mettre sa cargaison à terre ; il y avait même envoyé son
second pour quelques affaires relatives au navire, lorsqu'il
se trouva dans un grand embarras par la mutinerie de
quatre matelots étrangers qui, au mépris de leurs enga-
gements, refusèrent de travailler, et voulurent débarquer

à Porto-Allègre, abandonnant ainsi le navire dans le moment où leur service était indispensable. Ils espéraient trouver de plus grands avantages à bord d'un autre bâtiment et la perspective d'un peu d'or suffit à ces aventuriers pour les dégager des obligations qu'ils avaient contractées. Si le sang-froid et la fermeté doivent se montrer quelque part, c'est dans les actes d'un capitaine de navire marchand, dont la vie est à la merci des gens sans aveu qu'il est obligé de ramasser dans les ports étrangers pour parer aux désertions : il faut donc que la force morale supplée dans de grandes et périlleuses circonstances à la force physique, et que l'ascendant d'une volonté ferme impose à des hommes qu'aucun autre frein ne saurait retenir dans le devoir.

Le capitaine Momet, dont les intérêts allaient être compromis par la fuite de ses matelots, s'opposa avec vigueur à l'exécution du projet que ces misérables avaient conçu ; mais ces mutins avaient prévu la résistance qu'on pouvait leur opposer, et malgré la bonne contenance du capitaine du navire et les pistolets dont il était armé, il eût succombé sous les poignards que ces assassins appuyaient déjà sur sa poitrine, si le passager, M. Chabanne, ne fût venu à son secours. La présence de ces deux hommes, bien déterminés à vendre chèrement leur vie, arrêta les entreprises de ces brigands ; ils consentirent même à rester à bord et à travailler.

Le second arriva quelques heures après cette révolte ; le capitaine lui confia le commandement du navire et descendit à terre. Il alla trouver un des magistrats de Porto-Allègre, lui raconta ce qui venait d'arriver, déposa sa plainte entre ses mains, se reposant sur cet officier, chargé de la police maritime, du soin de punir une tentative si audacieuse.

Cette réclamation eut l'effet qu'il devait en attendre : lorsque le capitaine retourna à son bord, le magistrat le fit accompagner par plusieurs agents de la force publique, qui s'emparèrent des quatre matelots insubordonnés et les conduisirent immédiatement en prison.

On devait induire de la prompte arrestation de ces hommes que bonne justice en serait faite : l'accusation était grave, les faits attentatoires étaient prouvés ; un exemple allait donc être donné, qui porterait une terreur salutaire dans l'âme des matelots prêts à suivre une coupable impulsion. Telle était l'opinion que le capitaine Momet se formait de la justice brésilienne, et en attendant la décision des magistrats qui devaient prononcer, on continuait à mettre à bord de l'*Émilie* les marchandises qu'elle était venue chercher à Porto-Allègre ; mais quelle ne fut pas la surprise des officiers français quand ils aperçurent ces mêmes hommes, qu'ils avaient lieu de croire enfermés entre les murs d'une étroite prison, faisant la manœuvre sur un bâtiment du pays qui descendait la rivière ! Lorsqu'ils longèrent l'*Émilie*, ils poussèrent l'effronterie au point de menacer de leurs poignards, qu'ils brandissaient, le capitaine qui avait failli devenir la victime d'un premier attentat : « Nous saurons bien vous trouver, lui crièrent-ils avec l'accent d'une joie féroce, si jamais vous retournez à Rio-Grande ! »

Une telle menace, faite par des misérables qui ne regardaient pas comme un crime une vengeance satisfaite, dut porter le capitaine à s'enquérir des motifs qui avaient engagé le magistrat à relaxer aussi promptement des prévenus qui méritaient un châtiment exemplaire ; il se fit mettre à terre une seconde fois, et s'étant rendu chez l'officier qui avait reçu sa plainte, il lui témoigna son étonnement avec toute l'énergie que lui inspirait un déni de justice aussi manifeste ; mais ses justes réclamations ne furent point écoutées, ou du moins elles n'amenèrent aucun résultat. Tout ce qu'il put recueillir des informations qu'il prit sur cette affaire, ce fut d'avoir la certitude que les matelots qui avaient attenté à ses jours avaient été mis en liberté peu de temps après leur arrestation.

Il revint à son bord fort embarrassé dans sa position, car il avait fait à Porto-Allègre de vaines recherches pour remplacer les matelots si arbitrairement relaxés; cependant il lui fallait du monde pour l'aider à redescendre une rivière pleine d'écueils, et toutes ses forces consistaient en deux officiers, un mousse et quatre nègres sur lesquels il devait peu compter. Malgré les périls qui l'entouraient, il se décida pourtant à se rendre à Rio-Grande, et quelque hardi que fût un tel dessein exécuté avec d'aussi faibles moyens, la fortune ne trahit ni son espoir ni son courage : il arriva sans accident dans ce port, dont les menaces des quatre matelots devaient lui faire redouter les approches. De si légitimes appréhensions ne l'empêchèrent pas de vaquer dans cette ville aux affaires de son navire; armé jusqu'aux dents, et accompagné de son second muni également de moyens de défense, il fit toutes les courses que commandaient ses intérêts, plaçant pour ainsi dire son existence sous la sauvegarde de la justice de sa cause. Les misérables qui l'avaient menacé n'osèrent point attenter à ses jours de nouveau, ou peut-être ne trouvèrent-ils point une occasion favorable, car il importe peu à de tels hommes d'exposer leur vie, pourvu qu'ils satisfassent un besoin impérieux de vengeance. Il y a au Brésil des exemples d'assassinats commis avec une lâcheté qui fait la honte d'un pays qui se pique de civilisation.

Le capitaine Momet ayant entièrement terminé à Rio-Grande son chargement, qui se composait de diverses

marchandises, s'occupa du soin de former un troisième
équipage ; il parvint à le composer de marins de plusieurs
nations : c'étaient des Brésiliens, des Allemands, des Espagnols et des Américains. On pense bien qu'il ne fut pas
le maître de les choisir ; la nécessité lui faisait une loi de
prendre les marins qui se présenteraient, et c'était le rebut
de cette classe d'hommes les plus dépravés, et en terme de
métier les plus *faillis* matelots de Rio-Grande ; encore
fallut-il payer fort cher le mauvais service qu'il devait
attendre d'eux, car cette espèce de gens se met à la solde
du plus fort enchérisseur.

Dans la matinée du 4 octobre, tout le monde se rendit
à bord, et l'*Émilie* partit pour le Havre avec des vents de
la partie du nord-nord-est, petit frais. Le navire, pourvu
d'un pilote, appareilla sous toutes voiles et passa la barre
de Rio-Grande à onze heures du matin. Arrivé en deçà de
la barre, le capitaine fit porter le pilote à bord de son
embarcation ; il embarqua sa chaloupe et fit route au plus
près, le cap au N. E. quart d'E. Les vents, pendant cet
intervalle, passèrent à l'est-sud-est, temps orageux et par
grains. Vers cinq heures après midi, le temps se couvrit
de nuages épais, la brise fraîchit considérablement et une
grosse pluie ne cessa de tomber par torrents. De cinq à
huit heures du soir, le ciel s'obscurcit entièrement, et le
vent passa à la tempête ; la mer était déjà très-grosse. Il fut
obligé alors de prendre deux ris dans les huniers, de
crainte de casser la mâture qui déjà menaçait de tomber ;
il garda cette voilure malgré la force du vent qui augmentait de plus en plus, parce qu'il ne se croyait pas assez
éloigné de la côte, suivant son estime.

Le capitaine descendit dans la chambre et se jeta sur un
banc pour se reposer. A minuit, le second l'ayant prévenu
que la tempête augmentait, il ordonna de continuer la

même voilure, pour éviter la côte sur laquelle le vent, le courant et la grosse mer les poussaient avec rapidité. A trois heures du matin, on sonda : voyant que rien n'annonçait le danger, quoique la mer fût houleuse et le temps à la tempête, le capitaine, sans ôter ses vêtements, se mit sur son lit, se faisant rendre compte à chaque instant de ce qui se passait sur le pont.

A quatre heures du matin, le lieutenant prit le quart ; la tempête augmenta et la mer devint furieuse ; le ciel était encore couvert, et la brume devint si épaisse, qu'il était impossible de distinguer un objet d'une extrémité à l'autre du navire. Cet officier fit part de ses craintes au capitaine, qui monta sur le pont. Le vent était si fort, qu'à peine pouvait-on manœuvrer ou même se tenir debout.

A quatre heures et demie, on aperçut des brisants sur l'avant du navire ; le capitaine voulut virer de bord pour les éviter ; mais la force du vent et la grosse mer rendirent cette manœuvre impossible ; le navire continua son sillage malgré tous les efforts des marins.

Un quart d'heure après, l'*Émilie* talonna ; le coup fut si fort qu'il s'ensuivit la perte du gouvernail et la chute du grand mât de hune qui tomba en vrac sur le pont. Le navire étant alors dans les brisants, ballotté au milieu d'une mer affreuse, le capitaine ne s'occupa plus que des moyens de sauver l'équipage, puisqu'il ne restait aucun espoir de retirer le bâtiment du milieu des rochers sur lesquels il avait touché. Il ordonna de couper le grand mât ; mais cet ordre ne put être exécuté sous les coups de mer qui frappaient le navire de la manière la plus terrible. Le capitaine et son second, voulant faire un dernier effort, s'élancèrent sur la grande vergue pour en couper les charpentes, afin d'avoir une pièce de bois sur laquelle l'équipage pût se sauver. Mais à peine étaient-ils en devoir

d'exécuter leur résolution, que les hommes réfugiés sur
l'arrière crièrent que le grand mât allait tomber; quelques minutes après, il se rompit en effet, et le capitaine
Momet et son second tombèrent à la mer avec les débris
du mât sur lequel ils étaient cramponnés. Un bout de
corde que M. Chabanne s'empressa de jeter au capitaine
à l'instant même, aida celui-ci à se sauver. Le second,
lancé hors du bord par un coup de mer, s'accrocha de son
côté à une manœuvre au moyen de laquelle il gagna l'a-
vant du navire.

Tous les hommes réunis et groupés, mais exposés à se
voir enlevés par chaque lame, se déterminèrent à s'élancer
sur les débris du bâtiment et à s'abandonner aux vagues.
L'avant du navire avait été brisé en mille pièces, et l'arrière s'était détaché de la quille qui était restée enfouie
dans le sable. Ces malheureux, pressés le long des cabanes
du rouffle, paraient encore la lame qui déferlait par-dessus leur tête. Ils ne durent leur salut qu'à cet incident;
mais, dans la crainte bien fondée d'être enlevés par
la mer, ils se précipitèrent presque tous sur des débris
du navire, et parvinrent au rivage. Le capitaine, le second
et un matelot restèrent sur le couronnement et par bonheur le vent et la marée portaient à terre, et ils arrivèrent les derniers.

En touchant à terre, le capitaine avait été tellement
froissé dans sa chute qu'il ne pouvait plus marcher; deux
hommes le portèrent dans leurs bras sur le sable sec; on
ne trouva d'autre moyen de ranimer ses membres engourdis par le froid, que de creuser une espèce de fosse
dans laquelle on le plaça.

Tout le monde fut sauvé; mais les papiers, l'argent,
les coffres et les effets furent engloutis dans les abîmes de
la mer, à l'exception de la malle du second, qui se trou-

vait dans une cabane du roufle et qui fut jetée sur le rivage. Cet officier s'empressa de couvrir son capitaine de ses vêtements les plus chauds, et de lui offrir tout ce que les flots avaient épargnés.

La tempête avait jeté l'équipage de l'*Émilie* sur des dunes arides qui ne portaient aucune trace d'homme ; partout des sables, la nature sans vie, un silence effrayant que troublaient seuls, à des intervalles inégaux, le bruit des vagues expirant sur la plage et le cri monotone des oiseaux de mer. Le capitaine se détermina cependant à passer quarante-huit heures dans cette effroyable solitude ; il voulait procurer deux jours de repos à son équipage exténué de fatigue, espérant aussi que, pendant ce laps de temps, les flots apporteraient sur le rivage quelques débris de la cargaison du navire ; mais ses vœux furent trompés, la mer garda sa proie ; seulement, le lendemain du naufrage, on aperçut non loin de là un animal qu'il fut aisé de reconnaître à ses grognements ; c'était un porc que l'instinct de la conservation avait porté à se sauver à la nage, lorsque le navire fut englouti, instinct trompeur, car l'animal immonde fut mis à mort aussitôt qu'on l'eut atteint. Un mouton noyé vint augmenter les provisions des naufragés ; il fut dépouillé et rôti avec toute la célérité commandée par la circonstance. Un briquet qui s'était conservé intact dans la poche d'un matelot donna les moyens d'allumer du feu à l'aide de quelques herbes desséchées et des pièces de bois sur lesquelles nos navigateurs avaient échappé à la mort.

On avait découvert à quelque distance une source d'eau douce, véritable providence pour des hommes mourants de soif, au milieu d'un désert. Le repas terminé, on passa la nuit sur le sable, et on remit au lendemain les excursions dans l'intérieur du pays.

A peine le jour avait-il commencé à paraître, que le capitaine et le second se rendirent sur les sommités les plus élevées des dunes : une longue-vue qu'on avait sauvée des flots devait servir à l'exploration lointaine d'un pays qu'on avait quelque raison de croire inhabité.

On découvrit un grand lac, ce qui fit croire aux matelots qui étaient accourus sur les dunes qu'ils avaient été jetés sur une île déserte. Cette pensée les frappa tellement qu'ils ne voulurent pas ajouter foi aux paroles du capitaine, qui cherchait à les faire revenir de l'erreur dans laquelle ils étaient tombés. « Une île de sable, s'écriaient-ils avec toutes les apparences d'un profond désespoir; notre perte est certaine! » Et leur imagination troublée leur offrait déjà la mort sous la forme les plus hideuses. Le capitaine, en traçant sur le sable une espèce de carte géographique, leur prouva qu'il était impossible qu'ils se trouvassent où ils se croyaient être. Force fut donc à eux, après un si juste raisonnement, de se rendre à l'évidence, et de reprendre courage. Il fut décidé qu'on se mettrait immédiatement en route, et qu'on se dirigerait vers le lac.

Cette marche fut pénible et lente; deux hommes étaient malades et ne se soutenaient qu'à l'aide de leurs camarades, et ceux qui se portaient bien avaient toutes les peines du monde à se traîner sur un sable mouvant qui semblait fuir sous les pieds qui le foulaient.

Après plusieurs haltes, on arriva enfin sur les bords du lac; mais là se terminait tout espoir de salut : comment traverser cette autre mer, cette vaste étendue d'eau, sans le secours, non pas d'une embarcation, mais d'un seul morceau de bois pour en faire un radeau? Le franchir à la nage était une entreprise dont rien ne justifiait l'audace. Cependant on croyait apercevoir sur la rive opposée que

ques traces de végétation. Dans plusieurs endroits, certains indices qui ne trompent jamais l'œil exercé du
navigateur laissaient penser que dans une partie de son
étendue le lac était guéable; mais était-il prudent de
s'aventurer ainsi au travers des eaux sur la foi de quelques
bancs de sable qu'on apercevait presqu'à la surface?

De si faibles chances de succès suffirent cependant
pour déterminer le capitaine Momet à se risquer au milieu des ondes tranquilles du lac; il offrit à ses compagnons d'infortune à le suivre dans la route qu'il allait
s'ouvrir; mais ils ne voulurent pas s'exposer avec lui à
un si grand péril. Un seul homme consentit à ne pas
l'abandonner, c'était un matelot italien. Le capitaine par-
tagea tous les vivres qu'il possédait entre son équipage,
lui donna quelques consolations, et armé d'un harpon
qu'il avait conservé pour des motifs de sûreté personnelle,
il s'aventura dans le lac suivi de son fidèle matelot. A
peine furent-ils entrés dans l'eau qui les mouillait jusqu'à la ceinture, qu'un orage affreux éclata sur leur tête :
le lac paraissait en feu; mais ni les éclats du tonnerre, si effrayants dans ces parages, ni l'incertitude de la route qu'ils
avaient à parcourir, ne rebutèrent le courage de cet intrépide marin; après des efforts inouïs, ils arrivèrent enfin
sur la rive désirée. La pluie tombait par torrents; mais
un bois touffu leur offrit un abri tutélaire. Ils se dirigèrent
donc vers cette forêt, et au moment où ils allaient y
entrer, un homme à cheval parut tout à coup dans la
plaine, et vint droit à eux. Le capitaine n'eut pas de
peine à lui faire comprendre l'étendue de ses malheurs!
il lui raconta en peu de mots son naufrage et le triste
dénûment dans lequel il avait laissé ses compagnons.

Le généreux cavalier s'empressa de conduire les deux
infortunés dans une chaumière qui se trouvait sur la lisière

du bois; on les accueillit avec de franches démonstrations d'intérêt; on leur offrit dans cette maison hospitalière un repas frugal qui apaisa la faim qui les dévorait. Cette chaumière était éloignée de six lieues de l'endroit où le navire s'était perdu.

Les hommes composant l'équipage de l'*Émilie* avaient suivi des yeux avec anxiété la marche de leur brave capitaine, et pensant que l'issue avait été favorable, ils résolurent d'imiter l'exemple qu'il leur avait donné; mais l'exécution de ce projet fut remise au lendemain. Ils passèrent la nuit sur les bords du lac, et dès que le soleil parut à l'horizon, ils suivirent les traces de leur capitaine, sans doute avec le regret de n'avoir pas pris la veille une détermination de laquelle dépendait leur salut. Aucun obstacle ne s'opposant à cette traversée, ils arrivèrent tous sains et saufs dans la cabane qui avait reçu leur chef.

Dans la matinée du 9 octobre, le même homme qui avait rendu à M. Momet le service de le conduire à la cabane, s'offrit encore pour l'accompagner chez le commandant de la province, qui demeurait à quelques lieues de la chaumière; sa proposition fut acceptée avec reconnaissance par le capitaine, qui s'y rendit avec le second et le mousse.

Le commandant les accueillit avec des témoignages de bienveillance qui ôtent à ceux qui en sont l'objet le sentiment de leur infortune. Pendant les six jours qu'il les força de rester chez lui pour s'y reposer, il leur prodigua les soins les plus empressés, et mit à leur disposition tout ce qui pouvait contribuer à leur rendre sa maison agréable. Le séjour qu'ils y firent les rétablit entièrement des fatigues qu'ils avaient éprouvées. Les matelots de l'*Émilie* vinrent trouver chez ce digne commandant le capitaine

Momet, qui leur délivra toutes les attestations dont ils pouvaient avoir besoin pour justifier de la perte de leurs effets dans le naufrage auquel ils venaient d'échapper.

Après avoir fait ses remercîments à son estimable hôte, le capitaine prit congé du commandant qui mit le comble à ses excellents procédés pour nos compatriotes, en leur faisant donner des chevaux et un guide pour les conduire à Rio-Grande.

Ils firent à petites journées les cinquante lieues qui les séparaient de cette ville, s'arrêtant tous les soirs dans des maisons où des recommandations du commandant leur préparaient toutes les douceurs d'une généreuse hospitalité; ils y changeaient de chevaux et de guide, et se mettaient en route le lendemain après avoir reçu toutes les preuves de l'intérêt qu'ils avaient inspiré.

Arrivés au nord de Rio-Grande, ils furent obligés de passer au sud, pour se rendre auprès du vice-consul de France qui y fait sa résidence habituelle; s'étant mis en règle au consulat, le capitaine s'embarqua pour Rio-Janeiro, sur un navire américain, et, dans ce dernier port, ayant trouvé la *Henriette*, de Saint-Malo, prête à faire voile pour la France, il prit son passage à bord de ce navire. Après une longue et périlleuse traversée, il débarqua au Havre, laissant au Brésil le second et le mousse de l'*Émilie*.

MASSACRE A BORD DU NAVIRE LE FŒDERIS-ARCA

Le trois-mâts français *Fœderis-arca* partait de Cette, le 8 juin 1864, à destination de Vera-Cruz, emportant un grenier de houille pour le gouvernement et un complément de cargaison composé de liquides, tels que vermouth, absinthe, etc. Il était commandé par le capitaine Richbourg, homme d'un caractère doux, presque faible, ayant pour second M. Aubert, nature très-énergique au contraire, avec un équipage composé de marins inscrits dans plusieurs ports, et notamment dans des ports bretons. Il avait, de plus, à bord, un passager Corse, nommé Orsini.

Le *Fœderis-arca* était à peine en mer, que l'équipage, excité par des plaintes sur la manière dont il était nourri, forma le complot de couler le navire.

Il se trouvait dans les parages des îles du Cap-Vert, lorsqu'un soir, vers le 4 ou le 5 juillet, les conjurés envoyèrent le novice Chicot, de Nantes, prendre la barre, et se mirent à faire du tapage afin d'attirer sur l'avant, où ils se trouvaient réunis, M. Aubert, objet particulier de leur haine.

Le malheureux second se hâta d'aller voir ce qui se passait. Aussitôt il fut littéralement criblé de coups de poignards, portés avec une telle furie que des lames s'en recourbèrent. Loin de se laisser intimider, Aubert opposa à ses assaillants une résistance inflexible. N'en pouvant avoir raison, malgré les blessures dont il était couvert, les assassins le frappèrent avec une bringueballe, instrument en fer et servant à manœuvrer la pompe. Ce traitement barbare ne suffit pas à achever la victime, qui continuait de lutter. On s'empara alors du second et on le jeta à la mer par la coupée. Aubert trouva dans l'énergie de sa nature, la force de remonter à bord, mais il fut saisi de nouveau et relancé dans les flots, où il trouva enfin la mort.

Un deuxième meurtre devait bientôt suivre le premier et s'accomplir également dans les circonstances les plus tragiques.

Le bruit de la scène que nous venons de raconter rapidement, avait attiré le capitaine. Il fut à son tour assailli et blessé. En vain rappela-t-il aux bourreaux les bontés qu'il avait toujours eues pour eux, la manière paternelle dont il les avait toujours traités, on l'accabla de sévices ; il demanda alors pour grâce suprême qu'on le tuât au moins sans le faire souffrir ; l'équipage le saisit et le précipita à la mer.

Le navire naviguait doucement ; Richbourg nagea quelques instants derrière, et quand toute espérance fut perdue, quand ses forces l'abandonnèrent, on l'entendit du navire, prononcer ces paroles prophétiques : « Eh bien! bon voyage! vous aurez tous le cou coupé! »

L'équipage, resté maître du *Fœderis-arca*, se livra à une épouvantable orgie. L'une des causes de son insubordination avait été le détournement du vermouth et de

l'absinthe, avec lesquels il s'était mis presque journelle-
ment en état d'ivresse, ce qui lui avait attiré des reproches
mérités. Ces liquides, après le sang, coulèrent à flots.
Mais les libations répétées eurent leur résultat inévitable,
elles amenèrent des querelles entre les complices, au
point que l'un des plus exaltés, le cuisinier, que l'on menaçait de tuer, prévint par le suicide le sort qu'il prévoyait et se jeta volontairement à la mer.

Suivant le projet des meneurs, le charpentier saborda
le navire, qui sombra après que l'équipage se fut embarqué dans les canots. La responsabilité des actes dont ils
s'étaient rendus coupables commençait à troubler la
conscience de ces hommes ; tous étaient sombres et son-
geurs.

Une fois en mer, on discuta les termes à employer dans
le récit à faire de la perte du bâtiment ; on signa une dé-
claration par laquelle on s'engageait à ne rien révéler et à
mettre à mort celui qui ferait des aveux. Plus tard cette
pièce fut détruite.

La crainte les poussa à couvrir les faits sanguinaires
passés par une autre atrocité.

Ils conçurent l'appréhension d'être trahis par le mousse.
Ils hésitaient toutefois à s'en défaire. Le soin de leur salut l'emporta ; l'un d'eux dit au mousse de jeter avec le
gamelot, ou petit seau, l'eau que l'embarcation avait
faite ; au moment où l'enfant se penchait pour exécuter
cet ordre, une main le saisit par derrière et le lança par-
dessus le bord.

Le mousse poussa un cri. Faute de brise, le canot ne
filait pas beaucoup ; comme le capitaine, le petit naufragé le suivit pendant quelque temps à la nage !...

On rencontra enfin un bâtiment Danois qui recueillit
l'équipage et le déposa aux îles du Cap-Vert. Là l'équi=

page fut embarqué à bord du *Monge*, de la marine impériale, et conduit à Brest, où une enquête eut lieu.

Les dépositions furent identiques ; elles se réduisirent à ceci :

En juillet, le capitaine Richbourg s'aperçut que le navire faisait de l'eau ; on arma les pompes, mais on ne put pas venir à bout de gagner sur l'eau. Après qu'on eut bien pompé, l'équipage étant épuisé, le capitaine se décida à abandonner le navire. On amena les canots que l'on acosta le long du bord, et l'on commença à y embarquer l'équipage.

Le capitaine, le second, le mousse et le cuisinier devaient descendre les derniers dans la baleinière ; mais, occupés de compas, montres, papiers, etc., ils se laissèrent surprendre et furent engloutis avec le bâtiment, vers les une ou deux heures de la nuit.

« Nous restâmes jusqu'au jour sur les lieux, ajoutèrent ceux qu'on interrogeait, sans voir personne ; seulement, des débris de la baleinière, des dromes, etc., flottèrent près de nous. La nuit était fort noire, sans lune. »

La concordance de ces déclarations fit croire à Brest à la véracité des témoins. Peut-être n'eût-on jamais connu le crime, si M. Aubert, frère du second du *Fœderis-arca*, et marin lui-même, n'eût eu des soupçons.

Après s'être concerté avec plusieurs capitaines de navire il écrivit au ministre de la justice pour demander une contre-enquête, en s'appuyant surtout sur ce fait que, d'après les témoins, le capitaine Richbourg et son second étaient restés avec le mousse et le cuisinier pour armer la baleinière, ce qui n'était pas admissible.

Une contre-enquête fut commencée à Nantes, où le directeur des mouvements du port et le commissaire de l'inscription maritime interrogèrent le novice Chicot. La

déposition de celui-ci fut substantiellement la même que
celle faite à Brest. Certains points, cependant, ne parurent
pas clairs aux deux fonctionnaires, entre autres, l'obscurité de la nuit au moment où le navire sombrait. Chicot
avait probablement oublié le texte convenu. On lui dit
qu'on le rappellerait au besoin et on le laissa libre.

Depuis ce moment, Chicot devint très-triste, et quand
sa mère lui demandait les raisons de sa mélancolie, il répondait qu'il pensait à la mort de son capitaine qu'il aimait tant. Enfin, n'y tenant plus, il fit à sa mère des
aveux complets. Celle-ci l'envoya alors auprès du juge
d'instruction.

Des ordres furent aussitôt expédiés pour faire arrêter
les conjurés. L'un d'eux, Carbuccia, fut pris à Marseille ;
il avoua tout. Carbuccia a joué un rôle odieux dans ce
drame ; ce fut lui qui frappa le second et le capitaine avec
tant d'acharnement que son couteau ou poignard se re-
courba sous la force des coups.

Un autre, Lénard, qui paraît avoir été le principal me-
neur, a été arrêté à Anvers ou à Copenhague. Tripault a
été saisi au Havre. Un nommé Pieri a été arrêté à la Martinique et ramené en France à bord de l'*Amazone*. Quatre
autres ont été arrêtés également. Tous n'avouent pas,
entre autres Lénard, mais on a trouvé, dit-on, entre ses
mains des objets qui ont appartenu au second ou au capitaine. Lénard faisait les fonctions de lieutenant ; pendant qu'on assassinait le capitaine, il disait : « Laissez-le
aller, laissez-le aller ! » Puis, se promenant, en riant,
derrière, il hurlait : « A l'eau ! à l'eau !

Les accusés ne tarderont pas à comparaître devant la
justice pour y répondre de leurs abominables méfaits.

COMBAT DE L'ALABAMA ET DU KEARSEAGE

Devant Cherbourg.

Dans la soirée du 11 juin 1864, entra en rade de Cherbourg une corvette à vapeur de 1,040 tonnes, l'*Alabama*, construite, il y a deux ans, par les ordres du gouvernement de Richmond. C'était un bâtiment de formes élégantes, taillé pour la course, peu élevé sur l'eau et peint en noir. Il avait en batterie six canons de 32, tous passés à tribord, un canon de 68 à pivot, en chasse sur l'avant, et une autre pièce semblable en retraite ; il comptait vingt-deux officiers et cent deux hommes d'équipage, Américains, Anglais, Danois, Bretons et même Normands. Le capitaine, M. Raphaël Semmes, avait d'abord été officier dans la marine des États-Unis, qu'il avait abandonnée pour commander le corsaire le *Sumter*.

En 1862, le *Kearseage*, sloop à vapeur fédéral de 1,031 tonnes, arriva devant Gibraltar, où mouillait le *Sumter*. Les deux capitaines avaient été amis, ils avaient jadis servi ensemble, et leurs anciennes relations étaient un motif d'animosité.

Le commandant Wuislow, du *Kearseage*, provoqua le

commandant Semmes. Celui-ci répondit que l'inégalité des forces rendait la lutte impossible ; qu'en dépit de son adversaire, il sortirait du port pour aller vendre le *Sumter*, qui devait être détruit, et que, reparaissant sur un autre navire, il accepterait plus tard le combat.

En effet, quittant Gibraltar pendant la nuit, le capitaine Semmes alla vendre le *Sumter* en Angleterre, et le remplaça par l'*Alabama*, avec lequel il reprit la mer.

En peu de temps, l'*Alabama* se rendit célèbre. Grâce à la rapidité de ses mouvements, en deux ans il accosta et captura cinquante-six navires fédéraux.

Comme il n'avait point de port ouvert pour y conduire ses prises, il les coulait ou les incendiait en mer. Il en conservait seulement les chronomètres comme trophées.

Le capitaine Semmes est un petit homme de cinquante-six ans, aux cheveux gris, au teint basané, aux longues moustaches, à la figure martiale. Échappant aux croisières fédérales, ayant pu couler d'une seule bordée le navire de guerre le *Hatteras*, il était la terreur du commerce des États-Unis. Au commencement de 1864, il avait capturé, sur les côtes du Brésil, le *Buckingham*, capitaine Guerut, allant des îles Chinchas à Londres, et le *Tycone*, capitaine Eres, allant de New-York en Californie.

L'*Alabama* était parti, le 28 mars, du cap de Bonne-Espérance. Quand il entra en rade de Cherbourg, ce fut pour y réparer ses avaries, et y renouveler ses provisions de bouche et de combustible. Il y fut admis comme belligérant et navire de guerre, et mit à terre trente-cinq prisonniers du *Buckingham* et du *Tycone*, parmi lesquels se trouvaient la femme, la fille et la femme de chambre du capitaine du *Buckingham*. Les équipages des deux bâtiments capturés étaient restés aux fers pendant une traversée de sept semaines.

Dès le matin du 14 juin, le rival de l'*Alabama*, le *Kear-seage*, qui avait fait un assez long séjour à Brest, parut au large de la digue, et envoya une embarcation à terre. Il avait quatre canons de 30 en batterie, un canon de 30 sur le gaillard d'avant, et deux pièces de plate-forme, du diamètre de 11 pouces, à âme lisse, montées sur des affûts à pivot, d'après le système de l'amiral Dalgren.

Dès le 15 juin, le capitaine Wuislow envoya un défi à son ancien compagnon d'armes. « J'espère, lui disait-il en substance, que vous ne vous déroberez pas au combat, qu'on ne pourra plus prétendre que les vaisseaux du Nord ont toujours soin de chercher l'*Alabama* partout où ils sont sûrs de ne pas le rencontrer.

— « Je sortirai de la rade de Cherbourg en plein jour, répondit le capitaine Semmes, et nous verrons bien si le *Kearseage* est en état de m'empêcher de continuer ma route. »

Conformant ses actes à ses paroles, M. Semmes prit, dès le lundi 16 juin, toutes ses mesures pour combattre. Il se rendit, avec une partie de son équipage, chez le consul du Brésil, M. Bonfils, qui remplit officieusement à Cherbourg les fonctions de représentant des Confédérés. Les marins de l'*Alabama* déposèrent entre ses mains ce qu'ils avaient de plus précieux, et le chargèrent de commissions pour leurs familles. M. Semmes remit à un banquier une somme de cent dix-huit mille francs, et débarqua à la douane vingt mille dollars en lingots.

Il comptait appareiller immédiatement ; mais l'embarquement du charbon et d'indispensables réparations retardèrent son départ.

Le 18 juin, quelques notables habitants de Cherbourg visitèrent l'*Alabama* et cherchèrent à dissuader M. Semmes de tenter la chance d'une bataille avant d'avoir complété

ses réparations. « Je ne sais pas, répliqua-t-il, profiter de
la supériorité de la marche de mon navire pour éviter un
engagement. Je tiens à prouver que je ne suis pas seulement un corsaire s'attaquant aux navires de commerce.
Me trouvant dans un port de guerre, j'ai pris conseil de
plusieurs officiers de marine, et tous sont d'avis qu'à ma
place ils se battraient. »

Le capitaine de l'*Alabama* fit imprimer et distribuer
un mémoire justificatif pour repousser l'accusation de
piraterie et expliquer pourquoi il avait brûlé ou coulé
les navires qu'il avait capturés. Le blocus des ports confédérés l'empêchait d'y conduire ses prises, et les ports
européens lui étaient fermés. M. Semmes terminait en
disant qu'il rédigeait son mémoire pour que la vérité fût
connue dans le cas où il viendrait à succomber.

Il était impossible que les préparatifs de l'*Alabama* fussent achevés avant la nuit, et dans les conditions du
cartel accepté, il ne devait point quitter la rade à la faveur
des ténèbres.

Le 18 juin à trois heures, M. Semmes informa donc
M. le vice-amiral Dupony, préfet maritime, qu'il avait
l'intention de sortir de Cherbourg le lendemain matin. Dans
la soirée, il revit M. Bonfils, et lui dit : « Je suis, comme
vous, catholique romain. Je ne pourrai assister demain à
la messe, promettez-moi de la dire à mon intention. »

Le dimanche 19 juin, à sept heures, l'*Alabama* alluma
ses feux, qu'il poussa avec activité. Le capitaine ordonna
le branle-bas de combat, et fit préparer des grappins, des
haches, des sabres, des poignards, des révolvers, tout ce
qu'il fallait pour un abordage. Il adressa aux officiers et
à l'équipage une allocution à laquelle ils répondirent par
des cris de : « Hurrah pour le Sud! Vive Lee! Vive
Jefferson Davis! Vive la France! »

Par les ordres du vice-amiral Dupony, préfet maritime, la frégate cuirassée la *Couronne*, de quarante canons, capitaine Penhouat, mouillait près de l'*Alabama*, avec la mission de faire observer les règlements de police maritime internationale. Le commandant de cette frégate fit prévenir M. Semmes qu'il l'accosterait jusqu'à la limite des eaux territoriales, mais qu'il n'appareillerait qu'après lui, et n'entendait gêner en rien ses mouvements.

La résolution du capitaine Semmes était connue, et des milliers de spectateurs avaient pris place sur la montagne du Roule et les hauteurs voisines, sur les mâts des navires en rade ou dans les bassins, sur les terrasses du Casino des bains de mer, sur les musoirs de la digue. Les voyageurs amenés de Paris par un train de plaisir grossissaient cette population de curieux.

Une immense acclamation retentit lorsqu'au moment d'appareiller, l'*Alabama* hissa au grand mât le pavillon confédéré en le saluant de plusieurs coups de canon. Il sortit par la passe de l'Ouest, escorté par la *Couronne*. Les cutters des pilotes *Gosselin* et *Ranger* le suivirent à quelque distance, ainsi que le *Deeround*, yacht de plaisance de 190 tonneaux et de 90 chevaux de force, entré en rade le 17, appartenant à M. John Lancaster, grand propriétaire de charbonnage à Wigan, dans le Lancashire. Ce gentleman était à bord avec sa famille.

L'*Alabama*, à peine hors de rade, s'avança vers le *Kearseage* qui stationnait à l'est. M. Dayton, représentant des États-Unis, avait expressément recommandé à M. Wuislow de n'accepter et de ne présenter le combat qu'à une distance de terre d'au moins six milles, et le *Kearseage* attendait. Pendant la nuit, afin de protéger sa machine et ses œuvres vives, il s'était fabriqué un blindage avec une chaîne d'ancre disposée en plis jointifs verticaux, recouverts d'un soufflage en bois de teck.

La *Couronne* accompagna l'*Alabama* jusqu'à la limite des eaux françaises, puis elle rentra à Cherbourg. Il était onze heures dix minutes du matin lorsqu'à environ onze milles de la côte, au nord-nord-ouest, l'*Alabama* rencontra le *Kearseage*, auquel il lança son premier boulet à la distance d'environ un mille. Le bâtiment fédéral répondit de sa batterie de tribord. Une vive canonnade s'engagea ; les deux adversaires se présentant toujours à tribord, passaient au vent l'un de l'autre, et décrivaient des cercles successifs. Dès le début du combat, le *Kearseage* reçut des boulets qui endommagèrent son blindage et atteignirent sa cheminée. Un d'eux vint frapper l'étambot, et s'arrêta à six pouces du gouvernail ; un autre traversa de part en part la cabine du capitaine, tandis qu'une décharge de mitraille criblait le porte-manteau ; mais l'*Alabama* était bien plus maltraité.

Des boulets coniques à ailettes démontèrent son gouvernail, percèrent de part en part sa machine, tuèrent un second maître, blessèrent un officier et deux matelots. Les lames s'engouffrèrent dans le navire ; les hommes combattirent dans l'eau jusqu'aux genoux ; des volutes de vapeur et de fumée sortirent des écoutilles.

Un autre coup brise l'hélice et éteint les fourneaux. L'*Alabama* établit sa misaine goëlette et ses focs pour regagner la côte ; mais le *Kearseage* lui coupe la retraite, et revenant sur tribord, lui envoie deux derniers boulets coniques qui abattent la muraille de bâbord sur une longueur de près de quatre mètres.

La corvette confédérée commence à plonger par l'arrière ; le capitaine Semmes abaisse son pavillon et envoie à l'ennemi un canot commandé par le lieutenant Falham.

« Vous rendez-vous? lui crie le capitaine Winslow. L'*Alabama* s'est rendu, répond Fulham ; mais il coule, et je viens vous demander du secours. »

Pendant que le *Kearseage* stoppe, hisse le pavillon fédéral au grand mât, en signe de victoire, et détache ses embarcations, le capitaine Semmes fait descendre dans les chaloupes les blessés, ainsi que les mousses qui ne savent pas nager. Par ses ordres, tous les hommes en état de tenir la mer s'élancent à l'eau, et il s'y précipite le dernier, après y avoir jeté son épée ; il était coiffé d'un vieux chapeaux vêtu d'une veste et d'un pantalon de lieutenant de la marine anglaise ; et, quoique légèrement blessé à la main droite, il se soutint sur les flots pendant près d'une demi-heure.

Bientôt l'*Alabama* disparut ; les embarcations du *Kearseage* en recueillirent soixante-douze hommes, dont onze blessés. Le cutter du pilote Mauger, qui était resté à quelques encâblures des combattants, sauva le deuxième lieutenant Armstrong, légèrement contusionné au côté gauche par un éclat d'obus ; les maîtres voiliers William, Broohr, Moris, Brilt, Welsh, Marphy, Hanry, Alleat ; les matelots Michael, Everton et Charles Godwin. Le maître d'équipage Adonis, monté sur un des canots du *Deerhoand*, hissa à bord le capitaine Semmes, dont les forces s'épuisaient.

Douze autres officiers et vingt-sept hommes furent recueillis par le yacht de M. Lancaster, qui prit immédiatement la route de Southampton.

Le remorqueur le *Var*, qui se tenait sous vapeur par ordre du préfet maritime, était sorti de Cherbourg pour porter secours aux naufragés ; mais il ne put arriver qu'après que le sauvetage des marins de l'*Alabama* eut été terminé. Les pertes de la corvette confédérée étaient de vingt et un blessés et neuf tués ou noyés, parmi lesquels se trouvait le docteur Llewillin, englouti au moment où il achevait de panser un blessé qui fut sauvé.

Le *Kearseage* entra à Cherbourg, à cinq heures du soir, sans avaries majeures, bien qu'il eût été atteint de vingt-cinq boulets. Il n'avait que trois hommes blessés qui furent transportés à l'hôpital de la marine avec ceux de la corvette confédérée.

Le lendemain, M. Winslow rendit visite au vice-amiral Dupony, pour le remercier de ses bons procédés : « Nous avons toujours voulu, dit-il, respecter scrupuleusement les eaux françaises ; mais nous savons gré à la *Couronne* d'avoir, d'après vos ordres, en rentrant à Cherbourg, témoigné de la confiance que vous aviez dans nos promesses. »

Les officiers de l'*Alabama* présents à Cherbourg sont également venus exprimer au préfet maritime, en leur nom et au nom de l'équipage, leur reconnaissance pour les égards et les soins dont ils ont été l'objet tant avant qu'après le combat.

NAUFRAGE ET PERTE DU NAVIRE BETSY

Sur la côte du Labrador.

Le brick anglais *Betsy*, de Whitehaven, parti de Qué-
bec, avec une cargaison de bois de construction, se trouvait devant les îles Madeleine. Là, le bâtiment fut assailli
par de forts coups de vent du sud, qui obligèrent le capitaine à faire route pour le détroit de Belle-Ile; le 14 octobre, il reçut un coup de mer qui enleva tout ce qu'il y
avait sur le pont et occasionna une forte voie d'eau; le
navire fatiguant beaucoup, on mit le cap au nord-est. Ces
détails sont extraits de son journal nautique, et les sui-
vants ont été donnés par les Indiens; car personne sur le
navire n'a survécu pour raconter comment il fut jeté à la
côte.

Chose extraordinaire! il arriva qu'aucun des habitants
de la côte ne passa en cet endroit durant tout l'automne ;
mais le printemps suivant, le premier canot qui aborda
rapporta qu'il avait vu plusieurs pièces de bois de construction sur différentes îles. Peu de temps après, des pêcheurs américains et de la Nouvelle Écosse rapportèrent

avoir vu la coque d'un navire brûlé jusqu'à la flottaison sur l'île Sainte-Marie, et la place où deux hommes avaient été nouvellement enterrés : mais ce rapport ne fut jamais vérifié.

Le 6 novembre de l'année suivante, tous les doutes furent levés. Quelques Esquimaux, chassant sur la côte, en voyant un cordage sur le rivage, près des grandes îles de Wata-Wistick, débarquèrent sur la plage, et trouvèrent un petit compas en bois et une gratte ; en examinant plus attentivement, ils remarquèrent des passages marqués sur la mousse, qui annonçaient que des hommes avaient habité çà et là pendant longtemps.

Après avoir cherché durant plusieurs heures, un de ces Indiens monta sur une montagne et vit dans un creux, au milieu de petits arbres, quelque chose semblable à une cabane à laquelle ils se rendirent.

Là, ils virent les squelettes de trois hommes qui étaient étendus à la porte et trois autres dans la cabane ; là était aussi une boîte contenant le journal nautique de la *Betsy*, un livre sur la navigation, le manifeste du navire, et plusieurs autres objets presque détruits par le temps.

Il n'y avait pas d'apparence que ces hommes eussent pu allumer du feu, et il était visible qu'au lieu de chercher des habitants, ils s'étaient cachés dans la cabane, où ils étaient morts de froid et de faim. C'est toujours ce qui arrive lorsque des marins naufragent sur cette côte ; ils sont persuadés qu'il n'y a d'autres habitants que des Indiens prêts à les assassiner sans miséricorde, tandis que le peu d'Indiens qui habitent la côte de Labrador ou Terre-Neuve, loin d'être cruels, sont les plus inoffensifs des peuples qui existent sur la terre ; ils sont toujours prêts à secourir les personnes en danger.

D'après ces rapports, le malheureux équipage de la *Betsy* est, sans aucun doute, mort de froid et de faim, presque à la porte d'un établissement de chasse attaché au poste d'Itamanion, dans lequel il y a des poëles et autres articles, qui leur auraient été fort utiles. Mais la crainte de tomber entre les mains des Indiens sauvages, ou d'être dévorés par les bêtes féroces, a été la cause de leur perte.

Il est probable, d'après les recherches que l'on a faites cet été, que les huit autres hommes ont été dévorés par les bêtes sauvages, ou qu'ils ont péri dans le naufrage.

INCENDIE DU WILHAM-NELSON.

INCENDIE DU WILLIAM-NELSON

Parti d'Anvers pour New-York.

Le *William-Nelson* est parti d'Anvers le 1ᵉʳ juin dernier, ayant un chargement de rails, vins, marchandises diverses, et environ 448 passagers émigrants et un équipage de 30 personnes, capitaine compris ; mais ce ne fut que le 4 qu'il mit en mer. Le *William-Nelson* a continué son voyage sans incident remarquable jusqu'au 26, lorsque par 41°,20′ latitude et 52°,20′ longitude ouest, reconnaissant que plusieurs des émigrants, qui étaient souffrants depuis quelques jours, étaient tombés malades d'une forte fièvre, et craignant que la maladie ne devînt contagieuse, le capitaine, à dix heures du matin, donna ordre, par mesure de précaution, au lieutenant et au charpentier de descendre dans l'entre-pont pour faire monter les passagers sur le pont, dans le but de fumiger le navire.

Cet ordre ayant été exécuté, le lieutenant et le charpentier furent envoyés de nouveau en bas, ainsi que plusieurs matelots, avec des marmites de goudron et des fers rouges. L'opération était presque terminée, lorsque vers

midi et demi, la dernière marmite de goudron, par fatalité, s'enflamma tout à coup, et le goudron en ébullition
tomba sur le pont, au milieu du navire, brûlant grième-
ment le charpentier et le matelot qui l'aidait. Aussitôt le
navire prit feu.

L'entre-pont était alors, comme on peut naturellement
le supposer, plein de fumée, et le goudron enflammé
qui était, comme on l'a dit, tombé sur le pont, coula,
avec le roulis du navire, sous le lit d'un des émigrants, le
mit en feu, et les flammes se communiquèrent instanta-
nément à tous les autres lits, à l'avant et à l'arrière du
navire, mettant les deux hommes dans l'impossibilité de
faire quoi que ce soit pour l'éteindre. Avant qu'ils fussent même arrivés sur le pont, pour annoncer l'effroyable
nouvelle, d'immenses colonnes de flammes s'élevèrent
par la claire-voie du grand panneau et atteignant la ra-
lingue de la grande voile (toutes voiles dehors dans le
moment), montèrent le long du grand mât, presque avec
la rapidité de l'éclair, et malgré tous les efforts de l'équipage, les voiles sur les trois mâts furent en feu en un clin
d'œil, ainsi que le gréement.

Aussitôt le capitaine ordonna à une partie de l'équipage
de préparer les quatre embarcations pour sauver autant
de passagers que possible, et aux autres de fermer les
ventilateurs et les portes des roufles.

Ceci était à peine terminé, qu'une bordée d'hommes,
composée partie de matelots et d'émigrants, fut mise le
ong des ponts, à l'avant et à l'arrière, faisant la chaîne
et versant des sceaux d'eau dans l'entrepont par le roufle
de grand panneau, d'où sortait une colonne de feu, et la
pompe mise en œuvre. Jusque-là, on maintint la discipline et le bon ordre.

Le feu avait fait cependant, en haut et en bas, des

progrès si rapides, que le capitaine jugea de son devoir de
faire mettre immédiatement à la mer les embarcations;
mais pendant qu'on le faisait, survint une panique générale, et tous les passagers se jetèrent sur les embarcations,
ce qu'il était complétement impossible d'empêcher. Une
embarcation n'avait pas plutôt touché l'eau, qu'elle était
aussitôt chavirée, les émigrants ayant sauté dedans au
moment où on l'amenait ; et ne sachant pas nager, ils
furent presque tous noyés. Les matelots, au nombre de
quatre, également à l'eau, réussirent cependant à la retourner et à la vider, avec beaucoup de peine et de danger ; ils sauvèrent alors quelques-unes des infortunées
victimes ; mais pendant qu'elle était encore le long du
bord, d'autres émigrants du navire sautèrent dedans, et
elle chavira encore une fois; les matelots réussirent encore à la redresser, et ils prirent autant de passagers
qu'elle pouvait en contenir.

Le capitaine aida lui-même à amener le canot d'arrière,
et le second officier, seul marin qui s'y embarqua, fut
assez heureux pour sauver plusieurs passagers de chambre,
entre autres sept femmes et quatre enfants, dont l'un
avait moins de trois mois. Les deux autres embarcations
furent mises à l'eau avec beaucoup de peine, la grande ne
contenant pas moins de trente-cinq passagers, plus six
hommes de l'équipage, dont quatre ont passé ensuite
dans une autre embarcation moins chargée, laissant deux
des leurs, d'après ce qu'ils ont rapporté, pour gouverner
le gros canot.

Cette embarcation a quitté la scène du naufrage et n'a
plus été revue; la dernière embarcation, avec semblable
nombre de matelots et son plein d'émigrants, réussit à se
dégager de ceux qui, en cherchant à sauter dedans, étaient
tombés à l'eau et nageaient à l'entour. C'est un miracle

qu'elle n'ait point été chavirée dans les efforts qu'ils faisaient pour monter dedans.

Dans l'intervalle, le capitaine, voyant qu'il ne pouvait plus rien pour sauver le navire, avec ce qu'il avait d'équipage à bord (environ 15 hommes), les engagea à jeter à l'eau tous les espars de rechange, planches et tout ce qu'on pouvait trouver d'objets flottants. Le tout fut amarré, de manière à former une espèce de radeau, afin de sauver le plus de vies possible.

Ce radeau était à peine terminé que les malheureux passagers encore à bord, perdant toute présence d'esprit, se jetèrent par-dessus le bord en grande quantité suivis de plusieurs des matelots, remplissant l'air de leurs cris de désespoir. D'autres, sur le navire, couraient comme des fous d'un bout à l'autre du pont, et entrant dans la chambre, brisaient le mobilier et le jetaient à l'eau.

La confusion qui existait est au delà de tout ce qu'on peut s'imaginer : le vacarme était tel qu'il était complétement impossible au capitaine de se faire entendre, quoique donnant des ordres réitérés et cherchant à arrêter le tumulte. Ceci se passait une demi-heure environ après que le feu eut éclaté. A ce moment, 130 ou 150 émigrants avaient réussi à se mettre sur les espars le long du navire ; mais il y en avait encore beaucoup qui se débattaient dans l'eau, quand tout à coup, les mâts de hune, avec leurs vergues, poulies, etc., tout en feu, s'affaissèrent et tombèrent droit sur eux, en en tuant plusieurs sur le coup et en jetant d'autres à la mer.

Les cris de ceux qui se noyaient et des blessés étaient effroyables à entendre. Les mots sont impuissants à donner une idée de l'horreur de la situation ; la scène était déchirante.

Les malheureux qui étaient encore à bord, dans leur

terreur, entouraient le capitaine, ainsi que les matelots, s'attachant à eux, les suppliant de les sauver, et l'on ne pouvait rien faire ! Quelque temps après, le feu dans l'entre-pont venant à brûler le pont et la mâture, une autre panique s'ensuivait et les pauvres malheureux pensant que leur seule chance de salut était de gagner le radeau, s'entrebattaient dans leurs efforts pour y arriver; plusieurs tombèrent à l'eau et se noyèrent; d'autres aussi réussirent à atteindre le radeau, mais ils ne devaient pas échapper à leur sort, car le grand mât tomba sur eux quelques minutes après et en écrasa plusieurs.

La même scène effrayante se reproduisit. C'est alors seulement que le second et quelques hommes de l'équipage sautèrent par-dessus le bord; comme ils étaient bons nageurs, ils se dirigèrent aussitôt vers les embarcations qui étaient à quelque distance du navire, et furent assez heureux pour pouvoir les atteindre, et encore plus heureux d'être recueillis par les occupants.

Après ces événements si horribles et si douloureux, un plus terrible encore devait avoir lieu : deux heures environ après que le feu avait éclaté, une partie du pont, entièrement consumé, s'effondra tout à coup, et bon nombre des émigrants qui restaient furent précipités la tête la première dans la fournaise. C'était chose horrible que de contempler les flammes qui sortaient de ce gouffre; la chaleur était suffocante, et il était impossible de rester plus longtemps à bord. Quelques passagers sautèrent à l'eau, et avec eux les matelots qui restaient. Trois d'entre eux sont supposés noyés. Les amarres qui retenaient le radeau au navire venant à brûler, il partit en dérive avec plusieurs personnes cramponnées aux planches et bon nombre dessus.

Le capitaine, dans l'impossibilité absolue de faire

quoi que ce fût pour sauver les passagers qui étaient encore à bord, et ne pouvant tenir avec eux plus longtemps, sauta à l'eau, et, apercevant deux embarcations à une grande distance, se dirigea sur elles.

Après avoir nagé pendant plus de trois quarts d'heure, ainsi que deux matelots qui le suivaient, ils furent enfin aperçus et reconnus par les émigrants qui, avec la plus grande humanité, gouvernèrent sur eux, et, au risque de chavirer et de se noyer, les recueillirent dans un état presque complet d'épuisement. Le capitaine prit alors le commandement des deux embarcations et gouverna aussitôt sur le navire en feu pour voir si, avec les espars flottant autour du navire, on pourrait construire un radeau pour sauver ceux qui s'y cramponnaient et ceux qui étaient suspendus au beaupré du navire. Mais rien ne put être fait. Ils restèrent cependant près du navire en feu jusqu'à trois heures du matin, au moment où le navire s'abîma, entraînant avec lui le reste des infortunées victimes.

Les embarcations s'éloignèrent alors, faisant route au nord-nord-ouest. Il n'y avait d'eau sur aucune d'elles; à bord de l'une, il n'y avait aucuns vivres; à bord de l'autre, il pouvait se trouver deux ou trois poules, un canard et un cochon qui avaient été sauvés.

Pendant tout ce temps, la mer était heureusement calme, car si la moindre brise se fût élevée, tout le monde eût inévitablement péri, les embarcations étant chargées jusqu'aux lisses. Les pauvres naufragés continuèrent leur route jusqu'à cinq heures du soir. C'est alors qu'ils furent aperçus et sauvés par le steamer *Lafayette*.

Le commandant Bocaudé, en apprenant qu'il y avait encore deux embarcations à flots, mit son navire en recherche, et, vers la tombée de la nuit, en approchant du trois-mâts barque russe *Ilmari*, on aperçut une des embarcations dont le monde avait été sauvé par ledit trois-mâts. Le steamer *Lafayette* se dirigea immédiatement vers la barque russe, et sur le consentement du capitaine, tout l'équipage de la troisième embarcation fut transbordé sur le steamer, faisant en tout quarante-deux personnes sauvées sur les trois embarcations.

Le capitaine Bocandé les a traitées avec la plus grande bonté et générosité, suppléant à tous leurs besoins, leur fournissant les vêtements, etc , et pendant le temps de leur séjour à bord, ils ont reçu de lui, de ses officiers et de son équipage les soins les plus touchants et les attentions les plus délicates.

Le *Lafayette* est arrivé au Havre le 6 juillet courant, et les naufragés ont tous été débarqués sains et saufs.

Le paquebot le *Mercury*, entré le 12 au Havre, ramène quarante-trois naufragés du *William Nelson*. Ce sont tous des passagers, et pour la plupart ceux-là même qui montaient la quatrième embarcation sur laquelle on avait tant d'inquiétudes.

Voici le rapport du capitaine du *Mercury* :

« Je suis parti de New-York le 17 juin pour le Havre. Le mercredi 28 juin, à une heure 30 du matin, par 41° 47' latitude du nord et 48° 58' longitude ouest, temps calme, j'ai entendu du côté du vent, des voix appelant du secours, mais je n'ai d'abord pu rien apercevoir. J'ai fait mette en panne immédiatement, et quelques minutes après une embarcation chargée de monde apparut le long du *Mercury*.

« Tous ces naufragés furent aussitôt recueillis à bord ; ils étaient dans le plus grand épuisement.

« Ils me dirent qu'ils étaient tous passagers d'entre-
pont du navire américain *William Nelson*, capitaine
Smith, parti d'Anvers, le 2 juin, avec 537 passagers pour
New-York, lequel avait sombré après avoir eu le feu à
bord.

« D'après le rapport de ces malheureux, le feu s'était
déclaré sur le *William Nelson* le lundi, 26 juin, vers une
heure du soir, et le navire avait sombré le mardi matin
vers les cinq heures. Cet incendie avait été occasionné par
des fumigations que l'on avait dû faire dans l'entre-pont
avec du goudron : un grand nombre de passagers avait
péri avec le navire.

« L'embarcation qui nous a accostés contenait trente-
huit personnes, dont quatre femmes et trois petits enfants.

« Le *Mercury* est resté en panne jusqu'au soir, après
quoi j'ai dirigé ma route au sud-est, en établissant des
vigies sur chaque vergue du perroquet, afin de tâcher
de découvrir si quelque nouvelle embarcation ne se trou-
verait pas en vue. A huit heures du matin, je mis le cap
à l'ouest.

« Vers dix heures, signalé un grand nombre de débris
du navire, tels qu'espars, parties du rouffe, et les trois
bas mâts.

« A onze heures du matin, aperçu un homme flottant
dans un baquet d'environ 3 pieds de diamètre et 16 pouces de profondeur. Nous l'avons recueilli ; il était dans
un état d'épuisement presque complet, et avait en partie
perdu la tête, par suite du besoin et des dangers qu'il
avait endurés.

« Continué notre route à l'ouest, et, à midi, rencontré de nouveau quelques espars sur lesquels se trouvaient
trois hommes et une femme. Envoyé de suite une embar-

cation qui les a recueillis ; ces malheureux avaient perdu
tout espoir et n'auraient pas pu se maintenir beaucoup
plus longtemps sur les épaves, où ils étaient restés cramponnés depuis quarante heures. Ils nous ont rapporté
qu'il y avait avec eux sur les mêmes épaves trois autres
personnes, mais qu'elles avaient disparu pendant la nuit
précédente. L'une d'elles était le mari de la pauvre femme
que nous venions de sauver.

« De six heures du matin à dix heures, aperçu un
trois-mâts barque en panne dans l'ouest ; il y a tout lieu
d'espérer qu'il avait pu aussi recueillir quelques naufragés.

« Continué à croiser dans les parages du sinistre, avec
des vigies dans les vergues ; alors, désespérant de sauver
d'autres naufragés, mis en route pour le Havre. Depuis
lors, nous n'avons aperçu aucun vestige des autres embarcations.

« Tous les malheureux que nous avons recueillis étaient
des passagers d'entre-pont. Ils nous ont raconté qu'il y
avait avec eux quatre matelots dans l'embarcation lorsqu'ils
ont abandonné le *William-Nelson*. Une autre embarcation,
chargée de matelots, les remorquait ; mais pendant la nuit
du mardi, cette dernière avait pris les quatre matelots,
sous le prétexte d'aller chercher des provisions et de l'eau,
abandonnant ainsi les malheureux émigrants à leur triste
sort. Les naufragés ont rapporté, en outre, qu'une embarcation qui avait quitté le navire le lundi au soir avait
coulé en vue des autres. L'on put voir deux personnes qui
s'étaient cramponnées sur sa quille, mais on ne put reconnaître quelles étaient les personnes qui montaient cette
embarcation.

« Dans la soirée du mardi, au coucher du soleil, un
steamer et un navire à voiles passèrent en vue des nau-

fragés recueillis par le *Mercury*, mais ils n'aperçurent pas leurs signaux de détresse.

« J'ai placé les femmes et les enfants dans la chambre, et les hommes dans le grand rouffle. Les officiers et l'équipage ont fourni à ces malheureux tous les vêtements dont ils pouvaient disposer, et tout le monde à bord a fait son possible pour alléger les souffrances de ces malheureux. »

Ce sauvetage est le quatrième que le capitaine du *Mercury* a eu le bonheur d'effectuer. Entre autres récompenses il a reçu, il y a peu d'années, un chronomètre en or du gouvernement anglais, pour avoir sauvé quatre cent cinquante-quatre naufragés du steamer *Persian* par un gros temps.

En parcourant la liste des personnes sauvées par lui à la suite de l'incendie du *William-Nelson*, on remarque que parmi les quarante-trois naufragés se trouvent cinq femmes et cinq enfants, dont un petit bébé de quatorze jours, né à bord du *William-Nelson*.

Cet enfant est le seul survivant, avec sa sœur de trois ans, de toute une famille qui était à bord. Voici la touchante histoire de ce petit Moïse :

Lors de la première alarme, ces deux enfants avaient été déposés par leurs parents dans un des canots recueillis plus tard par le *Mercury*; ensuite les parents ont voulu les rejoindre à la nage, mais ils se sont noyés. Le petit orphelin a été soigné avec une touchante sollicitude par une jeune femme de dix-neuf ans qui se trouvait dans l'embarcation et qui ne l'a pas quitté depuis lors.

Deux enfants hollandais, l'un de douze ans, et son frère, de trois ans, ont perdu père et mère.

Un autre enfant de douze ans est le seul survivant de toute sa famille, père et mère et sept enfants.

Un autre jeune garçon de dix-huit ans se trouve dans le même cas ; le père, qui a péri, avait dans ses bagages 27,500 francs en or, représentant toute sa fortune.

Les naufragés amenés par le *Mercury* appartiennent à diverses nationalités : quatorze Suisses, sept Prussiens, deux Wurtembergeois, un Hessois et un Badois.

FIN

TABLE DES MATIÈRES

PARIS. — IMP. SIMON RAÇON ET COMP., RUE D'ERFURTH, 1.